山田社日檢題庫小組

超高命中率
絕對合格
日檢 文法、閱讀

捷進日檢
GOAL

START

N3
新制對應！

文法 QR))
免費下載
QR Code線上音檔

文法 MP3))
隨書附贈
學習不漏接

吉松由美, 田中陽子, 西村惠子, 山田社日檢題庫小組　合著

U0080442

山田社
日檢書

前言

日檢搶高分好手，捷進方法都在這裡，
N3文法配合閱讀一起學，將事半功倍，
給您飆速學習的效果！

****

「增訂版 新制對應 絕對合格！日檢文法N3」
與其看很多書都不熟，不如專心讀這1本，
如果您志在高分，文法就是讓您勝出的利器！

《增訂版 新制對應 絕對合格！日檢文法N3》分析從2010年新制日檢考試以來所有內容，進行內容增訂。讓您有這1本在手，不僅考場應付自如，輕鬆通過日檢。為回饋讀者愛戴，還加量不加價！

基於日檢讀者對「絕對合格！日檢文法系列」的：「有可愛插圖、有故事、有幽默、精闢的說明」、「概念清楚，實際運用立即見效」、「例句超生活化，看例句就能記文法」、「文法也能編得這麼有趣、易懂」…如此熱烈好評。更在讀者的積極推崇之下，山田社專為新制日檢（JLPT）考生應考的教戰手冊終於誕生啦！

配合新制日檢，史上最強的日檢N3文法集《增訂版 新制對應 絕對合格！日檢文法N3》，是根據日本國際交流基金會（JAPAN FOUNDATION）之前的基準及新發表的新日本語能力試驗相關概要，加以編寫彙整而成的。

書中不僅搭配東京腔的精緻朗讀光碟，還附上三回跟新制考試形式完全一樣的文法全真模擬考題。讓您短時間內就能掌握考試方向及重點，節省下數十倍自行摸索的時間。可說是您應考的秘密武器。

特色有：

1.　　多位經驗豐富日籍老師共同編審。
2.　　首創「文法+故事+插圖」學習法一點就通。
3.　　三回全真新制模擬試題，分析各題型的解題訣竅，提升臨場反應。
4.　　超強例句，嚴選常用生活場景，配合N3單字，打下超強應考實力。
5.　　比較易混文法，讓您短時間內，迅速培養應考實力。
6.　　在舊制的基礎上，更添增新的文法項目來進行比較，內容最紮實。
7.　　實戰光碟，熟悉日籍老師語調及速度，聽力訓練，最佳武器。

由十幾位教學經驗豐富的日籍老師，共同編撰及審校，最具權威的《增訂版

新制對應 絕對合格！日檢文法N3》，不僅讓您打好文法底子，引導您靈活運用，更讓您考前精確的掌握出題方向和趨勢，累積應考實力。進考場如虎添翼，一次合格！

內容包括：

1. **文法王**──說明簡單清楚：在舊制的基礎上，更添增新的文法項目來進行比較，內容最紮實。每個文法項目的接續方式、意義、語氣、適用對象、中譯等等，讓您概念清楚，以精確掌握每項文法的意義。

2. **得分王**──考點很明白：考試大都會有兩個較難的意思相近的選項。為此，書中精選較常出現，又讓考生傷透腦筋的相近的文法，來進行比較。而它們之間有哪些微妙的差異，同一用法又有什麼語感上的區別等等，在此為您釐清，讓您短時間內，迅速培養應考實力。

3. **故事王**──故事一點通：為了徹底打好您文法的基本功，首創文法故事學習法，它將文法跟故事相結合，每一個文法項目，都以可愛的插畫和有趣的旁白來說明，讓您學文法就好像看漫畫一樣。您絕對會有「原來如此」文法真有趣，一點就通的感覺！

4. **例句王**──例句靈活實用：學會文法一定要知道怎麼用在句子中！因此，每項文法下面再帶出5個例句。例句精選該文法項目，會接續的各種詞性、常使用的場合，常配合的單字（盡可能選N3單字）。從例句來記文法，更加深了對文法的理解，也紮實了單字及聽說讀寫的能力。累積超強實力。

5. **測驗王**──全真新制模試密集訓練：三回跟新制考試形式完全一樣的全真模擬考題，將按照不同的題型，告訴您不同的解題訣竅，讓您在演練之後，不僅能即時得知學習效果，並充份掌握考試方向與精神，以提升考試臨場反應。就像上合格保證班的測驗王！

6. **聽力王**──多效聽學文法：新制日檢考試還有一個重點，就是提高了聽力的分數。為此，書中還附贈光碟，收錄所有的文法項目跟例句，幫助您熟悉日語語調及正常速度。建議大家充分利用生活中一切零碎的時間，反覆多聽，在密集的刺激下，把文法、單字、生活例句聽熟，同時為聽力打下了堅實的基礎。

無論是累積應考實力，或是考前迅速總複習，
都是您最完整的學習方案。

目録

文型接續解說

▽動詞

　　動詞一般常見的型態，包含動詞辭書形、動詞連體形、動詞終止形、動詞性名詞＋の、動詞未然形、動詞意向形、動詞連用形…等。其接續方法，跟用語的表現方法有：

用語1	後續	用語2	用例
未然形	ない、ぬ(ん)、まい	ない形	読まない、見まい
	せる、させる	使役形	読ませる、見させる
	れる、られる	受身形	読まれる、見られる
	れる、られる、可能動詞	可能形	見られる、書ける
意向形	う、よう	意向形	読もう、見よう
連用形	連接用言		読み終わる
	用於中頓		新聞を読み、意見をまとめる
	用作名詞		読みに行く
	ます、た、たら、たい、そうだ(様態)	ます:ます形 た :た形 たら:たら形	読みます、読んだ、読んだら
	て、ても、たり、ながら、つつ等	て :て形 たり:たり形	見て、読んで、読んだり、見たり
終止形	用於結束句子		読む
	だ(だろう)、まい、らしい、そうだ(傳聞)		読むだろう、読むまい、読むらしい
	と、から、が、けれども、し、なり、や、か、な(禁止)、な(あ)、ぞ、さ、とも、よ等		読むと、読むから、読むけれども、読むな、読むぞ
連體形	連接體言或體言性質的詞語	普通形、基本形、辭書形	読む本
	助動詞:た、ようだ	同上	読んだ、読むように
	助詞:の(轉為形式體言)、より、のに、ので、ぐらい、ほど、ばかり、だけ、まで、きり等	同上	読むのが、読むのに、読むだけ
假定形	後續助詞ば(表示假定條件或其他意思)		読めば
命令形	表示命令的意思		読め

▽ 用言

　　用言是指可以「活用」（詞形變化）的詞類。其種類包括動詞、形容詞、形容動詞、助動詞等，也就是指這些會因文法因素，而型態上會產生變化的詞類。用言的活用方式，一般日語詞典都有記載，一般常見的型態有用言未然形、用言終止形、用言連體形、用言連用形、用言假定形…等。

▽ 體言

　　體言包括「名詞」和「代名詞」。和用言不同，日文文法中的名詞和代名詞，本身不會因為文法因素而改變型態。這一點和英文文法也不一樣，例如英文文法中，名詞有單複數的型態之分（sport / sports）、代名詞有主格、所有格、受格（he / his / him）等之分。

▽ 形容詞・形容動詞

　　日本的文法中，形容詞又可分為「詞幹」和「詞尾」兩個部份。「詞幹」指的是形容詞、形容動詞中，不會產生變化的部份；「詞尾」指的是形容詞、形容動詞中，會產生變化的部份。

　　例如「面白い」：今日はとても面白かったです。

　　由上可知，「面白」是詞幹，「い」是詞尾。其用言除了沒有命令形之外，其他跟動詞一樣，也都有未然形、連用形、終止形、連體形、假定形。

　　形容詞一般常見的型態，包含形容詞・形容動詞連體形、形容詞・形容動詞連用形、形容詞・形容動詞詞幹…等。

形容詞的活用及接續方法:

用語	範例	詞尾變化	後續	用例
基本形	高^{たか}い 嬉^{うれ}しい			
詞幹	たか うれし			
未然形		かろ	助動詞う	値段が高かろう
		から	助動詞ぬ*	高からず、低からず
連用形		く	1 連接用言**	高くなってきた 高くない
			2 用於中頓	高く、険しい
			3 助詞て、は、も、さえ	高くて、まずい/高くはない/ 高くてもいい/高くさえなければ
		かっ	助動詞た、助詞たり	高かった 嬉しかったり、悲しかったり
終止形		い	用於結束句子	椅子は高い
			助動詞そうだ(傳聞)、だ(だろ、なら)、です、らしい	高いそうだ 　　高いだろう 高いです 高いらしい
			助詞けれど(も)、が、から、し、ながら、か、な(あ)、ぞ、よ、さ、とも等	高いが、美味しい 高いから 高いし 高いながら 高いなあ 高いよ
連體形		い	連接體言	高い人、高いのがいい （の=形式體言）
			助動詞ようだ	高いようだ
			助詞ので、のに、ばかり、ぐらい、ほど等	高いので 高いのに 高いばかりで、力がない 高ければ、高いほど
假定形		けれ	後續助詞ば	高ければ
命令形		-----	-----	-----

* 「ぬ」的連用形是「ず」　　** 做連用修飾語，或連接輔助形容詞ない

形容動詞的活用及接續方法：

用語	範例	詞尾變化	後續	用例
基本形	静かだ 立派だ			
詞幹	しずか りっぱ			
未然形		だろ	助動詞う	静かだろう
連用形		で	1 連接用言 （ある、ない）	静かである、静かでない
			2 用於中頓	静かで、安全だ
			3 助詞は、も、 さえ	静かではない、静かでも不安だ、 静かでさえあればいい
		だっ	助動詞た、 助詞たり	静かだった、静かだったり
		に	作連用修飾語	静かになる
終止形		だ	用於結束句子	海は静かだ
			助動詞そうだ （傳聞）	静かだそうだ
			助詞と、けれど(も)、 が、から、し、 な(あ)、ぞ、 とも、よ、ね等	静かだと、勉強しやすい 静かだが 静かだから 静かだし 静かだなあ
連體形		な	連接體言	静かな人
			助動詞ようだ	静かなようだ
			助詞ので、のに、 ばかり、ぐらい、 だけ、ほど、 まで等	静かなので 静かなのに 静かなだけ 静かなほど
假定形		なら	後續助詞ば	静かなら（ば）
命令形		─────	─────	─────

MEMO

出擊！日語文法自學大作戰！

サルでもわかる神業 カミワザ

小菜一碟！猴子也學會！

文法

自學

大作戰！

中高階版

Step 3

山田社
Shan Tian She

① 一方だ
いっぽう

【動詞連體形】＋一方だ。表示某狀況一直朝著一個方向不斷發展，沒有停止。多用於消極的、不利的傾向。意思近於「…ばかりだ」。中文意思是：「一直…」、「不斷地…」、「越來越…」。

例 都市の環境は悪くなる一方だ。
とし　かんきょう　わる　　　　　いっぽう

都市的環境越來越差。

空氣啦、水資源啦、垃圾啦！都市的環境真是越來越差了。環境越來越差的這一狀況，沒有停止一直朝惡劣的方向發展。

記得大都用在消極、不利的傾向喔！

最近、オイル価格は、上がる一方だ。
さいきん　　　　かかく　　　　あ　　　いっぽう

最近油價不斷地上揚。

子どもの学力が低下する一方なのは、問題です。
こ　　　　がくりょく　ていか　　　いっぽう　　　　もんだい

小孩的學習力不斷地下降，真是個問題。

借金は、ふくらむ一方ですよ。
しゃっきん　　　　　　　いっぽう

錢越借越多了。

不景気はひどくなる一方だ。
ふけいき　　　　　　　いっぽう

經濟蕭條是越來越嚴重了。

❷ うちに

【體言の；形容詞・形容動詞連體形】＋うちに。表示在前面的環境、狀態持續的期間，做後面的動作。相當於「…（している）間に」。中文意思是：「趁…」、「在…之內…」等。

例 赤ちゃんが寝ているうちに、洗濯しましょう。

趁嬰兒睡覺的時候，來洗衣服吧！

趁嬰兒睡覺的時候（前面的狀態持續的期間），

趕快去洗衣服（做後面的動作），家庭主婦真辛苦呢！

昼間は暑いから、朝のうちに散歩に行った。
白天很熱，所以趁早去散步。

「鉄は熱いうちに打て」とよく言います。
常言道：「打鐵要趁熱」。

若くてきれいなうちに、写真をたくさん撮りたいです。
趁著年輕貌美，我想要多拍點照片。

体が健康なうちにいろんなところに出かけよう。
趁身體還健康的時候，出門到各地走走吧！

③ おかげで、おかげだ

【體言の；用言連體形】＋おかげで、おかげだ。表示原因。由於受到某種恩惠，導致後面好的結果。常帶有感謝的語氣。與「から」、「ので」作用相似，但感情色彩更濃。中文意思是：「多虧…」、「托您的福」、「因為…」等。後句如果是消極的結果時，一般帶有諷刺的意味。相當於「…のせいで」。中文意思是：「由於…的緣故」。

例 薬のおかげで、傷はすぐ治りました。

多虧藥效，傷口馬上好了。

醫藥科學一日千里，多虧有了好的藥（由於受到有好藥恩惠），

傷口很快的就好了（使得後面傷口很快好了的結果）。

今年は冬が暖かったおかげで、過ごしやすかった。
多虧今年冬天很暖和，才過得很舒服。

車を買ったおかげで、ボーナスが全部なくなった。
因為買了車，年終獎金全都沒了。

新鮮な魚が食べられるのは、海に近いおかげだ。
能吃到新鮮的魚，全是託靠海之福。

街灯のおかげで夜でも安心して道を歩けます。
有了街燈，夜晚才能安心的走在路上。

④ 恐れがある

【體言の；用言連體形】＋恐れがある。表示有發生某種消極事件的可能性。只限於用在不利的事件。常用在新聞或報導中。相當於「…心配がある」。中文意思是：「有…危險」、「恐怕會…」、「搞不好會…」等。

例 台風のため、午後から高潮のおそれがあります。

因為颱風，下午恐怕會有大浪。

哇！颳大風、下大雨，颱風來了。

由於颱風，下午恐怕會有大浪（有發生消極事件的可能性）。

記得「おそれがある」只用在不利的事件喔！

それを燃やすと、悪いガスが出るおそれがある。
那個一燃燒，恐怕會產生不好的氣體。

データを分析したら、失業が増えるおそれがあることがわかった。
資料一分析，得知失業恐怕會增加。

立地は良いけど、駅前なので、夜間でも騒がしい恐れがある。
雖然座落地點很棒，但是位於車站前方，恐怕入夜後仍會有吵嚷的噪音。

やってみなければ分からないが、手続きが非常に面倒な恐れがある。
儘管得先做做看才知道結果如何，但是恐怕手續會非常複雜。

⑤ かけた、かけの、かける

【動詞連用形】＋かけた、かけの、かける。表示動作，行為已經開始，正在進行途中，但還沒有結束。相當於「…している途中」。中文意思是：「剛…」、「開始…」。

例 今ちょうどデータの処理をやりかけたところです。
現在正在處理資料。

現在正好在處理資料
（資料處理到途中，
但還沒有結束）。

用「かけた」表示
處理資料這個動作
正在進行。

メールを書きかけたとき、電話が鳴った。
才剛寫電子郵件，電話鈴聲就響了。

それは編みかけのマフラーです。
那是我才剛開始編織的圍巾。

今、整理をしかけたところなので、まだ片付いていません。
現在才剛開始整理，所以還沒有收拾。

やりかけている人は、ちょっと手を止めてください。
正在做的人，請先停下來。

⑥ がちだ、がちの

【體言；動詞連用形】＋がちだ、がちの。表示即使是無意的，也容易出現某種傾向，或是常會這樣做。一般多用在負面評價的動作。相當於「…の傾向がある」。中文意思是：「容易…」、「往往會…」、「比較多」等。

例　おまえは、いつも病気がちだなあ。

你還真容易生病呀！

由於身體瘦弱，總是臉色蒼白的山田，又感冒了（容易出現某種傾向）

山田君啊！看你老是生病（大多用在負面的評價）！

天気予報によると、明日は曇りがちだそうです。
根據氣象報告，明天多雲。

子どもは、ゲームに熱中しがちです。
小孩子容易對電玩一頭熱。

春は曇りがちの日が多い。
春天多雲的日子比較多。

主人は出張が多くて留守にしがちです。
我先生常出差不在家。

❼ から…にかけて

【體言】＋から＋【體言】＋にかけて。表示兩個地點、時間之間一直連續發生某事或某狀態的意思。跟「…から…まで」相比，「…から…まで」著重在動作的起點與終點，「…から…にかけて」只是籠統地表示跨越兩個領域的時間或空間。中文意思是：「從…到…」。

例 この辺りからあの辺りにかけて、畑が多いです。

這頭到那頭，有很多田地。

從這邊到那邊，有很多田地（地點跟地點之間，田地一直連續著）。

用「から…にかけて」表示從這邊到那邊田地一直持續著。

恵比寿から代官山にかけては、おしゃれなショップが多いです。
從惠比壽到代官山一帶，有很多摩登的店。

月曜から水曜にかけて、健康診断が行われます。
星期一到星期三，實施健康檢查。

今日から明日にかけて大雨が降るらしい。
今天起到明天好像會下大雨。

朝、電車が一番混むのは7時半から8時半にかけてです。
早上電車最擁擠的時間是七點半到八點半之間。

⑧ からいうと、からいえば、からいって

【體言】＋からいうと、からいえば、からいって。表示判斷的依據及角度，指站在某一立場上來進行判斷。相當於「…から考えると」。中文意思是：「從…來說」、「從…來看」、「就…而言」。

例 専門家の立場からいうと、この家の構造はよくない。

從專家的角度來看，這個房子的結構不好。

> 這個房子的結構不好。

> 從專家的立場來看（站在建設專家的角度來判斷）。

別の角度からいうと、その考えも悪くない。
從另一個角度來看，那個想法其實也不錯。

技術という面からいうと、彼は世界の頂点に立っています。
就技術面而言，他站在世界的頂端。

学力からいえば、山田君がクラスで一番だ。
從學習力來看，山田君是班上的第一名。

これまでの経験からいって、完成まであと二日はかかるでしょう。
根據以往的經驗，恐怕還至少需要兩天才能完成吧！

這些句型也要記

◆ 【動詞過去式；動詞性名詞の】＋あげく、あげくに

→ 表示事物經過前面一番波折或努力達到的最後結果。意思是：「…到最後」、「…，結果…」。

・ 年月をかけた準備のあげく、失敗してしまいました。

　　・ 花費多年準備，結果卻失敗了。

◆ 【用言連體形；體言の】＋あまり、あまりに

→ 由於前句某種感情、感覺的程度過甚，而導致後句的結果。意思是：「因過於…」、「過度…」。

・ 焦るあまり、大事なところを見落としてしまった。

　　・ 由於過度著急，而忽略了重要的地方。

◆ 【動詞連體形】＋いじょう、いじょうは

→ 表示某種決心或責任。意思是：「既然…」、「既然…，就…」。

・ 引き受けた以上は、最後までやらなくてはいけない。

　　・ 既然說要負責，就得徹底做好。

◆ 【動詞連體形】＋いっぽう、いっぽうで、いっぽうでは

→ 前句說明在做某件事的同時，後句多敘述可以互相補充做另一件事。意思是：「在…的同時，還…」、「一方面…，一方面…」、「另一方面…」。

・ 景気がよくなる一方で、人々のやる気も出てきている。

　　・ 在景氣好轉的同時，人們也更有幹勁了。

◆ 【用言連體形；體言の】＋うえ、うえに

→ 表示追加、補充同類的內容。意思是：「…而且…」、「不僅…，而且…」、「在…之上，又…」。

・ 主婦は、家事の上に育児もしなければなりません。

　　・ 家庭主婦不僅要做家事，而且還要帶孩子。

◆ 【體言の；動詞連體形】＋うえで、うえでの

→ 先進行前一動作，後面再根據前面的結果，採取下一個動作。意思是：「在…之後」、「…以後…」、「之後（再）…」。

・ 土地を買った上で、建てる家を設計しましょう。

　　・ 買了土地以後，再來設計房子吧！

◆ 【動詞連體形】＋うえは

→ 前接表示某種決心、責任等行為的詞，後續表示必須採取跟前面相對應的動作。意思是：「既然…」、「既然…就…」。

・ 会社をクビになった上は、屋台でもやるしかない。

　　・ 既然被公司炒魷魚，就只有開路邊攤了。

◆【動詞意向形】＋うではないか

→ 提議或邀請對方跟自己共同做某事。意思是：「讓…吧」、「我們（一起）…吧」。

・ みんなで協力^{きょうりょく}して困難^{こんなん}を乗^のり越^こえようではありませんか。

　　・ 讓我們同心協力共度難關吧！

◆【動詞連用形】＋うる、える

→ 表示可以採取這一動作，有發生這種事情的可能性。意思是：「可能…」、「能…」、「會…」。

・ コンピューターを使^{つか}えば、大量^{たいりょう}のデータを計算^{けいさん}し得^える。

　　・ 利用電腦，就能統計大量的資料。

◆【動詞連體形；名詞の】＋かぎり、かぎりは、かぎりでは

→ 憑著自己的知識、經驗等有限的範圍做出判斷，或提出看法。意思是：「在…的範圍內」、
「就…來說」、「據…調查」。

・ 私^{わたし}の知^しるかぎりでは、彼^{かれ}は最^{もっと}も信頼^{しんらい}できる人間^{にんげん}です。

　　・ 據我所知，他是最值得信賴的人。

◆【動詞連用形】＋がたい

→ 表示做該動作難度非常高，或幾乎是不可能。意思是：「難以…」、「很難…」、「不能…」。

・ 彼女^{かのじょ}との思^{おも}い出^では忘^{わす}れがたい。

　　・ 很難忘記跟她在一起時的回憶。

◆【動詞過去式】＋かとおもうと、かとおもったら

→ 表示前後兩個對比事情，在短時間內幾乎同時相繼發生。意思是：「剛一…就…」、「剛…馬上就…」。

・ さっきまで泣^ないていたかと思^{おも}ったら、もう笑^{わら}っている。

　　・ 剛剛才在哭，這會兒又笑了。

◆【動詞終止形】＋か＋【同一動詞未然形】＋ないかのうちに

→ 表示前一個動作才剛開始，在似完非完之間，第二個動作緊接著又開始了。意思是：「剛剛…
就…」、「一…（馬上）就…」。

・ 試合^{しあい}が開始^{かいし}するかしないかのうちに、1点^{いってん}取^とられてしまった。

　　・ 比賽才剛開始，就被得了一分。

◆【動詞連用形】＋かねる

→ 表示本來能做到的事，由於主、客觀上的原因，而難以做到某事。意思是：「難以…」、「不
能…」、「不便…」。

・ その案^{あん}には、賛成^{さんせい}しかねます。

　　・ 那個案子我無法贊成。

◆ 【動詞連用形】＋かねない

→ 表示有這種可能性或危險性。意思是：「很可能…」、「也許會…」、「說不定將會…」。

・ あいつなら、そのようなでたらめも言いかねない。

　　・ 那傢伙的話，就很可能會信口胡說。

◆ 【用言終止形】＋かのようだ

→ 將事物的狀態、性質、形狀及動作狀態，比喻成比較誇張的、具體的，或比較容易瞭解的其他事物。意思是：「像…一樣的」、「似乎…」。

・ この村では、中世に戻ったかのような生活をしています。

　　・ 這個村子，過著如同回到中世紀般的生活。

◆ 【體言】＋からして

→ 表示判斷的依據。意思是：「從…來看…」。

・ あの態度からして、女房はもうその話を知っているようだな。

　　・ 從那個態度來看，我老婆已經知道那件事了吧！

⑨ からには、からは

【用言終止形】＋からには、からは。表示既然到了這種情況，後面就要「貫徹到底」的說法。因此，後句中表示說話人的判斷、決心、命令、勸誘及意志等。一般用於書面上。相當於「…のなら、…以上は」。中文意思是：「既然…」、「既然…，就…」。

例 教師になったからには、生徒一人一人をしっかり育てたい。

既然當了老師，當然就想要把學生一個個都確實教好。

既然當了老師（說話人的決心），

就要把學生一個個確實教好（後句有徹底、確實的含意）。

コンクールに出るからには、毎日練習しなければだめですよ。
既然要參加競演會，不每天練習是不行的。

信じようと決めたからには、もう最後まで味方になろう。
既然決定要相信你，到最後就都是站在你這一邊。

自分で選んだ道であるからは、最後までがんばるつもりです。
既然是自己選的路，我就要努力到底。

出馬するからには、ぜひとも勝ってほしいですね。
既然要競選，希望一定要當選。

⑩ かわりに

（1）【體言の】＋かわりに。表示由另外的人或物來代替，意含「本來是前項，但因某種原因由後項代替」。相當於「…の代理で」、「…とひきかえに」。中文意思是：「代替…」。（2）【用言連體形】＋かわりに。表示一件事同時具有兩個相互對立的側面，一般重點在後項。相當於「…一方で」。中文意思是：「雖然…但是…」。

> 例　正月は海外旅行に行くかわりに、近くの温泉に行った。
>
> 過年不去國外旅行，改到附近洗溫泉。

原本要去國外旅行（原本是前項），

但想到景氣不好還是多存點錢在身邊，所以就改洗溫泉來代替旅行啦（由後項來代替）！

O　　**X**

社長のかわりに、奥様がいらっしゃいました。
社長夫人代替社長蒞臨了。

過去のことを言うかわりに、未来のことを考えましょう。
不說過去的事，想想未來的事吧！

人気を失ったかわりに、静かな生活が戻ってきた。
雖然不再受歡迎，但換回了平靜的生活。

今度は電話のかわりに、メールで連絡を取った。
這次不打電話，改用電子郵件取得聯絡。

⑪ 気味(ぎみ)

【體言；動詞連用形】＋ぎみ。漢字是「気味」。表示身心、情況等有這種樣子，有這種傾向，用在主觀的判斷。多用在消極或不好的場合。相當於「…の傾向がある」。中文意思是：「有點…」、「稍微…」、「…趨勢」等。

例 ちょっと風邪(かぜ)ぎみで、熱(ねつ)がでる。

有點感冒，發了燒。

最近天氣變化多又老加班，身體感到渾身無力，又有點發熱！是不是感冒了？

這感覺是主觀的，而且大都是不好的情況。

疲(つか)れぎみなので、休息(きゅうそく)します。
有點累，我休息一下。

どうも学生(がくせい)の学力(がくりょく)が下(さ)がりぎみです。
總覺得學生的學習力有點下降。

最近(さいきん)、少(すこ)し疲(つか)れ気味(ぎみ)です。
最近感到有點疲倦。

この時計(とけい)は1、2分(ふんおく)遅(おく)れ気味(ぎみ)です。
這錶常會慢一兩分。

⑫ きり

（1）【體言】＋きり。接在名詞後面，表示限定。也就是只有這些的範圍，除此之外沒有其它。與「…だけ」、「…しか…ない」意思相同。中文意思是：「只有…」。（2）【動詞連用形】＋きり。表示不做別的事，一直做這一件事。相當於「…て、そのままずっと」。中文意思是：「一直…」、「全心全意地…」。

例 今度は二人きりで、会いましょう。

下次就我們兩人出來見面吧！

每次出去都是一票人，也沒辦法單獨跟妳好好聊聊。

下次就我們兩見面吧！用「きり」表示只有的意思。

割引をするのは、三日きりです。
打折只有三天時間。

今もっている現金は、それきりです。
現在手邊的現金就只有那些了。

難病にかかった娘を付ききりで看病した。
全心全意地照顧罹患難治之症的女兒。

子供が独立して、夫婦二人きりの生活が始まった。
小孩都獨立了，夫妻兩人的生活開始了。

⑬ きる、きれる、きれない

【動詞連用形】＋きる、きれる、きれない。有接尾詞作用。接意志動詞的後面，表示行為、動作做到完結、竭盡、堅持到最後。相當於「終わりまで…する」。中文意思是：「…完」；接在無意志動詞的後面，表示程度達到極限。相當於「十分に…する」。中文意思是：「充分」、「完全」、「到極限」；「…不了…」、「不能完全…」。

例 いつの間（ま）にか、お金（かね）を使（つか）いきってしまった。
不知不覺，錢就花光了。

這個月明明才領了薪水，但是水電費啦！治裝費啦！就這樣錢就花完了！

No Money!

把錢花光這個動作用「きる」表示。

マラソンのコースを全部（ぜんぶ）走（はし）りきりました。
馬拉松全程都跑完了。

3日間（みっかかん）も寝（ね）ないで、仕事（しごと）をして、疲（つか）れきってしまった。
工作三天沒睡覺，累得精疲力竭。

そんなにたくさん食（た）べきれないよ。
我沒辦法吃那麼多啦！

マラソンを最後（さいご）まで走（はし）りきれるかどうかは、あなたの体力次第（たいりょくしだい）です。
是否能跑完全程的馬拉松，端看你的體力。

⑭ くせに

【用言連體形；體言の】＋くせに。表示逆態接續。用來表示根據前項的條件，出現後項讓人覺得可笑的、不相稱的情況。全句帶有譴責、抱怨、反駁、不滿、輕蔑的語氣。批評的語氣比「のに」更重，較為口語。中文意思是：「雖然…，可是…」、「…，卻…」等。

例 芸術もわからないくせに、偉そうなことを言うな。

明明不懂藝術，別在那裡說得像真的一樣。

明明不懂藝術，但卻一副很懂藝術的樣子，真是可笑！

「くせに」後接的句子大都含有貶義。

彼女が好きなくせに、嫌いだと言い張っている。
明明喜歡她，卻硬說討厭她。

彼は助教授のくせに、教授になったと嘘をついた。
他只是副教授，卻謊稱是教授。

お金もそんなにないくせに、買い物ばかりしている。
明明沒什麼錢，卻一天到晚買東西。

子供のくせに、偉そうことを言うな。
只是個小孩子，不可以說那種大話！

⑮ くらい…はない、ほど…はない

【體言】＋くらい＋【體言】＋はない。【體言】＋ほど＋【體言】＋はない。表示前項程度極高，別的東西都比不上，是「最…」的事物。中文意思是：「沒什麼是…」、「沒有…像…一樣」、「沒有…比…的了」。

例 母の作る手料理ぐらいおいしいものはない。

沒有什麼東西是像媽媽親手做的料理一樣美味的。

我媽做的菜超讚的，尤其是漢堡排，是世上最好吃的！想到就流口水了呢～

用「くらい～はない」表示媽媽的菜餚美味程度無人能及。

親に捨てられた子どもぐらい惨めなものはない。
沒有像被父母拋棄的小孩一樣淒慘的了。

渋谷ほど楽しい街はない。
沒有什麼街道是比澀谷還好玩的了。

彼ほど沖縄を愛した人はいない。
沒有人比他還愛沖繩。

⓰ くらい（だ）、ぐらい（だ）

【用言連體形】＋くらい（だ）、くらい（だ）。表示極端的程度。用在為了進一步說明前句的動作或狀態的程度，舉出具體事例來。相當於「…ほど」。中文意思是：「幾乎…」、「簡直…」、「甚至…」等。

例 田中さんは美人になって、本当にびっくりするくらいでした。

田中小姐變得那麼漂亮，簡直叫人大吃一驚。

我的天啊！醜小鴨田中變得這麼漂亮！

用「くらい」前接具體事例「びっくりする」（大吃一驚）來表示程度的極端。

女房と一緒になったときは、嬉しくて涙が出るくらいでした。
跟老婆結成連理時，高興得眼淚幾乎要掉下來。

マラソンのコースを走り終わったら、疲れて一歩も歩けないくらいだった。
跑完馬拉松全程，精疲力竭到幾乎一步也踏不出去。

街の変化はとても激しく、別の場所に来たのかと思うくらいです。
街道的變化太大，幾乎以為來到了別的地方。

この問題は誰にでもできるぐらい簡単です。
這個問題簡單到幾乎每個人都會回答。

⑰ くらいなら、ぐらいなら

【動詞連體形】＋くらいなら、ぐらいなら。表示與其選前者，不如選後者，是一種對前者表示否定、厭惡的說法。常跟「ましだ」相呼應，「ましだ」表示兩方都不理想，但比較起來，還是某一方好一點。中文的意思是：「與其…不如…」、「要是…還不如…」等。

例 途中でやめるぐらいなら、最初からやるな。

與其要半途而廢，不如一開始就別做！

什麼？好不容易通過的企畫案，才做一半就要放棄！

說話人認為「半途而廢」是很不好的，與其這樣，還是「一開始就別做」的好。

辱めを受けるぐらいなら、むしろ死んだほうがいい。
假如要受這種侮辱，還不如一死百了！

あんな男と結婚するぐらいなら、一生独身の方がましだ。
與其要和那種男人結婚，不如一輩子單身比較好。

借金するぐらいなら、最初から浪費しなければいい。
如果會落到欠債的地步，不如一開始就別揮霍！

大々的にリフォームするくらいなら、建て替えた方がいいんじゃない。
與其要大肆裝修房屋，不如整棟拆掉重蓋比較好吧？

附錄 口語常用說法

1 ちゃ/じゃ/きゃ

---

① 可不翻譯　　　では→じゃ

在口語中「では」幾乎都變成「じゃ」。「じゃ」是「では」的縮略形式，也就是縮短音節的形式，一般是用在口語上。多用在跟自己比較親密的人，輕鬆交談的時候。

○ これ、あんまりきれいじゃないね。
這個好像不大漂亮耶！

○ あの人、正子じゃない？
那個人不是正子嗎？

② …完、…了　　　てしまう→ちゃう；でしまう→じゃう

[動詞連用形＋ちゃう／じゃう]。「…ちゃう」是「…てしまう」的省略形。表示完了、完畢，或某一行為、動作所造成無可挽回的現象或結果，亦或是某種所不希望的或不如意事情的發生。な、ま、が、ば行動詞的話，用「…じゃう」。

○ 夏休みが終わっちゃった。
暑假結束囉！

○ うちの犬が死んじゃったの。
我家養的狗死掉了。

③

不要…、不許… **てはいけない→ちゃいけない；**
ではいけない→じゃいけない

[形容詞・動詞連用形＋ちゃいけない]；[體言；形容動詞詞幹＋じゃいけない]。「…ちゃいけない」為「…てはいけない」的口語形。表示根據某種理由、規則禁止對方做某事，有提醒對方注意、不喜歡該行為而不同意的語氣。

○ ここで走っちゃいけないよ。
不可以在這裡奔跑喔！
○ 子供がお酒を飲んじゃいけない。
小孩子不可以喝酒。

④

不能不…、
不許不…；
必須…

なくてはいけない→なくちゃいけない；
なければならない→なきゃならない

[動詞・形容詞連體形＋なくちゃいけない]；[體言；形容動詞詞幹＋でなくちゃいけない]。「…なくちゃいけない」為「…なくてはいけない」的口語形。表示規定對方要做某事，具有提醒對方注意，並有義務做該行為的語氣。多用在個別的事情、對某個人。
[動詞・形容詞連體形＋なきゃならない；體言・形容動詞詞幹＋でなきゃならない]。「なきゃならない」為「なければならない」的口語形。表示無論是自己或對方，從社會常識或事情的性質來看，不那樣做就不合理，有義務要那樣做。

○ 毎日、ちゃんと花に水をやらなくちゃいけない。
每天都必須幫花澆水。
○ それ、今日中にしなきゃならないの。
這個非得在今天之內完成不可。

2 てる/てく/とく

---

① 在…、正在 …、…著 　　**ている→てる**

表示動作、作用在繼續、進行中，或反覆進行的行為跟習慣，也指發生變化後結果所處的狀態。「…てる」是「…ている」的口語形，就是省略了「い」的發音。

- 何をしてるの？
  なに
  你在做什麼呀？
- 切符はどこで売ってるの？
  きっぷ　　　　　　う
  請問車票在哪裡販售呢？

---

② 去…、…下 去、或不翻譯 　　**ていく→てく**

「…ていく」的口語形是「…てく」，就是省略了「い」的發音。表示某動作或狀態，離說話人越來越遠地移動或變化，或從現在到未來持續下去。

- 車で送ってくよ。
  くるま　おく
  我開車送你過去吧！
- お願い、乗せてって。
  ねが　　　の
  求求你，載我去嘛！

---

③ 先…、…著 　　**ておく→とく**

「…とく」是「…ておく」的口語形，就是把「てお」（teo）說成「と」（to），省掉「e」音。「て形」就說成「…といて」。表示先做準備，或做完某一動作後，留下該動作的狀態。ま、な、が、ば行動詞的變化是由「…でおく」變為「…どく」。

○ 僕のケーキも残しといてね。
記得也要幫我留一塊蛋糕喔！

○ 忘れるといけないから、今、薬を飲んどいて。
忘了就不好了，先把藥吃了吧！

3 って／て

というのは→って

[體言＋って]。這裡的「…って」是「…というのは」的口語形。表示就對方所說的一部份，為了想知道更清楚，而進行詢問，或是加上自己的解釋。

○ 中山さんって誰？知らないわよ、そんな人。
中山小姐是誰？我才不認識那樣的人哩！

○ あいつっていつもこうだよ。すぐうそをつくんだから。
那傢伙老是這樣，動不動就撒謊。

② …所謂…，
叫做…

という→って、て

[體言；用言終止形＋って]。「…って、て」為「…という」的口語形，表示人或事物的稱謂，或提到事物的性質。

○ ＯＬって大変だね。
粉領族真辛苦啊！

○ これ、何て犬？
這叫什麼狗啊？

○ チワワっていうのよ。
叫吉娃娃。

③ 認為…，聽說… **と思う→って；と聞いた→って**

這裡的「…って」是「と思う、と聞いた」的口語形。用在告訴對方自己所想的，或所聽到的。

○ よかったって思ってるんだよ。
我覺得真是太好了。

○ 花子、見合い結婚だって。
聽說花子是相親結婚的。

④ （某某）説…、聽說… **ということだ→って、だって**

[動詞・形容詞連體形＋って]；[體言；形容動詞詞幹]＋なんだって]。「…って」是「…ということだ」的口語形。表示傳聞。是引用傳達別人的話，這些話常常是自己直接聽到的。

○ 彼女、行かないって。
聽說她不去。

○ お兄さん、今日は帰りが遅くなるって。
哥哥說過他今天會晚點回家唷！

○ 彼女のご主人、お医者さんなんだって。
聽說她老公，還是醫生呢！

4 たって/だって

（1） 即使…也…、
雖説…但是… **ても→たって**

[動詞過去式；形容詞連用形＋たって]。「…たって」就是
「…ても」。表示假定的條件。後接跟前面不合的事，後面
的成立，不受前面的約束。

- 私に怒ったってしかたないでしょう？
  就算你對我發脾氣也於事無補吧？
- いくら勉強したって、わからないよ。
  不管我再怎麼用功，還是不懂嘛！
- 遠くたって、歩いていくよ。
  就算很遠，我還是要走路去。
- いくら言ったってだめなんだ。
  不管你再怎麼說還是不行。

（2） （名詞）即
使…也…；
（疑問詞）
…都… **でも→だって**

[體言；形容動詞詞幹＋だって]。「だって」相當於「…で
も」。表示假定逆接。就是後面的成立，不受前面的約束。
[疑問詞＋だって]。表示全都這樣，或是全都不是這樣的意
思。

- 不便だってかまわないよ。
  就算不方便也沒有關係。
- 強い人にだって勝てるわよ。
  再強的人我都能打贏。
- 時間はいつだっていいんだ。
  不論什麼時間都無所謂。

37

5 ん

「ない」說文言一點是「ぬ」（nu），在口語時脫落了母音
「u」，所以變成「ん」（n），也因為是文言，所以說起來
比較硬，一般是中年以上的男性使用。

○ 来るか来ないかわからん。
我不知道他會不會來。

○ 間に合うかもしれんよ。
說不定還來得及喔。

② ら行→ん

口語中也常把「ら行」「ら、り、る、れ、ろ」變成
「ん」。如：「やるの→やんの」，「わからない→わかん
ない」，「お帰りなさい→お帰んなさい」，「信じられな
い→信じらんない」。後三個有可愛的感覺，雖然男女都可
以用，但比較適用女性跟小孩。對日本人而言，「ん」要比
「ら行」的發音容易喔！

○ 信じらんない、いったいどうすんの？
真令人不敢相信！到底該怎麼辦啊？

○ この問題難しくてわかんない。
這一題好難，我都看不懂。

の→ん

口語時，如果前接最後一個字是「る」的動詞，「る」常變成「ん」。另外，在[t]、[d]、[tʃ]、[r]、[n]前的「の」在口語上有發成「ん」的傾向。[動詞連體形＋んだ]。這是用在表示說明情況或強調必然的結果，是強調客觀事實的句尾表達形式。「…んだ」是「…のだ」的口語音變形式。

○ 今から出かけるんだ。
我現在正要出門。

○ もう時間なんで、お先に失礼。
時間已經差不多了，容我先失陪。

○ ここんとこ、忙しくて。
最近非常忙碌。

6 其他各種口語縮約形

① 變短

口語的表現，就是求方便，聽得懂就好了，所以容易把音吃掉，變得更簡短，或是改用比較好發音的方法。如下：
けれども→けど
ところ→とこ
すみません→すいません
わたし→あたし
このあいだ→こないだ

○ 今迷ってるとこなんです。
我現在正猶豫不決。

○ 音楽会の切符あるんだけど、どう？
我有音樂會的票，要不要一起去呀？

○ あたし、料理苦手なのよ。
我的廚藝很差。

長音短音化

把長音發成短音，也是口語的一個特色。總之，口語就是一個求方便、簡單。括號中為省去的長音。

○ いっしょ（う）けんめいやる。
會拚命努力去做。

○ 今日、けっこ（う）歩くね。
今天走了不少路哪！

促音化

口語中為了說話表情豐富，或有些副詞為了強調某事物，而有促音化「っ」的傾向。如下：
こちら→こっち
そちら→そっち
どちら→どっち
どこか→どっか
すごく→すっごく
ばかり→ばっかり
やはり→やっぱり
くて→くって（よくて→よくって）
やろうか→やろっか

○ こっちにする、あっちにする？
要這邊呢？還是那邊呢？

○ じゃ、どっかで会おっか。
那麼，我們找個地方碰面吧？

○ あの子、すっごくかわいいんだから。
那個小孩子實在是太可愛了。

撥音化

加入撥音「ん」有強調語氣作用，也是口語的表現方法。如
下：
あまり→あんまり
おなじ→おんなじ

○ 家からあんまり遠くないほうがいい。
最好離家不要太遠。
○ 大きさがおんなじぐらいだから、間違えちゃい
ますね。
因為大小尺寸都差不多，所以會弄錯呀！

⑤

拗音化

「れは」變成「りゃ」、「れば」變成「りゃ」是口語的表
現方式。這種說法讓人有「粗魯」的感覺，大都為中年以上
的男性使用。常可以在日本人吵架的時候聽到喔！如下：
これは→こりゃ
それは→そりゃ
れば→りゃ（食べれば→食べりゃ）

○ こりゃ難しいや。
這下可麻煩了。
○ そりゃ大変だ。急がないと。
那可糟糕了，得快點才行。
○ そんなにやりたきゃ、勝手にすりゃいい。
如果你真的那麼想做的話，那就悉聽尊便吧。

⑥

省略開頭

說得越簡單、字越少就是口語的特色。省略字的開頭也很常
見。如下：
それで→で
いやだ→やだ
ところで→で

○ 丸いのはやだ。
我不要圓的！

○ ったく、人をからかって。
真是的，竟敢嘲弄我！

○ そうすか、じゃ、お言葉に甘えて。
是哦，那麼，就恭敬不如從命了。

⑦ 省略字尾

前面說過，說得越簡單、字越少就是口語的特色。省略字尾
也很常見喔！如下：
帰ろう→帰ろ
でしょう→でしょ（だろう→だろ）
ほんとう→ほんと
ありがとう→ありがと

○ きみ、独身だろ？
你還沒結婚吧？

○ ほんと？どうやるんですか。
真的嗎？該怎麼做呢？

⑧ 母音脱落

母音連在一起的時候，常有脱落其中一個母音的傾向。如下：
ほうがいいんです→ほうがインです。
（いい→「ii→i（イ）」）
這樣比較好。

やむをえない→やモえない。
（むを→「muo→mo（も）」）
不得已。

7 省略助詞

① を

在口語中，常有省略助詞「を」的情況。

- ○ ご飯（を）食べない？
  要不要一起來吃飯呢？

- ○ いっしょにビール（を）飲まない？
  要不要一起喝啤酒呢？

② が、に（へ）

如果從文章的前後文內容來看，意思很清楚，不會有錯誤時，常有省略「が」、「に（へ）」的傾向。其他的情況，就不可以任意省略喔！

- ○ おもしろい本（が）あったらすぐ買うの？
  要是發現有趣的書，就要立刻買嗎？

- ○ コンサート（に／へ）行く？
  要不要去聽演唱會呢？

- ○ 遊園地（に／へ）行かない？
  要不要去遊樂園呢？

③ は

提示文中主題的助詞「は」在口語中，常有被省略的傾向。

- ○ 昨日のパーティー（は）どうだった？
  昨天的派對辦得怎麼樣呢？

- ○ 学校（は）何時からなの？
  學校幾點上課？

① てください→て；ないでください→ないで

簡單又能迅速表達意思，就是口語的特色。請求或讓對方做什麼事，口語的說法，就用這裡的「て」（請）或「ないで」（請不要）。

○ 智子、辞書持ってきて。
智子，把辭典拿過來。

○ 何も言わないで。
什麼話都不要說。

② なくてはいけない→なくては；なくちゃいけない→なくちゃ；ないといけない→ないと

表示不得不，應該要的「なくては」、「なくちゃ」、「ないと」都是口語的形式。朋友和家人之間，簡短的說，就可以在很短的時間，充分的表達意思了。

○ 明日返さなくては。
明天就該歸還的。

○ 皆さんに謝らなくちゃ。
得向大家道歉才行。

○ もっと急がないと。
再不快點就來不及了。

たらどうですか→たら；ばどうですか→ば； てはどうですか→ては

「たら」、「ば」、「ては」都是省略後半部，是口語常有的說法。都有表示建議、規勸對方的意思。都有「…如何」的意思。朋友和家人之間，由於長期生活在一起，有一定的默契，所以話可以不用整個講完，就能瞭解意思啦！

○ 難しいなら、先生に聞いてみたら？
這部分很難，乾脆去請教老師吧？
○ 電話してみれば？
乾脆打個電話吧？
○ 食べてみては？
要不要吃吃看呢？

9 曖昧的表現

…之類、
…等等　　でも

說話不直接了當，給自己跟對方留餘地是日語的特色。「體言＋でも」不用說明情況，只是舉個例子來提示，暗示還有其他可以選擇。

○ ねえ。犬でも飼う？
我說呀，要不要養隻狗呢？
○ コーヒーでも飲む？
要不要喝杯咖啡？

…之類、…等 **なんか**

[體言＋なんか]。是不明確的斷定，說的語氣婉轉，這時相當於「など」。表示從多數事物中特舉一例類推其它，或列舉很多事物接在最後。

○ 納豆なんかどう？体にいいんだよ。
要不要吃納豆呢？有益身體健康喔！

○ これなんかおもしろいじゃないか。
像這種東西不是挺有意思的嗎？

③

有時…，有時
…；又…又… **たり**

[體言；形容動詞過去式＋たり]；[動詞・形容詞過去式＋り]。
表示列舉同類的動作或作用。

○ 夕食の時間は7時だったり8時だったりで、決まっていません。
晚餐的時間有時候是七點，有時候是八點，不太一定。

○ 最近、暑かったり寒かったりだから、風邪を引かないようにね。
最近的天氣時熱時冷，小心別感冒囉！

○ 休みはいつも部屋で音楽聴いたり本読んだりしてるよ。
在假日時，我總是在房間裡聽聽音樂、看看書。

4

…啦…啦、…
或…

とか

[體言；用言終止形＋とか]。表示從各種同類的人事物中選出
一、兩個例子來說，或羅列一些事物。

○ 頭が痛いって、どしたの？お父さんの会社、危
ないとか？
你為什麼會頭疼呢？難道是你爸爸的公司面臨倒閉
危機嗎？

○ 休みの日は、テレビを見るとか本を読むとかす
ることが多い。
假日時，我多半會看電視或是看書。

因為…

し

[用言終止形＋し]。表示構成後面理由的幾個例子。

○ 今日は暇だし、天気もいいし、どっか行こう
よ。
今天沒什麼事，而且天氣晴朗，我們挑個地方走一
走吧！

○ 今年は、給料も上がるし、結婚もするし、いい
ことがいっぱいだ。
今年加了薪又結了婚，全都是些好事。

10 語順的變化

① 感情句移到句首

迫不及待要把自己的喜怒哀樂，告訴對方，口語的表達方
式，就是把感情句放在句首。

○ 優勝<ruby>優勝<rt>ゆうしょう</rt></ruby>できておめでとう。
→おめでとう、優勝<ruby>優勝<rt>ゆうしょう</rt></ruby>できて。
恭喜榮獲冠軍！

○ その日<ruby>日<rt>ひ</rt></ruby>行けなくても仕方<ruby>仕方<rt>し かた</rt></ruby>ないよね。
→仕方<ruby>仕方<rt>し かた</rt></ruby>ないよね、その日<ruby>日<rt>ひ</rt></ruby>行けなくても。
那天沒辦法去也是無可奈何的事呀！

② 先說結果，再說理由

對方想先知道的，先講出來，就是口語的常用表現方法了。

○ 格好悪<ruby>格好悪<rt>かっこうわる</rt></ruby>いから嫌<ruby>嫌<rt>いや</rt></ruby>だよ。
→嫌<ruby>嫌<rt>いや</rt></ruby>だよ、格好悪<ruby>格好悪<rt>かっこうわる</rt></ruby>いから。
那樣很遜耶，我才不要哩！

○ 日曜日<ruby>日曜日<rt>にちよう び</rt></ruby>だから銀行休<ruby>銀行休<rt>ぎんこうやす</rt></ruby>みだよ。
→銀行休<ruby>銀行休<rt>ぎんこうやす</rt></ruby>みだよ、日曜日<ruby>日曜日<rt>にちよう び</rt></ruby>だから。
因為是星期天，所以銀行沒有營業呀！

③ 疑問詞移到句首

有疑問，想先讓對方知道，口語中常把疑問詞放在前面。

○ これは何？
→何、これ？
這是什麼？

○ 時計はどこに置いたんだろう。
→どこに置いたんだろう、時計？
不知道手錶放到哪裡去了呢？

自己的想法、心情部分，移到前面

最想讓對方知道的事，如自己的想法或心情部分，要放到前面。

○ その日用事があって、ごめん。
→ごめん、その日用事があって。
那天剛好有事，對不起。

○ 中に持って来ちゃだめ。
→だめ、中に持って来ちゃ。
不可以帶進室內！

副詞或副詞句，移到句尾

句中的副詞，也就是強調的地方，為了強調、叮嚀，口語中會移到句尾，再加強一次語氣。

○ ぜひお試しください。
→お試しください、ぜひ。
請務必試試看。

○ ほんとは、僕も行きたかったな。
→僕も行きたかったな、ほんとは。
其實我也很想去哪！

11 其他

① 重複的說法

為了強調說話人的情緒，讓聽話的對方，能馬上感同身受，口語中也常用重複的說法。效果真的很好喔！如「だめだめ」（不行不行）、「よしよし」（太好了太好了）等。

○ へえ、これが作り方の説明書か。どれどれ。
是哦，這就是作法的說明書嗎。我瞧瞧、我瞧瞧。

○ ごめんごめん！待った？
抱歉抱歉！等很久了嗎？

② 「どうぞ」、「どうも」等固定表現

日語中有一些固定的表現，也是用省略後面的說法。這些說法可以用在必須尊重的長輩上，也可以用在家人或朋友上。這樣的省略說法，讓對話較順暢。

○ どうぞお大事にしてください。
→どうぞお大事に。
請多加保重身體。

○ どうぞご心配なさらないでください。
→どうぞご心配なく。
敬請無需掛意。

○ どうもありがとう。
→どうも。
謝謝。

3

口語常有的表現（一）

「っていうか」相當於「要怎麼說…」的意思。用在選擇適
當的說法的時候；「ってば」意思近似「…ったら」，表示
很想跟對方表達心情時，或是直接拒絕對方，也用在重複同
樣的事情，而不耐煩的時候。相當口語的表現方式。

○ 山田君って、山男っていうか、素朴で、男らしくて。
該怎麼形容山田呢？他像個山野男兒，既樸直又有男子氣概。

○ そんなに怒るなよ、冗談だってば。
你別那麼生氣嘛，只不過是開開玩笑而已啦！

口語常有的表現（二）

「なにがなんだか」強調完全不知道之意；另外，叫對方
時，沒有加上頭銜、小姐、先生等，而直接叫名字的，是口
語表現的另一特色，特別是在家人跟朋友之間。

○ 難しくて、何が何だかわかりません。
太難了，讓我完全摸不著頭緒。

○ みか、どの家がいいと思う？
美佳，妳覺得哪間房子比較好呢？

○ まゆみ、お父さんみたいな人と付き合うんじゃない。
真弓，不可以跟像妳爸爸那種人交往！

⑱ こそ

【用言連用形；體言】＋こそ。（1）表示特別強調某事物。中文意思是：「正是…」、「才（是）…」；（2）表示強調充分的理由。前面常接「から」或「ば」。相當於「…ばこそ」。中文意思是：「正（因為）…才…」。

例 こちらこそよろしくお願^{ねが}いします。

彼此彼此，請多多關照。

「こそ」前接的「こちら」（我）是強調的事物。

強調不是您，「我」才需要您多多關照，就用「こそ」。

誤^{あやま}りを認^{みと}めてこそ、立派^{りっぱ}な指導者^{しどうしゃ}と言^いえる。
唯有承認自己的錯，才叫了不起的領導者。

商売^{しょうばい}は、相手^{あいて}があればこそ成^なり立^たつものです。
買賣要有對象才能夠成立。

今度^{こんど}こそ試合^{しあい}に勝^かちたい。
這次比賽一定要贏。

今年^{ことし}こそ『竜馬伝^{りょうまでん}』を終^おわりまで読^よむぞ。
無論如何，今年非得讀完《龍馬傳》不可！

⑲ ことか

【疑問詞】＋【用言連體形】＋ことか。表示該事物的程度如此之大，大到沒辦法特定。含有非常感慨的心情。前面常接疑問詞「どんなに、どれだけ」等。相當於「非常に…だ」。中文意思是：「得多麼…啊」、「…啊」、「…呀」等。

例 あなたが子どもの頃は、どんなにかわいかったことか。

你小時候多可愛啊！

看到女兒孩童時期的照片，唉呀！真是可愛呀！

用「ことか」表示前接的「かわいかった」（可愛的）程度大到沒辦法特定。

それを聞いたら、お母さんがどんなに悲しむことか。
聽了那個以後，母親會多傷心啊！

やることがなくて、どんなに退屈したことか。
無所事事，多無聊呀！

彼はなんと立派な青年になったことか。
他成為這麼出色的青年了啊！

子供のときには、お正月をどんなに喜んだことでしょうか。
小時候，每逢過年，真不曉得有多麼開心呀。

⑳ ことだ

【動詞連體形】＋ことだ。表示一種間接的忠告或命令。說話人忠告對方，某行為是正確的或應當的，或某情況下將更加理想。口語中多用在上司、長輩對部屬、晚輩。相當於「…したほうがよい」。中文意思是：「就得…」、「要…」、「應當…」、「最好…」等。

例 大会に出たければ、がんばって練習することだ。

如果想出賽，就要努力練習。

「ことだ」前接長輩等忠告的內容。

想要出賽，那麼能力就要更強，也就是要不斷地練習。

不平があるなら、はっきり言うことだ。
如果有什麼不滿，最好要說清楚。

成功するためには、懸命に努力することだ。
要成功，就應當竭盡全力。

合格したければ、毎日勉強することだ。
要考上，就得每天讀書。

痩せたいのなら、間食、夜食をやめることだ。
如果想要瘦下來，就不能吃零食和消夜。

㉑ ことにしている

【動詞連體形】＋ことにしている。表示個人根據某種決心，而形成的某種習慣、方針或規矩。翻譯上可以比較靈活。中文的意思是：「都…」、「向來…」等。

例 自分は毎日12時間、働くことにしている。

也因此，決定「每天都會工作十二個小時」。現在也都成為習慣了。

公司網路開店之後，生意越來越好！我得多花時間在網路上了。

毎晩12時に寝ることにしている。
我每天都會到晚上十二點才睡覺。

休日は家でゆったりと過ごすことにしている。
每逢假日，我都是在家悠閒度過。

借金の連帯保証人にだけはならないことにしている。
唯獨當借款的連帶保證人這件事，我絕對不做。

個人攻撃はなるべく気にしないことにしている。
我向來盡量不把別人對我的人身攻擊放在心上。

㉒ ことになっている、こととなっている

【動詞連體形】＋ことになっている、こととなっている。表示客觀做出某種安排，像是表示約定或約束人們生活行為的各種規定、法律以及一些慣例。「ている」表示結果或定論等的存續。相當於「予定では…する」。中文意思是：「按規定…」、「預定…」、「將…」。

例 夏休みの間、家事は子供たちがすることになっている。

暑假期間，說好家事是小孩們要做的。

暑假期間，家事是小孩們做的，這是家人說好的規定。所以用「ことになっている」。

「ことになっている」可以表示這個約定的結果的持續存在。

書類には、生年月日を書くことになっていた。
資料按規定要填上出生年月日。

隊長が来るまで、ここに留まることになっています。
按規定要留在這裡，一直到隊長來。

10時以降は外出禁止ということとなっています。
按規定10點以後，禁止外出。

試験作成指針によるとテキストから出題されることになっている。
根據考試指南，試題將會從課文內容裡面出題。

23 ことはない

【動詞連體形】＋ことはない。表示鼓勵或勸告別人，沒有做某一行為的必要。相當於「…する必要はない」。中文意思是：「不要…」、「用不著…」。

例 部長の評価なんて、気にすることはありません。
用不著去在意部長的評價。

莉莉花了很多心思寫的企畫案，又被部長批評得一文不值。

鼓勵莉莉不要太在意用「ことはない」前面加「気にする」。

あんなひどい女のことで、悩むことはないですよ。
用不著為那種壞女人煩惱。

日本でも勉強できますから、アメリカまで行くことはないでしょう。
在日本也可以學，不必去美國吧！

時間は十分あるから急ぐことはない。
時間還很充裕，不用著急。

車で10分で行けますので、慌てることはない。
由於只要開車十分鐘就可抵達了，不需要慌張。

㉔ 際、際は、際に（は）

【體言の；動詞連體形】＋際、際は、際に（は）。表示動作、行為進行的時候。相當於「…ときに」。中文意思是：「…的時候」、「在…時」、「當…之際」等。

例 仕事の際には、コミュニケーションを大切にしよう。
在工作時，要著重視溝通。

團體要得到共識，溝通是很重要的，尤其是在工作的時候。

表示「…的時候」用「際には」。

故郷に帰った際に、とても歓迎された。
回故鄉時，受到熱烈的歡迎。

以前、東京でお会いした際、名刺をお渡ししたと思います。
我想之前在東京與您見面時，有遞過名片給您。

パスポートを申請する際には写真が必要です。
申請護照時需要照片。

何か変更がある際は、こちらから改めて連絡いたします。
若有異動時，我們會再和您聯繫。

25 最中に、最中だ

【名の；用言連用形＋ている】＋最中に、最中だ。表示某一行為、動作正在進行中。常用在這一時刻，突然發生了什麼事的場合。相當於「…している途中に」。中文意思是：「正在…」。

例 例の件について、今検討している最中だ。

那個案子，現在正在檢討中。

那件企畫案，由於尺寸出了問題，所以大家正在檢討中。

表示檢討這一行為正在進行用「最中だ」。

大事な試験の最中に、急におなかが痛くなってきた。
在重要的考試時，肚子突然痛起來。

放送している最中に、非常ベルが鳴り出した。
廣播時警鈴突然響起來了。

犯罪防止の方法を考えている最中ですが、何かいい知恵はありませんか。
我正在思考預防犯罪的方法，你有沒有什麼好主意？

台所でてんぷらを揚げていた最中に、地震が起きた。
正當我在廚房烹炸天婦羅時，突然發生了地震。

㉖ さえ、でさえ

【體言】＋さえ、でさえ。用在理所當然的事都不能了，其他的事就更不用說了。相當於「…すら、…でも、…も」。中文意思是：「連…」、「甚至…」。

例 私でさえ、あの人の言葉にはだまされました。
就連我也被他的話給騙了。

暗含其它的人就
更不用説了。

平常最精明的我，都
被那個人的花言巧語
給騙了。

学費がなくて、高校進学さえ難しかった。
沒錢繳學費，就連上高中都有問題了。

眠ることさえできないほど、ひどい騒音だった。
噪音大到連睡都沒辦法睡！

彼は「あいうえお」さえ読めません。
他連「あいうえお」都不會唸。

㉗ さえ…ば、さえ…たら

【體言】＋さえ＋【用言假定形】＋ば、たら。表示只要某事能夠實現就足夠了。其他的都是小問題。強調只需要某個最低，或唯一的條件，後項就可以成立了。相當於「…その条件だけあれば」。中文意思是：「只要…（就）…」。

例 手続きさえすれば、誰でも入学できます。

只要辦手續，任何人都能入學。

哇！這所學校門檻真低，只要申請一下，任誰都可以入學的。

也就是只要做「さえ…ば」前面的動作，其餘的都是小問題啦！

この試合にさえ勝てば、優勝できそうだ。
只要能贏這場比賽，大概就能獲得冠軍。

君の歌さえよかったら、すぐにでもコンクールに出場できるよ。
只要你歌唱得好，馬上就能參加試唱會！

道が込みさえしなければ、空港まで30分で着きます。
只要不塞車，30分就能到機場了。

君の都合さえ良かったら、遊びに来てください。
只要你有空，歡迎隨時來玩。

㉘ （さ）せてください、（さ）せてもらえますか、（さ）せてもらえませんか

【動詞未然形；サ變動詞語幹】＋（さ）せてください、（さ）せてもらえますか、（さ）せてもらえませんか。「（さ）せてください」用在想做某件事情前，先請求對方的許可。「（さ）せてもらえますか」、「（さ）せてもらえませんか」表示徵詢對方的同意來做某件事情。以上三個句型的語氣都是客氣的。中文意思是：「請讓…」、「能否允許…」、「可以讓…嗎？」。

例 課長、その企画は私にやらせてください。

課長，那個企劃請讓我來做。

（暗想）：這份企劃案成功的話升遷就不是夢想！我可要好好把握！

「やる」變成「やらせてください」，語氣變得委婉許多，對上司講話就是要這麼客氣喔！

お願い、子どもに会わせてください。
拜託你，請讓我見見孩子。

あとでお返事しますから、少し考えさせてもらえませんか。
我稍後再回覆您，所以可以讓我稍微考慮一下嗎？

今日はこれで帰らせてもらえますか。
請問今天可以讓我回去了嗎？

㉙ （さ）せる

【一段動詞；カ變動詞未然形；サ變動詞詞幹】＋させる。【五段動詞未然形】＋せる。表示使役。使役形的用法有：（1）某人強迫他人做某事，由於具有強迫性，只適用於長輩對晚輩或同輩之間。這時候如果是他動詞，用「XがYにNをV-（さ）せる」。如果是自動詞用「XがYを／にV-（さ）せる」；（2）某人用言行促使他人（用「を」表示）自然地做某種動作；（3）允許或放任不管。中文意思是：「讓⋯」、「叫⋯」。

例 親が子供に部屋を掃除させた。

父母叫小孩打掃房間。

過年快到了，全家總動員大掃除了。媽媽叫小孩打掃房間。

命令的人用「が或は」，動作實行的人用「に」表示。而他動詞的動作對象是「部屋」，用「を」表示。

若い人に荷物を持たせる。
讓年輕人拿行李。

姉はプレゼントをして、父を喜ばせました。
姊姊送禮，讓父親很高興。

私は会社を辞めさせていただきます。
請讓我辭職。

私がそばにいながら、子供にけがさせてしまった。
雖然我人在身旁，但還是讓孩子受傷了。

㉚ （さ）せられる

【動詞未然形】＋（さ）せられる。表示被迫。被某人或某事物強迫做某動作，且不得不做。含有不情願、感到受害的心情。這是從使役句的「XがYにNをV-(さ)せる」變成為「YがXにNをV-(さ)せられる」來的，表示Y被X強迫做某動作。中文的意思是：「被迫…」、「不得已…」。

例 社長に、難しい仕事をさせられた。

社長讓我做困難的工作。

社長十分嚴格，特別是對我，每次都會找一些難題來考我。這次竟要我一天內，把公司倉庫裡10年來所有的檔案，按類別分好。我的天啊！

被強迫的「私」是主語，用助詞「が」，強迫人家的社長用「に」，被強迫的內容「難しい仕事」用「を」表示。

彼と食事すると、いつも僕がお金を払わせられる。
每次要跟他吃飯，都是我付錢。

花子はいやいや社長の息子と結婚させられた。
花子心不甘情不願地被安排和社長的兒子結婚。

若い二人は、両親に別れさせられた。
兩位年輕人被父母強迫分開。

公園でごみを拾わせられた。
被迫在公園撿垃圾。

㉛ 使役形＋もらう

【使役形】＋もらう。使役形跟表示請求的「もらえませんか、いただけませんか、いただけますか、ください」等搭配起來，表示請求允許的意思。中文的意思是：「請允許我…」、「請讓我…」等；如果使役形跟「もらう、くれる、いただく」等搭配，就表示由於對方的允許，讓自己得到恩惠的意思。

例 明日ちょっと早く帰らせていただきたいのです。

> 明天晚上我要相親，得早點下班！

> 用「帰る」的使役形「帰らせる」，跟「いただきたい」搭配，表示請求允許「早點回去」這一動作。

詳しい説明をさせていただけませんか。
可以容我做詳細的說明嗎？

ここ1週間くらい休ませてもらったお陰で、体がだいぶ良くなった。
多虧您讓我休息了這個星期，我的身體狀況好轉了許多。

父は土地を売って、大学院まで行かせてくれた。
父親賣了土地，供我讀到了研究所。

農園のおじさんが、ミカンを食べさせてくれた。
農園的伯伯請我吃了橘子。

㉜ しかない

【動詞連體形】＋しかない。表示只有這唯一可行的，沒有別的選擇，或沒有其它的可能性。相當於「…だけだ」。中文意思是：「只能…」、「只好…」、「只有…」。

例 病気(びょうき)になったので、しばらく休業(きゅうぎょう)するしかない。

因為生病，只好暫時歇業了。

> 「しかない」前接「しばらく休業する」這唯一可行的方法。表示沒有其他選擇了。

> 過勞而病倒了，只好住院治療，而店只好暫時歇業了。

嫌(いや)なら、やめるしかない。
如果不願意，只能辭職了。

国会議員(こっかいぎいん)になるには、選挙(せんきょ)で勝(か)つしかない。
要當國會議員，就只有打贏選戰了。

こうなったら、彼(かれ)に頼(たよ)るしかない。
既然這樣，只有拜託他了。

今回(こんかい)はなんとしても成功(せいこう)させるしかない。
這一次無論如何都非得成功不可。

㉝ 自動詞

「自動詞」沒有受詞，動詞本身就可以完整表示主語的某個動作。自動詞是某物因為自然的力量而發生，或施加了某動作後的狀態變化。重點在某物動作後的狀態變化。也表示某物的性質。

例 すみません、カードがたくさん入る財布がほしいのですが。
不好意思，我想要買個可以放很多張卡的錢包。

卡片越來越多，真希望一個錢包就能整個收進去。

自動詞「入る」表示「可以放很多張卡片」的這一狀態。

最近は水がよく売れているんですよ。
最近水的銷路很好喔！

このかばんは壊れやすいものを運ぶのには便利ですね。
這個包包很適合用來搬運易碎物品呢！

寒くて、エンジンがかかりにくいですね。
天氣太冷，車子的引擎不容易發動耶！

祖母の包丁はよく切れますね。
祖母的菜刀十分鋒利好切。

③④ せいか

【用言連體形；體言の】＋せいか。表示原因或理由。表示發生壞事或不利的原因，但這一原因也說不清，不很明確；也可以表示積極的原因。相當於「…ためか」。中文意思是：「可能是（因為）…」、「或許是（由於）…的緣故吧」。

例 年のせいか、からだの調子が悪い。

也許是年紀大了，身體的情況不太好。

也許是上了年紀，最近總特別容易累，又是這裡酸，那裡痛的。

「せいか」前接導致不利結果的原因，但是不是這原因又不是很清楚。

物価が上がったせいか、生活が苦しいです。
也許是因為物價上漲，生活才會這麼困苦。

値段が手頃なせいか、この商品はよく売れます。
也許是因為價格合理，這個商品才賣得這麼好。

要点をまとめておいたせいか、上手に発表できた。
或許是因為有事先整理重點，所以發表得很好。

暑いせいか、頭がボーッとして集中できない。
可能是因為天氣太熱，我的腦中一片空白，無法集中注意力。

㉟ せいで、せいだ

【用言連體形；體言の】＋せいで、せいだ。表示原因或理由。表發生壞事或會導致某種不利的情況的原因，還有責任的所在。「せいで」是「せいだ」的中頓形式。相當於「…が原因だ、…ため」。中文意思是：「由於…」、「因為…的緣故」、「都怪…」等。

例 カロリーをとりすぎたせいで、太った。

因為攝取過多的卡路里，所以變胖了。

都怪自己貪吃，攝取了過多的卡路里（カロリーをとりすぎた）。

體重才會直線上升！「せいで」前面接原因。

あなたのせいで、ひどい目に遭いました。
都怪你，我才會這麼倒霉。

電車が遅れたせいで、会議に遅刻した。
都是因為電車誤點，才害我會議遲到。

遠くまで見えないのは、霧が多いせいですよ。
之所以無法看到遠方，是因為起了大霧喔！

何度やってもうまくいかないのは、企画自体がめちゃくちゃなせいだ。
不管試了多少次都不成功，全應歸咎於企劃案本身雜亂無章。

這些句型也要記

◆ **【體言】＋からすれば、からすると**

→ 表示判斷的依據。意思是：「從…來看」、「從…來說」。

・ 親からすれば、子どもはみんな宝です。

  ・ 對父母而言，小孩個個都是寶。

◆ **【用言終止形】＋からといって**

→ （一）不能僅僅因為前面這一點理由，就做後面的動作。意思是：「（不能）僅因…就…」、「即使…，也不能…」；（二）引用別人陳述的理由。意思是：「說是（因為）…」。

・ 読書が好きだからといって、一日中読んでいたら体に悪いよ。

  ・ 即使愛看書，但整天抱著書看對身體也不好呀！

◆ **【體言】＋からみると、からみれば、からみて（も）**

→ 表示判斷的依據、角度。意思是：「從…來看」、「從…來說」、「根據…來看…」。

・ 雲のようすから見ると、日中は雨が降りそうです。

  ・ 從雲朵的樣子來看，白天好像會下雨。

◆ **【動詞過去式】＋きり…ない**

→ 前項的動作完成後，應該進展的事，就再也沒有下文了。意思是：「…之後，再也沒有…」。

・ 彼女とは一度会ったきり、その後、会ってない。

  ・ 跟她見過一次面以後，就再也沒碰過面了。

◆ **【形容詞・形容動詞詞幹；動詞連用形；名詞】＋げ**

→ 表示帶有某種樣子、傾向、心情及感覺。意思是：「…的感覺」、「好像…的樣子」。

・ かわいげのない女の人は嫌いです。

  ・ 我討厭不討人喜歡的女人。

◆ **【疑問詞】＋【用言連體形】＋ことか**

→ 表示該事物的程度如此之大，大到沒辦法特定。意思是：「…得多麼…啊」、「…啊」、「…呀」。

・ あなたが子どもの頃は、どんなにかわいかったことか。

  ・ 你小時候多可愛啊！

◆ **【用言連體形】＋ことから**

→ 表示判斷的理由。意思是：「從…來看」、「因為…」、「…因此…」。

・ 顔がそっくりなことから、双子であることを知った。

  ・ 因為長得很像，所以知道是雙胞胎。

◆【動詞連體形】＋ことだ

→ 表示一種間接的忠告或命令。意思是：「就得…」、「要…」、「應當…」、「最好…」。

· 大会に出たければ、がんばって練習することだ。

   · 如果想出賽，就要努力練習。

◆【體言の】＋ことだから

→ 表示自己判斷的依據。意思是：「因為是…，所以…」。

· 主人のことだから、また釣りに行っているのだと思います。

   · 我想我老公一定又去釣魚吧！

◆【動詞連體形】＋ことなく

→ 表示從來沒有發生過某事。意思是：「不…」、「不…（就）…」、「不…地…」。

· 立ち止まることなく、未来に向かって歩いていこう。

   · 不要停下腳步，朝向未來邁進吧！

◆【用言連體形】＋ことに、ことには

→ 表示說話人在敘述某事之前的心情。意思是：「令人感到…的是…」。

· 嬉しいことに、仕事は着々と進められました。

   · 高興的是，工作進行得很順利。

◆【動詞未然形】＋ざるをえない

→ 表示除此之外，沒有其他的選擇。意思是：「不得不…」、「只好…」、「被迫…」。

· 上司の命令だから、やらざるを得ない。

   · 由於是上司的命令，也只好做了。

◆【動詞連用形】＋しだい

→ 表示某動作剛一做完，就立即採取下一步的行動。意思是：「馬上…」、「一…立即」、「…後立即…」。

· バリ島に着きしだい、電話します。

   · 一到巴里島，馬上打電話給你。

◆【體言】＋しだいだ、しだいで、しだいでは

→ 表示行為動作要實現，全憑「次第だ」前面的名詞的情況而定。意思是：「全憑…」、「要看…而定」、「決定於…」。

· 一流の音楽家になれるかどうかは、才能しだいだ。

   · 能否成為一流的音樂家，全憑才能了。

◆ 【體言】＋じょう、じょうは、じょうも

→ 表示「從這一觀點來看」的意思。意思是：「從…來看」、「出於…」、「鑑於…上」。

・ 経験上、練習を三日休むと体がついていかなくなる。

　・ 就經驗來看，練習一停三天，身體就會生硬。

◆ 【動詞未然形】＋ずにはいられない

→ 表示自己的意志無法克制，情不自禁地做某事。意思是：「不得不…」、「不由得…」、「禁不住…」。

・ すばらしい風景を見ると、写真を撮らずにはいられません。

　・ 一看到美麗的風景，就禁不住想拍照。

◆ 【用言連體形；體言】＋だけあって

→ 表示名實相符，後項結果跟自己所期待或預料的一樣，因而心生欽佩。意思是：「不愧是…」、「到底是…」、「無怪乎…」。

・ このへんは、商業地域だけあって、とてもにぎやかだ。

　・ 這附近不愧是商業區，相當熱鬧。

MP3-36

(36) たい

【動詞連用形】＋たい。表示說話人（第一人稱）的內心願望。疑問句則是聽話人內心的願望。想要的事物用「が」表示。詞尾變化跟形容詞一樣。比較婉轉的表現是「たいと思う」。意思是：「想…」、「想要…」等。

例 冷(つめ)たいビールが飲(の)みたいなあ。

真希望喝杯冰涼的啤酒呀！

炎炎夏日，最想喝的就是冰涼的啤酒了！
用「たい」跟「飲む」的連用形「飲み」表示想喝這個動作。想要的事物是「が」前面的「冷たいビール」。

社会人(しゃかいじん)になったら一人(ひとり)暮(ぐ)らしをしたいと思(おも)います。
我希望在進入社會工作以後，能夠自己一個人過生活。

生(う)まれ変(か)わったら、ビル・ゲイツになりたい。
希望我的下輩子會是比爾・蓋茲。

銀座(ぎんざ)へ行(い)きたいのですが、どう行(い)ったらいいですか。
我想要去銀座，請問該怎麼去那邊呢？

そんなに会(あ)いたければ会(あ)わせてやろう。
如果你真的那麼想見他，那就讓你們見面吧！

③⑦ だけ

【體言】＋だけ。表示只限於某範圍，除此以外沒有別的了。可譯作「只」、「僅僅」。

例 お弁当は一つだけ買います。
只要買一個便當。

今天家裡只有我一個人，午餐就買便當吃吧！

だけ

「だけ」帶有肯定前面「一つ」（一個）的意味。因為只有一個人，所以買一個就很夠了。

テレビは一時間だけ見ます。
只看一小時的電視。

小川さんはお酒だけ飲みます。
小川先生只喝酒。

漢字は少しだけわかります。
漢字只懂得一點點。

お気持ちだけいただきます。
您的好意，我心領了。

㉘ だけしか

【體言】＋だけしか。限定用法。下面接否定表現，表示除此之外就沒別的了。比起單獨用「だけ」或「しか」，兩者合用更多了強調的意味。中文意思是：「只…」、「…而已」、「僅僅…」。

例 私はあなただけしか見えません。
我眼中只有你。

交往4年了，我還是只深愛著我的男朋友，別的男人都不放在眼裡。

想要強調「只有」的話，用「だけしか」就對了。別忘了後面要接否定句喔！

僕の手元には、お金はこれだけしかありません。
我手邊只有這些錢而已。

新聞では、彼一人だけしか名前を出していない。
報紙上只有刊出他一個人的名字。

この図書館は、平日は午前中だけしか開いていません。
這間圖書館平日只有上午開放。

㊴ だけ（で）

【用言連體形；體言】＋だけ（で）。表示沒有實際體驗，就可以感受到。「只要…就…」的意思。又表示除此之外，別無其它。「只是…」，「只有…」的意思。

例 彼女（かのじょ）と温泉（おんせん）なんて、想像（そうぞう）するだけでうれしくなる。

跟她去洗溫泉，光想就叫人高興了！

她答應跟我去箱根旅行了！那不就可以一起洗溫泉了。

「だけで」表示雖然還沒有跟她一起洗溫泉，但光憑想像就很高興了。

名前（なまえ）を登録（とうろく）するだけで、すぐにサービスを利用（りよう）することができます。
僅需登錄姓名，即可立即利用該項服務。

一般（いっぱん）の山道（やまみち）よりちょっと険（けわ）しいだけで、大（たい）したことはないですよ。
只不過比一般的山路稍微險峻一些而已，沒什麼大不了的啦！

彼女（かのじょ）は服装（ふくそう）が派手（は）で（で）なだけで、性格（せいかく）はおとなしいですよ。
她的穿著打扮雖然很誇張，但是個性非常溫良喔！

たった一度（いちど）の失言（しつげん）だけで、首（くび）になってしまうんですね。
只不過區區一次發言失當，就慘遭革職了呀！

⑩ たとえ…ても

たとえ＋【動詞・形容詞連用形】＋ても；たとえ＋【體言；形容動詞連用形】＋でも。表示讓步關係，即使是在前項極端的條件下，後項結果仍然成立。相當於「もし…だとしても」。中文意思是：「即使…也…」、「無論…也…」。

例 たとえ明日雨が降っても、試合は行われます。

明天即使下雨，比賽還是照常舉行。

「たとえ」跟「ても」中間接極端的條件「明日雨が降る」。

表示即使「明天下雨」，還是要做後面的動作「試合は行なわれます」（進行比賽）。

たとえ費用が高くてもかまいません。
即使費用高也沒關係。

たとえ何を言われても、私は平気だ。
不管人家怎麼說我，我都不在乎。

たとえつらくても、途中で仕事を投げ出してはいけない。
工作即使再怎麼辛苦，也不可以中途放棄。

たとえでたらめでも、提出しさえすればOKです。
即便是通篇胡扯，只要能夠交出來就OK了。

㊶ （た）ところ

【動詞過去式】＋ところ。這是一種順接的用法，表示因某種目的去作某一動作，但在偶然的契機下得到後項的結果。前後出現的事情，沒有直接的因果關係，後項經常是出乎意料之外的客觀事實。相當於「…した結果」。中文意思是：「…，結果…」，或是不翻譯。

例 事件に関する記事を載せたところ、たいへんな反響がありました。

去刊登事件相關的報導，結果得到熱烈的回響。

沒想到卻得到「たいへんな反響がありました」（熱烈的回響）的後項結果。

「（た）ところ」前接為了報導事件而做的「事件に関する記事を載せた」（刊登事件的消息）這一動作。

A社にお願いしたところ、早速引き受けてくれた。
去拜託Ａ公司，結果對方馬上就答應了。

新しい雑誌を発行したところ、とてもよく売れました。
發行新的雜誌，結果銷路很好。

車をバックさせたところ、塀にぶつかってしまった。
倒車時撞上了圍牆。

思い切って頼んでみたところ、OKが出ました。
鼓起勇氣提出請託後，得到了對方OK的允諾。

㊷ （た）とたん、（た）とたんに

【動詞過去式】＋とたん、とたんに。表示前項動作和變化完成的一瞬間，發生了後項的動作和變化。由於說話人當場看到後項的動作和變化，因此伴有意外的語感。相當於「…したら、その瞬間に」。中文意思是：「剛…就…」、「剛一…，立刻…」、「剎那就…」等。

例 二人は、出会ったとたんに恋に落ちた。

両人一見鍾情。

「出会った」（一見面）這一動作接「たとたん」，表示瞬間就發生了後項的動作「恋に落ちた」（戀愛了）。

「たとたん」前後的動作之間的變化是瞬間的，也就是「一見鍾情」啦！

窓を開けたとたん、ハエが飛び込んできた。
剛一打開窗戶，蒼蠅就飛進來了。

歌手がステージに出たとたんに、みんな拍手を始めた。
歌手一上舞台，大家就拍起手來了。

疲れていたので、ベッドに入ったとたんに眠ってしまった。
因為很累，所以才上床就睡著了。

彼女は結婚したとたんに、態度が豹変した。
她一結了婚，態度就陡然驟變。

㊸ たび、たびに

【動詞連體形；體言の】＋たび、たびに。表示前項的動作、行為都伴隨後項。相當於「…するときはいつも」。中文意思是：「每次…」、「每當…就…」、「每逢…就…」等。

例 あいつは、会うたびに皮肉を言う。

每次跟那傢伙碰面，他就冷嘲熱諷的。

每次跟那傢伙碰面，他都會對我冷嘲熱諷。用「たび」表示每一次都會發生一樣的事情。

也就是，每次一有「たび」前面的動作「会う」（碰面），都會伴隨後面的動作「皮肉を言う」（冷嘲熱諷）。

社長は、新しい機械を発明するたびに、お金をもうけています。
每次社長發明新機器，就賺很多錢。

試合のたびに、彼女がお弁当を作ってくれる。
每次比賽時，女朋友都會幫我做便當。

おばの家に行くたびに、ご馳走してもらう。
每次去伯母家，伯母都請我吃飯。

口を開くたび、彼は余計なことを言う。
他只要一開口，就會多說不該說的話。

㊹ たら

【動詞連用形】＋たら。前項是不可能實現，或是與事實、現況相反的事物，後面接上說話者的情感表現，有感嘆、惋惜的意思。中文意思是：「要是…」、「如果…」。

例 鳥のように空を飛べたら、楽しいだろうなあ。

如果能像鳥兒一樣在空中飛翔，一定很快樂啊！

唉，真想要翅膀，想去哪裡就可以飛去哪裡～也不怕塞車。

可惜人類就是沒有翅膀，「たら」表示事與願違。

お金があったら、家が買えるのに。
如果有錢的話，就能買房子的說。

若いころ、もっと勉強しておいたらよかった。
年輕時，要是能多唸點書就好了。

時間があったら、もっと日本語の勉強ができるのに。
要是我有時間，就能多讀點日語了。

㊺ だらけ

【體言】＋だらけ。表示數量過多，到處都是的樣子。常伴有「骯髒」、「不好」等貶意，是說話人給予負面的評價。相當於「…がいっぱい」。中文意思是：「全是…」、「滿是…」、「到處是…」等。

例 子どもは泥だらけになるまで遊んでいた。

孩子們玩到全身都是泥巴。

小孩最愛玩泥巴了！玩得滿身都是呢！

「だらけ」表示都是前面接的那個名詞「泥」（泥巴）。

桜が散って、このへんは花びらだらけです。
櫻花的花瓣掉落，這附近都是花瓣。

あの人は借金だらけだ。
那個人欠了一屁股債。

このレポートの字は間違いだらけだ。
這份報告錯字連篇。

虐めでもあったのか、彼はいつも怪我だらけになって帰ってきた。
不知道是否遭到了霸凌，他總是帶著一身傷回家。

㊻ たらどうでしょう

【動詞連用形】＋たらどうでしょう。用來委婉地提出建議、邀請，或是對他人進行勸說。中文意思是：「…如何？」、「…吧」。

例 そんなに嫌（いや）なら、別（わか）れたらどうでしょう。

如果這麼討厭的話，那就分手吧！

我的男朋友又矮又醜又沒錢，最糟糕的是沒有上進心…

不好意思要朋友直接甩掉男朋友，就用「たらどうでしょう」來委婉提出建議吧！

そのプランは田中（たなか）さんに任（まか）せたらどうでしょう。
那個企劃就交由田中來辦，你覺得怎麼樣呢？

直（なお）すより、いっそ買（か）ったらどうでしょう。
與其修理，不如乾脆買新的吧？

安（やす）いうちに、買（か）っておいたらどうでしょう。
趁便宜的時候先買來放著，如何呢？

㊼ ついでに

【動詞連體形；體言の】＋ついでに。表示做某一主要的事情的同時，再追加順便做其他件事情。相當於「…の機会を利用して、…をする」。中文意思是：「順便…」、「順手…」、「就便…」。

> **例** 知人を訪ねて京都に行ったついでに、観光をしました。
>
> 到京都拜訪朋友，順便觀光了一下。

「ついでに」前接的是主要的事情「知人を訪ねて京都に行った」（到京都拜訪朋友），後接的是順便做的事情「観光をしました」（觀光）。

到京都拜訪朋友，想順便去觀光了一下。

先生の見舞いのついでに、デパートで買い物をした。
到醫院去探望老師，順便到百貨公司買東西。

お茶のついでにお菓子もごちそうになった。
喝了茶還讓他招待了糕點。

窓を掃除したついでに車を洗った。
洗刷窗戶時，順便洗了車。

売店に行くなら、ついでにプログラムを買ってきてよ。
要到販售處的話，順便幫我買節目冊。

48 っけ

【動詞・形容詞過去式；體言だ（った）；形容動詞詞幹だ（った）】＋っけ。用在想確認自己記不清，或已經忘掉的事物時。「っけ」是終助詞，接在句尾。也可以用在一個人自言自語，自我確認的時候。當對象為長輩或是身分地位比自己高時，不會使用這個句型。中文意思是：「是不是…來著」、「是不是…呢」。

例 ところで、あなたは誰<ruby>誰<rt>だれ</rt></ruby>だっけ。

話說回來，請問你哪位來著？

打棒球的時候，突然來了一人想加入。這個人以前好像見過。

你是誰呢？我們碰過面嗎？用「っけ」表示自己記不清的事物。

どこに<ruby>勤<rt>つと</rt></ruby>めているんだっけ。
你是在哪裡上班來著？

このニュースは、<ruby>彼女<rt>かのじょ</rt></ruby>に<ruby>知<rt>し</rt></ruby>らせたっけ。
這個消息，有跟她講嗎？

<ruby>約束<rt>やくそく</rt></ruby>は10<ruby>時<rt>じ</rt></ruby>だったっけ。
是不是約好10點來著？

あの<ruby>映画<rt>えいが</rt></ruby>、そんなにおもしろかったっけ。
那部電影真的那麼有趣嗎？

㊾ って

【體言；用言終止形】＋って。表示引用自己聽到的話，相當於表示引用句的「と」，重點在引用。中文的意思是：「他說…」；另外也可以跟表示說明的「んだ」搭配成「んだって」表示從別人那裡聽說了某信息，中文的意思是：「聽說…」、「據說…」。

例 駅の近くにおいしいラーメン屋があるって。

聽說在車站附近有家美味的拉麵店。

我朋友又提供美食情報了！

用「って」表示引用聽到的話「車站附近有家美味的拉麵店」。重點在引用。

田中君、急に用事を思い出したから、少し時間に遅れるって。
田中說突然想起有急事待辦，所以會晚點到。

天気予報では、午後から涼しいって。
聽氣象預報說，下午以後天氣會轉涼。

食べるのは好きだけど飲むのは嫌いだって。
他說他很喜歡大快朵頤，卻很討厭喝杯小酒。

ビールを飲みながら、プロ野球を見るのが至福の時なんだって。
聽說他覺得邊喝啤酒，邊看棒球比賽，是人生一大樂事。

㊿ って（主題・名字）

【體言】＋って。前項為後項的名稱，或是接下來話題的主題內容，後面常接疑問、評價、解釋等表現。是較為隨便的口語表現，比較正式的講法是「とは、というのは」。中文意思是：「叫…的」、「是…」、「這個…」。

例 京都って、ほんとうにいいところですね。

京都真是個好地方呢！

「って」用來提出一個話題，之後就可以針對這個話題發表意見或感想囉～

京都有金閣寺等古蹟，又有漂亮的藝妓，還有可愛的奈良鹿，真希望能住在這個古都！

アリバイって、何のことですか。
「不在場證明」是什麼意思啊？

村上春樹っていう作家、知ってる？
你知道村上春樹這個作家嗎？

懐石料理って、食べたことある？
懷石料理你有吃過嗎？

51 っ放しで、っ放しだ、っ放しの

【動詞連用形】＋っ放しで、っ放しだ、っ放しの。「はなし」是「はなす」的名詞形。表示該做的事沒做，放任不管、置之不理。大多含有負面的評價。另外，表示相同的事情或狀態，一直持續著。前面不接否定形。使用「っ放しの」時，後面要接名詞。中文意思是：「…著」。

例 蛇口を閉めるのを忘れて、水が流れっぱなしだった。

忘記關水龍頭，就讓水一直流著。

地板怎麼是濕的！？糟了！原來是沒關水龍頭，水就這樣流了一整天。

這裡是說話者開了水龍頭後，就沒有理會水龍頭還沒關這件事，就「水が流れっぱなし」（任水一直流）。

電気をつけっぱなしで家を出てしまった。
沒關燈就出門去了。

えらいさんたちに囲まれて、緊張しっぱなしの3時間でした。
身處於大人物們之中，度過了緊張不已的三個小時。

昨日から良い事が起こりっぱなしだ。
從昨天開始，就好事連連。

初めてのテレビ出演で、緊張しっぱなしでした。
第一次參加電視表演，緊張得不得了。

52 っぽい

【體言；動詞連用形】＋っぽい。接在名詞跟動詞連用形後面作形容詞，表示有這種感覺或有這種傾向。與語氣具肯定評價的「らしい」相比，「っぽい」較常帶有否定評價的意味。中文意思是：「看起來好像…」、「感覺像…」。

例 君は、浴衣を着ていると女っぽいね。

你一穿上浴衣，就很有女人味唷！

平常老是穿牛仔褲的女孩，今天穿起浴衣來了，給人感覺比較有女人味喔！

「っぽい」表示有這種感覺，「女っぽい」表示給人感覺像女的。

その本の内容は、子どもっぽすぎる。
這本書的內容太幼稚了。

あの人は忘れっぽくて困る。
那個人老忘東忘西的，真是傷腦筋。

彼女はいたずらっぽい目で私を見ていた。
她以淘氣的眼神看著我。

彼は短気で、怒りっぽい性格だ。
他的個性急躁又易怒。

53 て以来

【動詞連用形】＋て以来。表示自從過去發生某事以後，直到現在為止的整個階段。後項是一直持續的某動作或狀態。跟「…てから」相似，是書面語。中文意思是：「自從…以來，就一直…」、「…之後」等。

例 手術をして以来、ずっと調子がいい。

手術完後，身體狀況一直很好。

「以来」前接「手術をして」，表示自從動手術以後，一直到現在，這整個階段，一直持續「調子がいい」（身體狀況不錯）這一狀態。

彼女は嫁に来て以来、一度も実家に帰っていない。
自從她嫁過來以後，就沒回過娘家。

わが社は、創立して以来、三年連続黒字である。
自從本公司設立以來，連續三年賺錢。

オートメーション設備を導入して以来、製造速度が速くなった。
自從引進自動控制設備之後，生產的速度變快了。

一人暮らしをはじめて以来、初めて金銭的な不安を覚えた。
自從我開始一個人過生活後，首度對收支平衡問題感到了不安。

54 てからでないと、てからでなければ

【動詞連用形】＋てからでないと、てからでなければ。表示如果不先做
前項，就不能做後項。相當於「…した後でなければ」。中文意思是：
「不…就不能…」、「不等…之後，不能…」、「…之前，不…」等。

例 準備体操をしてからでないと、プールには入れません。

不先做暖身運動，就不能進游泳池。

如果不先做「てからでないと」之前
的動作「準備体操をする」（暖身運
動），就不做後面的動作「プールに
はいる」（進游泳池）。

全員集まってからでないと、話ができません。
不等全部到齊，是沒辦法說事情的。

ファイルを保存してからでないと、パソコンのスイッチを切ってはだめです。
不先儲存資料，是不能關電腦。

病気が完全に治ってからでなければ、退院しません。
疾病沒有痊癒之前，就不能出院的。

よく調べてからでなければ、原因がわからない。
不確實查明實況，是沒辦法知道原因的。

MP3-55

(55) てくれと

【動詞連用形】＋てくれと。後面常接「言う」、「頼む」等動詞，表示引用某人下的強烈命令，或是要別人替自己做事的內容。這個某人的地位比聽話者還高，或是輩分相等，才能用語氣這麼不客氣的命令形。中文意思是：「給我…」。

例 友達にお金を貸してくれと頼まれた。

朋友拜託我借他錢。

這傢伙臉皮真厚，上次借的錢明明就還沒有還，這次又來向我借錢了！真是誤交損友！
「てくれ」是語氣很不客氣的命令形，只能用在上對下或是比較親密的人身上。

社長に、タクシーを呼んでくれと言われました。
社長要我幫他叫台計程車。

課長に、具合が悪かったら休んでくれと言われました。
課長對我說：「身體不舒服的話就給我去休息」。

そのことは父には言わないでくれと彼に頼んだ。
我拜託他那件事不要告訴我父親。

56 てごらん

【動詞連用形】＋てごらん。是「てみなさい」較為客氣的說法，但還是不適合對長輩使用。用來請對方試著做某件事情。中文意思是：「…吧」、「試著…」。

例 目をつぶって、森の音を聞いてごらん。

閉上眼睛，聽聽森林的聲音吧！

如果請別人做某個動作的話，可以用「てごらん」。

森林的空氣真新鮮！咦？剛剛那個是五色鳥的叫聲嗎？你聽到了嗎？

じゃ、見ててあげるから、一人でやってごらん。
那我在一旁看你做，你一個人做做看吧！

見てごらん、虹が出ているよ。
你看，彩虹出來囉！

じゃあ、走ってごらん、休まないで最後まで走るんだぞ。
那你就跑跑看吧，不要停下來，要一直跑到最後喔！

MP3-57

(57) て（で）たまらない

【形容詞・動詞連用形】＋てたまらない；【形容動詞詞幹】＋でたまらない。前接表示感覺、感情的詞，表示說話人強烈的感情、感覺、慾望等。也就是說話人心情或身體，處於難以抑制，不能忍受的狀態。相當於「…て仕方がない、…非常に」。中文意思是：「非常…」、「…得受不了」、「…得不行」、「十分…」等。

例 勉強が辛くてたまらない。

書唸得痛苦不堪。

我們常說的「辛苦死了」，這個表示強烈的感情的「…死了」，就用「てたまらない」這個句型。
凡是說話人不能忍受的強烈感情及慾望等的「痛死了、愛死了、想死了」都可以用呢！

婚約したので、嬉しくてたまらない。
訂了婚，所以高興得不得了。

名作だと言うから読んでみたら、退屈でたまらなかった。
說是名作，看了之後，覺得無聊透頂了。

最新のコンピューターが欲しくてたまらない。
想要新型的電腦，想要得不得了。

お酒を飲むなと言われても飲みたくてたまらない。
只要一被阻止不准喝酒，肚裡的酒蟲就會往上直鑽。

⑤⑧ て（で）ならない

【形容詞・動詞連用形】＋てならない；【體言；形容動詞詞幹】＋でならない。表示因某種感情、感受十分強烈，達到沒辦法控制的程度。跟「…てしょうがない」、「…てたまらない」意思相同。中文意思是：「…得厲害」、「…得受不了」、「非常…」。

例 彼女のことが気になってならない。

十分在意她。

看到她我心跳就會特別加快。「てならない」也是表示連自己都沒辦法控制的，情不自禁地產生某種感情或感覺。

注意！前面只能接表示感情、感覺及慾望的詞喔！

うちの妻は、毛皮がほしくてならないそうだ。
我家老婆，好像很想要件皮草。

甥の将来が心配でならない。
非常擔心外甥的將來。

故郷の家族のことが思い出されてならない。
想念故鄉的家人，想得受不了。

だまされて、お金をとられたので、悔しくてならない。
因為被詐騙而被騙走了錢，真讓我悔恨不己。

🉾 て（で）ほしい、て（で）もらいたい

【動詞連用形】＋てほしい。表示對他人的某種要求或希望。意思是：
「希望⋯」、「想要⋯」等。否定的說法有：「ないでほしい」跟「てほしくない」兩種；【動詞連用形】＋てもらいたい。表示想請他人為自己做某事，或從他人那裡得到好處。意思是：「想請你⋯」等。

例 袖の長さを直してほしいです。

我希望你能幫我修改袖子的長度。

袖子太長了，幫我改一下吧！

「用「てほしい」表示希望他人幫自己，做「修改袖子長度」這件事。

思いやりのある子に育ってほしいと思います。
我希望能將他培育成善解人意的孩子。

学園祭があるので、たくさんの人に来てほしいですね。
由於即將舉行校慶，真希望會有很多人來參觀呀！

私のことを嫌いにならないでほしい。
希望你不要討厭我。

インタビューするついでに、サインももらいたいです。
在採訪時，也希望您順便幫我簽個名。

⑥⓪ てみせる

【動詞連用形】＋てみせる。（1）表示為了讓別人能瞭解，做出實際的動作給別人看。意思是：「做給⋯看」等；（2）表示說話人強烈的意志跟決心，含有顯示自己的力量、能力的語氣。意思是：「一定要⋯」等。

例 子供に挨拶の仕方を、まず親がやって見せたほうがいい。

關於孩子向人問候的方式，最好先由父母親示範給他們看。

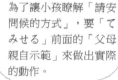

小孩有樣看樣，沒樣就自己想。凡事要以身作則。

為了讓小孩瞭解「請安問候的方式」，要「てみせる」前面的「父母親自示範」來做出實際的動作。

できるなら、やって見せろ。
如果可以的話，你做給我看。

警察なんかに捕まるものか。必ず逃げ切ってみせる。
我才不會被那些警察抓到呢！我一定會順利脫逃的，你們等著瞧吧！

あんな奴に負けるものか。必ず勝ってみせる。
我怎麼可能會輸給那種傢伙呢！我一定贏給你看！

今度こそ合格してみせる。
我這次絕對會通過測驗讓你看看的！

⑥1 ［命令形］と

前面接動詞命令形、「な」、「てくれ」等，表示引用命令的內容，下面通常會接「怒る」、「叱る」、「言う」等和意思表達相關的動詞。中文意思是：引用用法。

例 「窓口はもっと美人にしろ」と要求された。

有人要求「櫃檯的小姐要挑更漂亮的」。

怎麼會有這麼奇怪的客訴啊？居然要求換個正妹坐櫃檯！把我們公司當什麼了！

「しろ」是「する」的命令形，後面接「と」表示命令的內容。

彼から飲み会には絶対行くなといわれた。
他叫我千萬不要去聚餐喝酒。

お母さんに「ご飯の時にジュースを飲むな！」と怒られた。
媽媽兇了我一頓：「吃飯的時候不要喝果汁」。

「男ならもっとしっかりしろ」と叱られた。
我被罵說「是男人的話就振作點」。

㉖ といい（のに）なあ、たらいい（のに）なあ

前項是難以實現或是與事實相反的情況，表現說話者遺憾、不滿、感嘆的心情。【體言・形容動詞詞幹】＋だといい（のに）なあ；【體言・形容動詞詞幹】＋だったらいい（のに）なあ；【動詞・形容詞普通形現在形】＋といい（のに）なあ；【動詞連用形】＋たらいい（のに）なあ；【形容詞詞幹】＋かったらいい（のに）なあ；【體言・形容動詞詞幹】＋だったらいい（のに）なあ。中文意思是：「…就好了」。

例 もう少し給料（きゅうりょう）が上（あ）がったらいいのになあ。

薪水若能再多一點就好了！

什麼都漲，就是薪水不漲。唉，又要縮衣節食了，真是窮忙族！

加薪實在是可遇不可求，只能用「といい（のに）なあ」或是「たらいい（のに）なあ」來做白日夢。

赤（あか）ちゃんが女（おんな）の子（こ）だといいなあ。
小孩如果是女生就好了！

お庭（にわ）がもっと広（ひろ）いといいなあ。
庭院若能再大一點就好了！

日曜日（にちようび）、晴（は）れたらいいなあ。
星期天若能放晴就好了！

63 ということだ

【簡體句】＋ということだ。表示傳聞，從某特定的人或外界獲取的傳聞。比起「…そうだ」來，有很強的直接引用某特定人物的話之語感。中文意思是：「聽說…」、「據說…」。又有明確地表示自己的意見、想法之意。也就是對前面的內容加以解釋，或根據前項得到的某種結論。中文意思是：「…也就是說…」、「這就是…」。

例 課長は、日帰りで出張に行ってきたということだ。

聽說課長出差，當天就回來。

今天怎麼沒有看到課長呢？原來說是出差去了，而且是當天就回來了。

「ということだ」表示一種傳聞，可能是從同事、電視或親友那裡得到的訊息。記得這時候，不可以省略「という」的。

彼はもともと、学校の先生だったということだ。
據說他本來是學校的老師。

子どもたちは、図鑑を見て動物について調べたということです。
聽說孩子們看著圖鑑，查閱了動物相關的資料。

ご意見がないということは、皆さん、賛成ということですね。
沒有意見的話，就表示大家都贊成了吧！

芸能人に夢中になるなんて、君もまだまだ若いということだ。
你竟然還會迷藝人，實在太年輕了呀！

⑥⑷ というのは

【體言】＋というのは。也可以用「とは」來代替。前面接名詞，後面就針對這個名詞來進行解釋、說明。也可以說成「っていうのは」。中文意思是：「所謂的…」、「…指的是」。

例　「うり二つ（ふた）」というのは、二つ（ふた）のものがよく似（に）ていることのたとえです。

所謂的「如瓜剖半」，是兩個事物十分相像的譬喻用法。

我是太郎，他是次郎，我們是雙胞胎，有時連爸媽都分不清誰是誰呢！

要說明人事物的時候，用「というのは」帶出主題，就可以進行講解囉！

食（た）べ放題（ほうだい）というのは、食（た）べたいだけ食（た）べてもいいということです。
所謂的吃到飽，意思就是想吃多少就可以吃多少。

師走（しわす）というのは、年末（ねんまつ）で学校（がっこう）の先生（せんせい）も忙（いそが）しくて走（はし）りまわる月（つき）だという意味（いみ）です。
師走指的是年尾時連學校老師也忙碌地四處奔走的月份。

入管（にゅうかん）というのは、入国管理局（にゅうこくかんりきょく）の略（りゃく）である。
所謂的入管是入國管理局的簡稱。

🔵65 というより

【體言；用言終止形】＋というより。表示在相比較的情況下，後項的說法比前項更恰當。後項是對前項的修正、補充或否定。相當於「…ではなく」。中文意思是：「與其說…，還不如說…」。

例 彼女は女優というより、モデルという感じですね。
與其說她是女演員，倒不如說她是模特兒。

這女孩臉蛋很吸引人，身材更是一極棒，看起來像個模特兒。

「というより」表示就某事的表達方式做一個比較，與其說她是前面的「女優」（女演員），倒不如說是後面的「モデル」（模特兒）更妥當。

彼は、経済観念があるというより、けちなんだと思います。
與其說他有經濟觀念，倒不如說是小氣。

面倒を見るというより、管理されているような気がします。
與其說是被照顧，倒不如說是被監督。

面倒くさいというより、ただやる気がないだけです。
與其說嫌麻煩，不如說只是提不起勁罷了。

彼はさわやかというより、ただのスポーツ馬鹿です。
與其說他讓人感覺爽朗，說穿了也只是個運動狂而已。

⑥⑥ といっても

【用言終止形；體言】＋といっても。表示承認前項的說法，但同時在後項做部分的修正，或限制的內容，說明實際上程度沒有那麼嚴重。後項多是說話者的判斷。中文意思是：「雖說…，但…」、「雖說…，也並不是很…」等。

例 貯金(ちょきん)があるといっても、10万円(まんえん)ほどですよ。

雖說有存款，但也只有10萬日圓而已。

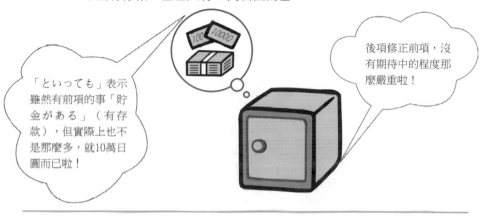

「といっても」表示雖然有前項的事「貯金がある」（有存款），但實際上也不是那麼多，就10萬日圓而已啦！

後項修正前項，沒有期待中的程度那麼嚴重啦！

距離(きょり)は遠(とお)いといっても、車(くるま)で行(い)けばすぐです。
雖說距離遠，但開車馬上就到了。

我慢(がまん)するといっても、限度(げんど)があります。
雖說要忍耐，但忍耐還是有限度的。

ベストセラーといっても、果(は)たしておもしろいかどうかわかりませんよ。
雖說是本暢銷書，但不知道是否真的好看。

簡単(かんたん)といっても、さすがに3歳(さい)の子(こ)には無理(むり)ですね。
就算很容易，畢竟才三歲的小孩實在做不來呀！

❻❼ とおり、とおりに

【動詞終止形；動詞過去式；體言の】＋とおり、とおりに。表示按照前項的方式或要求，進行後項的行為、動作。中文意思是：「按照…」、「按照…那樣」。

例 医師の言うとおりに、薬を飲んでください。

請按照醫生的指示吃藥。

要怎麼吃藥呢？

用「とおり」表示按照前項的要求「医師の言う」（醫生指示），來做後面的動作「薬を飲む」（吃藥）。

言われたとおりに、規律を守ってください。
請按照所說的那樣，遵守紀律。

先生に習ったとおりに、送り仮名をつけた。
按照老師所教，寫送假名。

私の言ったとおりにすれば、大丈夫です。
照我的話做，就沒問題了。

生年月日のとおりに、資料を整理していただけませんか。
可以麻煩你把資料依照出生年月日的順序整理嗎？

⑱ どおり、どおりに

【體言】+どおり、どおりに。「どおり」是接尾詞。表示按照前項的方式或要求，進行後項的行為動作。中文意思是：「按照」、「正如…那樣」、「像…那樣」等。

例 荷物を、指示どおりに運搬した。

行李依照指示搬運。

> 這些文件是很重要的喔！

> 用「どおり」表示按照前項的要求「指示」（指示），來做後面的動作「運搬する」（搬運）。

話は予測どおり展開した。
事情就有如預料般地進展了下去。

仕事が、期日どおりに終わらなくても、やむを得ない。
工作無法如期完成，這也是沒辦法的事。

兄は希望どおりに、東大に合格した。
哥哥如願地考上了東京大學。

業績の方はほぼ計画どおりに進んでいる。
業績方面差不多都依照預期成長。

⑥⑨ とか

【句子】＋とか。是「…とかいっていた」的省略形式，用在句尾，表示不確切的傳聞。比表示傳聞的「…そうだ」、「…ということだ」更加不確定，或是迴避明確說出。接在名詞或引用句後。相當於「…と聞いているが」。中文意思是：「好像…」、「聽說…」。

例 当時はまだ新幹線がなかったとか。

聽說當時還沒有新幹線。

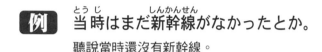

把聽到的事情傳達給別人，就用「とか」這個句型。由於是聽來的，不是自己實際調查的，所以對那個事情並沒有十分的把握。

「とか」前面接的是引用別人說的句子或是名詞。

胃カメラ検査って結構痛いとか聞いたことあるよ。
我曾聽說過，胃鏡檢查相當疼痛唷！

申し込みは５時で締め切られるとか。
聽說申請到五點截止。

彼らは、みんな仲良しだとか。
聽說他們感情很好。

昨日はこの冬一番の寒さだったとか。
聽說昨天是今年冬天最冷的一天。

⑦ ところだった

【動詞連體形】＋ところだった。（1）表示差一點就造成某種後果，或達到某種程度。含有慶幸沒有造成那一後果的語氣。是對已發生的事情的回憶或回想。意思是：「（差一點兒）就要…了」、「險些…了」等。（2）表示差一點就可以達到某程度，可是沒能達到，而感到懊悔。意思是：「差一點就…可是…」等。

例 もう少しで車にはねられるところだった。

差點就被車子撞到了。

用「ところだった」表示差一點就造成「被車子撞到了」這一後果，但還好沒事。

我的天啊！心肝寶貝！

危ない！危ない！乗り遅れるところだった。
好險！好險！差點就趕不上這班車了。

彼女は危うく連れて行かれるところだった。
她差點就被人擄走了。

もう少しで二人きりになれるところだったのに、それを彼女が台無しにしたのよ。
原本就快要剩下我們兩人獨處了，結果卻被她壞了好事啦！

もう少しで優勝するところだったのに、最後の最後に1点差で負けてしまった。
本來就快要獲勝了呀，就在最後的緊要關頭以一分飲恨敗北。

⑦ ところに

【體言の；動詞・形容詞連體形】＋ところに。表示行為主體正在做某事的時候，發生了其他的事情。大多用在妨礙行為主體的進展的情況，有時也用在情況往好的方向變化的時候。相當於「ちょうど…しているときに」。中文意思是：「…的時候」、「正在…時」。

例 出かけようとしたところに、電話が鳴った。
正要出門時，電話鈴就響了。

常有的情形吧！

「ところに」表示女孩正要「出かけようとした」（準備出門）的時候，發生了「電話が鳴った」的事情。這妨礙了女孩正準備要出門的動作。

落ち込んでいるところに、また悪い知らせが届きました。
當他正陷入沮喪時，竟然又接到了不幸的消息。

口紅を塗っているところに、子どもが飛びついてきて、はみ出してしまった。
正在畫口紅時，小孩突然跑過來，口紅就畫歪了。

困っているところに、先生がいらして、無事解決できました。
正在煩惱的時候，老師一來事情就解決了。

ただでさえ忙しいところに、急な用事を頼まれてしまった。
已經忙得團團轉了，竟然還有急事插進來。

⑫ ところへ

【體言の；動詞・形容詞連體形】＋ところへ。表示行為主體正在做某事的時候，偶然發生了另一件事，並對行為主體產生某種影響。下文多是移動動詞。相當於「ちょうど…しているときに」。中文意思是：「…的時候」、「正當…時，突然…」、「正要…時，（…出現了）」等。

例 植木の世話をしているところへ、友だちが遊びに来ました。

正要修剪盆栽時，朋友就來了。

> 「ところへ」表示，女孩在「植木の世話をしている」（修剪花草）的時候，偶然發生了「友だちが遊びに来ました」（朋友來了）這件事。這影響了女孩修剪花草的動作。

> 有時候弄弄花草，也是挺棒的喔！

洗濯物を乾かしているところへ、犬が飛び込んできた。
正在曬衣服時，小狗突然闖了進來。

売り上げの計算をしているところへ、社長がのぞきに来た。
正在計算營業額時，社長就跑來看了一下。

これから寝ようとしたところへ、電話がかかってきた。
正要上床睡覺，突然有人打電話來。

食事を支度しているところへ、薫姉さんが来た。
當我正在做飯時，薫姊姊恰巧來了。

⑦ ところを

【體言の；動詞・形容詞連體形】＋ところを。表示正當Ａ的時候，發生了Ｂ的狀況。後項的Ｂ所發生的事，是對前項Ａ的狀況有直接的影響或作用的行為。相當於「ちょうど…しているときに」。中文意思是：「正…時」、「之時」、「正當…時…」。

例 タバコを吸っているところを母に見つかった。

抽煙時，被母親撞見了。

抽煙被抓到啦！

「ところを」伴隨著前後的動詞，表示正當在「タバコを吸っている」（抽煙）的時候，發生了「母に見つかった」（被母親抓到）的狀況。後面的動作直接影響前面的行為，也就是被媽媽抓到，而沒辦法繼續抽煙這個動作。

警察官は泥棒が家を出たところを捕まえた。
小偷正要逃出門時，被警察逮個正著。

係りの人が忙しいところを呼び止めて質問した。
職員正在忙的時候，我叫住他問問題。

彼とデートしているところを友だちに見られた。
跟男朋友約會的時候，被朋友看見了。

お取り込み中のところを、失礼いたします。
不好意思，在您百忙之中前來打擾。

74 として、としては

【體言】＋として、としては。「として」接在名詞後面，表示身份、地位、資格、立場、種類、名目、作用等。有格助詞作用。中文意思是：「以…身份」、「作為…」等，或不翻譯。又表示「如果是…的話」、「對…來說」之意。

例 評論家として、一言意見を述べたいと思います。

我想以評論家的身份，說一下我的意見。

現在有名的評論家越來越多了，我們叫名嘴。

「として」表示，以身為一個「評論家」，進行後面的動作。

責任者として、状況を説明してください。
請以負責人的身份，說明一下狀況。

本の著者として、内容について話してください。
請以本書作者的身份，談一下本書的內容。

私としては、その提案を早めに実現させたいですね。
就我而言，我是希望快實現那個提案。

趣味として、書道を続けています。
作為興趣，我持續地寫書法。

㊟ としても

【用言終止形；體言だ】＋としても。表示假設前項是事實或成立，後項也不會起有效的作用，或者後項的結果，與前項的預期相反。相當於「その場合でも」。中文意思是：「即使…，也…」、「就算…，也…」等。

例 みんなで力を合わせたとしても、彼に勝つことはできない。

就算大家聯手，也沒辦法贏他。

「としても」表示，即使在前項「みんなで力を合わせた」（大家團結一起）的情況下，後項也沒有效果「彼に勝つことはできない」（沒辦法贏他）。

團結應該是力量大的啊！但是…

これが本物の宝石だとしても、私は買いません。
即使這是真的寶石，我也不會買的。

体が丈夫だとしても、インフルエンザには注意しなければならない。
就算身體硬朗，也應該要提防流行性感冒。

その子がどんなに賢いとしても、この問題は解けないだろう。
即使那孩子再怎麼聰明，也沒有辦法解開這個問題吧！

旅行するとしても、来月以降です。
就算要旅行，也要等到下個月以後了。

76 とすれば、としたら、とする

【用言終止形；體言だ】＋とすれば、としたら、とする。表示順接的假定條件。在認清現況或得來的信息的前提條件下，據此條件進行判斷。後項是說話人判斷的表達方式。相當於「…と仮定したら」。中文意思是：「如果…」、「如果…的話」、「假如…的話」等。

例 資格を取るとしたら、看護師の免許をとりたい。
要拿執照的話，我想拿看護執照。

以後資格考試越來越重要了。

雖然不知道能否實現，但如果能實現的話，就想做後面的動作「看護師の免許をとりたい」（想拿看護執照）。

この制度を実施するとすれば、まずすべての人に知らせなければならない。
這個制度如果要實施，首先一定要先通知大家。

この中から一つ選択するとすれば、私は赤いのを選びます。
假如要從這當中挑選一個的話，我選紅色的。

電車だとしたら、1時間はかかる。
如果搭電車的話，要花一小時。

3億円があたとする。あなたはどうする。
假如你有3億日圓，你會怎麼花？

⑦ とともに

【體言；動詞終止形】＋とともに。表示後項的動作或變化，跟著前項同時進行或發生。相當於「…といっしょに」、「…と同時に」。中文意思是：「和…一起」、「與…同時，也…」。

例 仕事をしてお金を得るとともに、たくさんのことを学ぶことができる。

工作得到報酬的同時，也學到很多事情。

工作中可以學到許多工作的訣竅，跟做人處事的道理喔！

「とともに」前面接動作、變化的名詞和動詞，表示發生了前項的動作「仕事をしてお金を得る」（工作中賺到錢），後項的「沢山のことを学ぶことができる」（學到很多事情）也能跟著獲得。

社会科学とともに、自然科学も学ぶことができる。
學習社會科學的同時，也能學自然科學。

テレビの普及とともに、映画は衰退した。
電視普及的同時，電影衰退了。

勝利をファンの皆様とともに祝いたいと思います。
我想跟所有粉絲，一起慶祝這次勝利。

ホテルの予約をするとともに、駅までの迎えの車を頼んでおいた。
在預約旅館的同時，也順便請館方安排車輛接送到車站。

78 ないこともない、ないことはない

【用言未然形】＋ないこともない、ないことはない。使用雙重否定，表示雖然不是全面肯定，但也有那樣的可能性，是一種有所保留的消極肯定說法。相當於「…することはする」。中文意思是：「並不是不…」、「不是不…」等。

例 彼女は病気がちだが、出かけられないこともない。

她雖然多病，但並不是不能出門的。

女孩體弱多病耶！

「ないこともない」是雙重否定，負負得正，表示雖然她體弱多病，但也有讓她「出かける」（出門）的可能性。這不是全面的答應，是一種消極肯定的說法。

理由があるなら、外出を許可しないこともない。
如果有理由，並不是不允許外出的。

条件次第では、契約しないこともないですよ。
視條件而定，也不是不能簽約的喔！

すしは食べないこともないが、あまり好きじゃないんだ。
我並不是不吃壽司，只是不怎麼喜歡。

㊙ ないと、なくちゃ

【動詞未然形】＋ないと、なくちゃ。表示受限於某個條件、規定，必須要做某件事情，如果不做，會有不好的結果發生。「なくちゃ」是口語說法，語氣較為隨便。中文意思是：「不…不行」。

例 お母さんにしかられるから、明日のテスト頑張らなくちゃ。

考不好會被媽媽罵，所以明天的考試不加油不行。

我家老媽兇起來像惡鬼一樣，如果不及格一定會被她唸個三天三夜！

「なくちゃ」表示不努力的話會有糟糕的結局。

雪が降ってるから、早く帰らないと。
下雪了，不早點回家不行。

アイスが溶けちゃうから、早く食べないと。
冰要溶化了，不趕快吃不行。

明日朝5時出発だから、もう寝なくちゃ。
明天早上５點要出發，所以不趕快睡不行。

⑧⓪ ないわけにはいかない

【動詞未然形】＋ないわけにはいかない。表示根據社會的理念、情理、一般常識或自己過去的經驗，不能不做某事，有做某事的義務。中文的意思是：「不能不…」、「必須…」等。

例 明日、試験があるので、今夜は勉強しないわけにはいかない。

由於明天要考試，今晚不得不用功念書。

「ないわけにはいかない」表示根據客觀的情況「明天有考試」，而今晚必須進行「用功念書」這一事情。

明天要考試啦！臨陣磨槍，不亮也光！

どんなに嫌でも、税金を納めないわけにはいかない。
任憑百般不願，也非得繳納稅金不可。

弟の結婚式だから、出席しないわけにはいかない。
畢竟是弟弟的婚禮，總不能不出席。

そんな話を聞いたからには、行かないわけにはいかないだろう。
聽到了那種情況以後，說什麼也得去吧！

いくら忙しくても、子供の面倒を見ないわけにはいかない。
無論有多麼忙碌，總不能不照顧孩子。

㉛ など

【動詞・形容詞；名詞（＋格助詞）】＋など。表示加強否定的語氣。通過「など」對提示的事物，表示不值得一提、無聊、不屑等輕視的心情。中文意思是：「怎麼會…」、「才（不）…」等。

例 そんな馬鹿なことなど、信じるもんか。

我才不相信那麼扯的事呢！

在加強否定的同時，透過「など」，對提示的東西「そんな馬鹿のこと」（那種蠢話），表示不可信人、輕視、不值一提的心情。後面多與「ものか」呼應，口語是「もんか」。

あんなやつを助けてなどやるもんか。
我才不去幫那種傢伙呢！

私の気持ちが、君などにわかるもんか。
你哪能了解我的感受！

この仕事はお前などには任せられない。
這份工作哪能交代給你！

面白くなどないですが、課題だから読んでいるだけです。
我不覺得有趣，只是因為那是功課，所以不得不讀而已！

㉞ などと（なんて）言う、などと（なんて）思う

【體言；用言終止形】＋などと（なんて）言う、などと（なんて）思う。
（1）表示前面的事，好得讓人感到驚訝，含有讚嘆的語氣。意思是：「多麼…呀」等；（2）表示輕視、鄙視的語氣。意思是：「…之類的…」等。

例 こんな日が来るなんて、夢にも思わなかった。

真的連做夢都沒有想到過，竟然會有這一天的到來。

天啊！我竟然成為皇室的王妃。

「なんて」表示用讚嘆的語氣把「竟然有這一天」作為主題，提出來。

いやだなんて言わないで、やってください。
請別說不願意，你就做吧！

あの人は「授業を受けるだけで資格が取れる」などと言って、強引に勧誘した。
那個人說了「只要上課就能取得資格」之類的話，以強硬的手法拉人招生。

「時効まで逃げ切ってやる」なんて、その考えは甘いと思う。
竟然說什麼「絕對可以順利脫逃直到超過追溯期限」，我認為那種想法太異想天開了。

まさか自分の家を親に買ってもらうなんて思ってるんじゃないでしょうね。
你該不會在盤算著想請爸媽幫你買個住家吧？

⑧③ なんか、なんて

【體言】＋なんか。（1）表示從各種事物中例舉其一。是比「など」還隨便的說法。中文意思是：「…等等」、「…那一類的」、「…什麼的」等。（2）如果後接否定句，表示對所提到的事物，帶有輕視的態度。中文意思是：「連…都…（不）…」等；【體言（だ；用言終止形】＋なんて。（1）前接名詞，表示用輕視的語氣，談論主題。口語用法。中文的意思是：「…之類的」。（2）表示前面的事是出乎意料的，後面多接驚訝或是輕視的評價。口語用法。中文的意思是：「真是太…」。

例 庭に、芝生なんかあるといいですね。

如果庭院有個草坪之類的東西就好了。

> 屋前有庭院真好！如果再鋪上草坪就更完美了！

> 「なんか」在這裡表示，從適合放在庭院的花啦！池塘啦！草坪！等各種事物中舉出一個「芝生」（草坪）。

食品なんかは近くの店で買うことができます。
食品之類的，附近的商店可以買得到。

時間がないから、旅行なんかめったにできない。
沒什麼時間，連旅遊也很少去。

マンガなんてくだらない。
漫畫這種東西，真是無聊。

いい年して、嫌いだからって無視するなんて、子供みたいですね。
都已經是這麼大歲數的人了，只因為不喜歡就當做視而不見，實在太孩子氣了耶！

這些句型也要記

◆ **【用言連體形；體言】＋だけに**

→ 表示原因。表示正因為前項，理所當然地才有比一般程度更甚的後項的狀況。意思是：「到底是…」、「正因為…，所以更加…」、「由於…，所以特別…」。

・ 役者としての経験が長いだけに、演技がとてもうまい。

　　・ 正因為有長期的演員經驗，所以演技真棒！

◆ **【用言連體形；體言】＋だけのこと（は、が）ある**

→ 與其做的努力、所處的地位、所經歷的事情等名實相符。意思是：「不愧…」、「難怪…」。

・ あの子は、習字を習っているだけのことはあって、字がうまい。

　　・ 那孩子到底沒白學書法，字真漂亮。

◆ **【動詞連體形】＋だけ＋【同一動詞】**

→ 表示在某一範圍內的最大限度。意思是：「能…就…」、「盡可能地…」。

・ 彼は文句を言うだけ言って、何にもしない。

　　・ 他光是發牢騷，什麼都不做。

◆ **【動詞過去式】＋たところが**

→ 表示因某種目的做了某一動作，但結果與期待或想像相反之意。意思是：「可是…」、「然而…」。

・ 彼のために言ったところが、かえって恨まれてしまった。

　　・ 為了他好才這麼說的，誰知卻被他記恨。

◆ **【動詞連用形】＋っこない**

→ 表示強烈否定某事發生的可能性。意思是：「不可能…」、「決不…」。

・ こんな長い文章は、すぐには暗記できっこないです。

　　・ 這麼長的文章，根本沒辦法馬上背起來呀！

◆ **【動詞連用形】＋つつ、つつも**

→ 「つつ」是表示同一主體，在進行某一動作的同時，也進行另一個動作。意思是：「一邊…一邊…」；跟「も」連在一起，表示連接兩個相反的事物。意思是：「儘管…」、「雖然…」。

・ 彼は酒を飲みつつ、月を眺めていた。

　　・ 他一邊喝酒，一邊賞月。

◆ **【動詞連用形】＋つつある**

→ 表示某一動作或作用正向著某一方向持續發展。意思是：「正在…」。

・ 経済は、回復しつつあります。

　　・ 經濟正在復甦中。

◆【形容詞・動詞連用形】＋てしょうがない；【形容動詞詞幹】＋でしょう
がない
→ 表示心情或身體，處於難以抑制，不能忍受的狀態。意思是：「…得不得了」、
「非常…」、「…得沒辦法」。
・ 彼女のことが好きで好きでしょうがない。
　　・ 我喜歡她，喜歡到不行。

◆【體言】＋といえば、といったら
→ 用在承接某個話題，從這個話題引起自己的聯想，或對這個話題進行說明。意思
是：「談到…」、「提到…就…」、「說起…」，或不翻譯。
・ 京都の名所といえば、金閣寺と銀閣寺でしょう。
　　・ 提到京都名勝，那就非金閣寺跟銀閣寺莫屬了！

◆【體言；句子】＋というと
→ 用在承接某個話題，從這個話題引起自己的聯想，或對這個話題進行說明。意思是：「提
到…」、「要說…」、「說到…」。
・ パリというと、香水の匂いを思い出す。
　　・ 說到巴黎，就想起香水的味道。

◆【體言；動詞連體形】＋というものだ
→ 表示對事物做一種結論性的判斷。意思是：「也就是…」、「就是…」。
・ この事故で助かるとは、幸運というものだ。
　　・ 能在這事故裡得救，算是幸運的了。

◆【體言；用言終止形】＋というものではない、というものでもない
→ 表示對某想法或主張，不能說是非常恰當，不完全贊成。意思是：「…可不是…」、「並
不是…」、「並非…」。
・ 結婚しさえすれば、幸せだというものではないでしょう。
　　・ 結婚並不代表獲得幸福吧！

◆【用言終止形】＋とおもうと、とおもったら
→ 本來預料會有某種情況，結果有：一種是出乎意外地出現了相反的結果。意思是：「原以為
…，誰知是…」；一種是結果與本來預料的一致。意思是：「覺得是…，結果果然…」。
・ 太郎は勉強していると思ったら、漫画を読んでいる。
　　・ 原以為太郎在看書，誰知道是在看漫畫。

◆【體言；用言連體形】＋どころか

→ 表示從根本上推翻前項，並且在後項提出跟前項程度相差很遠，或內容相反的事實。意
　　思是：「哪裡還…」、「非但…」、「簡直…」。
・ お金が足りないどころか、財布は空っぽだよ。
　　　・ 哪裡是不夠錢，錢包裡就連一毛錢也沒有。

◆【體言；用言連體形】＋どころではない、どころではなく

→ 表示遠遠達不到某種程度，或大大超出某種程度。意思是：「哪有…」、「不是…的時
　　候」、「哪裡還…」。
・ 先々週は風邪を引いて、勉強どころではなかった。
　　　・ 上上星期感冒了，哪裡還能唸書啊！

◆【動詞未然形】＋ないうちに

→ 表示在還沒有產生前面的環境、狀態的變化的情況下，先做後面的動作。意思是：「在未
　　…之前，…」、「趁沒…」。
・ 雨が降らないうちに、帰りましょう。
　　　・ 趁還沒有下雨，回家吧！

◆【動詞未然形】＋ないかぎり

→ 表示只要某狀態不發生變化，結果就不會有變化。意思是：「除非…，否則就…」、「只
　　要不…，就…」。
・ 犯人が逮捕されないかぎり、私たちは安心できない。
　　　・ 只要沒有逮捕到犯人，我們就無法安心。

◆【動詞未然形】＋ないことには

→ 表示如果不實現前項，也就不能實現後項。意思是：「要是不…」、「如果不…的話，就…」。
・ 保護しないことには、この動物は絶滅してしまいます。
　　　・ 如果不加以保護，這種動物將會瀕臨絕種。

◆【動詞未然形】＋ないではいられない

→ 表示意志力無法控制，自然而然地內心衝動想做某事。意思是：「不能不…」、「忍不住
　　要…」、「不禁要…」、「不…不行」、「不由自主地…」。
・ 紅葉がとてもきれいで、写真を撮らないではいられなかった。
　　　・ 楓葉實在太美了，我不由自主地按下了快門。

◆【動詞・形容詞連用形；體言；形容動詞詞幹；副詞】＋ながら

→ 連接兩個矛盾的事物。表示後項與前項所預想的不同。意思是：「雖然…，但是…」、「儘管…」、「明明…卻…」。

・ この服は地味ながら、とてもセンスがいい。

    ・ 雖然這件衣服很樸素，不過卻很有品味。

◆【體言；用言連體形】＋にあたって、にあたり

→ 表示某一行動，已經到了事情重要的階段。意思是：「在…的時候」、「當…之時」、「當…之際」。

・ このおめでたい時にあたって、一言お祝いを言いたい。

    ・ 在這可喜可賀的時刻，我想說幾句祝福的話。

---

84 において、においては、においても、における

【體言】＋において、においては、においても、における。表示動作或作用的時間、地點、範圍、狀況等。是書面語。口語一般用「で」表示。中文意思是：「在…」、「在…時候」、「在…方面」等。

例 我が社においては、有能な社員はどんどん出世します。

在本公司，有才能的職員都會順利升遷的。

「において」表示「有能な社員はどんどん出世します」是在絕對重視實力主義的「わが社」這樣的背景下。

相當於助詞「で」，但說法更為鄭重！

私は、資金においても彼を支えようと思う。
我想在資金上也支援他。

聴解試験はこの教室において行われます。
聽力考試在這間教室進行。

研究過程において、いくつかの点に気が付きました。
於研究過程中，發現了幾項要點。

職場における自分の役割について考えてみました。
我思考了自己在職場上所扮演的角色。

⑧⑤ にかわって、にかわり

【體言】＋にかわって、にかわり。表示應該由某人做的事，改由其他的人來做。是前後兩項的替代關係。相當於「…の代理で」。中文意思是：「替…」、「代替…」、「代表…」等。

例

社長にかわって、副社長が挨拶をした。

副社長代表社長致詞。

表示前後兩項的替代關係。

「にかわって」表示代表應由前項的「社長」（社長）做的「挨拶をした」（致詞）。

田中さんにかわって、私が案内しましょう。
讓我來代替田中先生帶領大家吧！

担当者にかわって、私が用件を承ります。
我代替負責人來接下這事情。

首相にかわり、外相がアメリカを訪問した。
外交部長代替首相訪問美國。

親族一同にかわって、ご挨拶申し上げます。
僅代表全體家屬，向您致上問候之意。

86 に関して（は）、に関しても、に関する

【體言】＋に関して（は）、に関しても、に関する。表示就前項有關的問題，做出「解決問題」性質的後項行為。有關後項多用「言う」（說）、「考える」（思考）、「研究する」（研究）、「討論する」（討論）等動詞。多用於書面。中文意思是：「關於…」、「關於…的…」等。

例 フランスの絵画に関して、研究しようと思います。

我想研究法國繪畫。

「に関して」表示，就前項的「フランスの絵画」（法國畫），來做出後項「研究しようと思います」（想進行研究）的行為。

アジアの経済に関して、討論した。
討論關於亞洲的經濟。

経済に関する本をたくさん読んでいます。
看了很多關於經濟的書。

社内のセキュリティーシステムに関しては、庶務に問い合わせて下さい。
關於公司內部的保全系統，敬請洽詢總務部門。

最近、何に関しても興味がわきません。
最近，無論做什麼事都提不起勁。

(87) に決まっている

【體言；用言連體形】＋に決まっている。表示說話人根據事物的規律，覺得一定是這樣，不會例外，充滿自信的推測。相當於「きっと…だ」。中文意思是：「肯定是…」、「一定是…」等。

例 今ごろ東北は、紅葉が美しいに決まっている。

現在東北的楓葉一定很漂亮的。

日本東北一到秋天，真的很美喔！

「に決まっている」表示說話人根據，東北在秋天滿山遍野都是美麗的楓葉這一事物的規律，很有自信的推測「今ごろ東北は、紅葉が美しい」（現在東北的紅葉很美）。

みんないっしょのほうが、安心に決まっています。
大家在一起，肯定是比較安心的。

彼女は、わざと意地悪をしているに決まっている。
她一定是故意捉弄人的。

ホテルのレストランは高いに決まっている。
飯店的餐廳一定很貴的。

こんな時間に電話をかけたら、迷惑に決まっている。
要是在這麼晚的時間撥電話過去，想必會打擾對方的作息。

⑧ に比べて、に比べ

【體言】＋に比べて、に比べ。表示比較、對照。相當於「…に比較して」。中文意思是：「與…相比」、「跟…比較起來」、「比較…」等。

例 今年は去年に比べ、雨の量が多い。
今年比去年雨量豐沛。

> 「に比べて」表示比較。比較的基準是接在前面的「去年」（去年）。

> 這裡比較「雨量」的結果，「今年」是比較「多い」（多的）。

事件前に比べて、警備が強化された。
跟事件發生前比起來，警備更森嚴了。

平野に比べて、盆地の夏は暑いです。
跟平原比起來，盆地的夏天熱多了。

生活が、以前に比べて楽になりました。
生活比以前舒適多了。

大阪は東京に比べて気の短い人が多い。
和東京相比，大阪比較多個性急躁的人。

MP3-89

(89) に加えて、に加え

【體言】＋に加えて、に加え。表示在現有前項的事物上，再加上後項類似的別的事物。相當於「…だけでなく…も」。中文意思是：「而且…」、「加上…」、「添加…」等。

例 書道に加えて、華道も習っている。

學習書法以外，也學習插花。

在生活緊張的現在，多學一些藝術可以舒緩一些壓力喔！
「に加えて」表示學習的項目到這裡還沒有結束，除了前項的「書道」（書法）之外，再加上後項類似的才藝「華道」（插花）。

能力に加えて、人柄も重視されます。
重視能力以外，也重視人品。

賞金に加えて、ハワイ旅行もプレゼントされた。
贈送獎金以外，還贈送了我夏威夷旅遊。

電気代に加え、ガス代までが値上がりした。
電費之外，就連瓦斯費也上漲了。

台風が接近し、雨に加えて風も強くなった。
隨著颱風接近，雨勢和風勢都逐漸增強了。

⑨ にしたがって、にしたがい

【動詞連體形】＋にしたがって、にしたがい。表示隨著前項的動作或作用的變化，後項也跟著發生相應的變化。相當於「…につれて」、「…にともなって」、「…に応じて」、「…とともに」等。中文意思是：「伴隨…」、「隨著…」等。

例 おみこしが近（ちか）づくにしたがって、賑（にぎ）やかになってきた。

隨著神轎的接近，變得熱鬧起來了。

好熱鬧的慶典喔！
要想去看喔！

「にしたがって」（隨著…）表示隨著前項動作的進展「おみこしが近づく」（抬神轎活動的靠近），後項也跟著發生了變化「賑やかになってきた」（越來越熱鬧）。

課税率（かぜいりつ）が高（たか）くなるにしたがって、国民（こくみん）の不満（ふまん）が高（たか）まった。
隨著課稅比重的提升，國民的不滿的情緒也更加高漲。

薬品（やくひん）を加熱（かねつ）するにしたがって、色（いろ）が変（か）わってきた。
隨著溫度的提升，藥品的顏色也起了變化。

国（くに）が豊（ゆた）かになるにしたがい、国民（こくみん）の教育水準（きょういくすいじゅん）も上（あ）がりました。
伴隨著國家的富足，國民的教育水準也跟著提升了。

有名（ゆうめい）になるにしたがって、仕事（しごと）もどんどん増（ふ）えてくる。
隨著名氣上升，工作量也變得越來越多。

MP3-91

(91) にしては

【體言；用言連體形】＋にしては。表示現實的情況，跟前項提的標準相差很大，後項結果跟前項預想的相反或出入很大。含有疑問、諷刺、責難、讚賞的語氣。相當於「…割には」。中文意思是：「照…來說…」、「就…而言算是…」、「從…這一點來說，算是…的」、「作為…，相對來說…」等。

例 この字(じ)は、子(こ)どもが書(か)いたにしては上手(じょうず)です。

這字出自孩子之手，算是不錯的。

日本的書法，是很重視具個人特色的。

「にしては」(就…而言算是)，表示就前項的「子供が書いた」（小孩寫的）而言，寫出來的書法，實在是「上手だ」（很好），後面接的是跟預料的有很大差異的事情。

社長(しゃちょう)の代理(だいり)にしては、頼(たよ)りない人(ひと)ですね。
做為代理社長來講，他不怎麼可靠呢。

彼(かれ)は、プロ野球選手(やきゅうせんしゅ)にしては小柄(こがら)だ。
就棒球選手而言，他算是個子矮小的。

箱(はこ)が大(おお)きいにしては、中身(なかみ)はあまり入(はい)っていません。
儘管箱子很大，裡面卻沒裝多少東西。

性格(せいかく)が穏(おだ)やかな彼(かれ)にしては、今日(きょう)はえらく怒(おこ)っていましたね。
儘管他的個性溫和，今天卻發了一頓好大的脾氣。

㊜ にしても

【體言；用言連體形】＋にしても。表示讓步關係，退一步承認前項條件，並在後項中敘述跟前項矛盾的內容。前接人物名詞的時候，表示站在別人的立場推測別人的想法。相當於「…も、…としても」。中文意思是：「就算…，也…」、「即使…，也…」等。

例 テストの直前にしても、ぜんぜん休まないのは体に悪いと思います。

就算是考試當前，完全不休息對身體是不好的。

學習只要掌握要領，就可以事半功倍喔！

「にしても」（就算…，也…）表示即使承認前項的事態「テストの直前」（考試當前），而後項所說的「ぜんぜん休まないのは体に悪いと思います」（認為完全不休息對身體是不好的），是跟前項相互矛盾，跟預測的不一樣。

お互い立場は違うにしても、助け合うことはできます。
即使立場不同，也能互相幫忙。

日常生活に困らないにしても、貯金はあったほうがいいですよ。
就算生活沒有問題，存點錢也是比較好的。

見かけは悪いにしても、食べれば味は同じですよ。
儘管外觀不佳，但嚐起來同樣好吃喔。

いくら意地悪にしても、これはひどすぎますね。
就算他再怎麼存心不良，這樣做實在太過分了呀。

㊉ に対して（は）、に対し、に対する

【體言】＋に対して（は）、に対し、に対する。表示動作、感情施予的
對象。可以置換成「に」。中文意思是：「向…」、「對（於）…」等。

例 この問題に対して、意見を述べてください。
請針對這問題提出意見。

自我表現的能
力很重要，要
多訓練喔！

「に対して」（對於…）
前接動作施予的的對象「こ
の問題」（這個問題），至
於根據「這個問題」，要做
什麼動作呢？那就是「意見
を述べてください」（說
出意見來）。

みなさんに対し、詫びなければならない。
我得向大家致歉。

兄は由紀に対して、いつも優しかった。
哥哥對由紀向來都很和藹可親。

父はウイスキーに対して、非常にこだわりがあります。
家父對威士忌非常講究。

息子は、音楽に対する興味が人一倍強いです。
兒子對音樂的興趣非常濃厚。

94 に違いない

【體言；形容動詞詞幹；動詞・形容詞連體形】＋に違いない。表示說話人根據經驗或直覺，做出非常肯定的判斷。常用在自言自語的時候。相當於「…きっと…だ」。中文意思是：「一定是…」、「准是…」等。

例 この写真は、ハワイで撮影されたに違いない。

這張照片，肯定是在夏威夷拍的。

「に違いない」（一定是…）表示說話人根據經驗或直覺，從這張照片的背景，很有把握地說：「この写真は、ハワイで撮影された」（這照片是在夏威夷拍的）。

あの煙は、仲間からの合図に違いない。
那道煙霧，肯定是朋友發出的暗號。

このダイヤモンドは高いに違いない。
這顆鑽石一定很貴。

財布は駅で盗まれたに違いない。
錢包一定是在車站被偷了。

お母さんが料理研究家なのだから、彼女も料理が上手に違いない。
既然她的母親是烹飪專家，想必她的廚藝也很精湛。

MP3-95

(95) につき

【體言】＋につき。接在名詞後面，表示其原因、理由。一般用在書信中比較鄭重的表現方法。相當於「…のため、…という理由で」。中文意思是：「因…」、「因為…」等。

例 台風(たいふう)につき、学校(がっこう)は休(やす)みになります。

因為颱風，學校停課。

夾帶大雨的颱風來了，低窪地區真辛苦啊！
「につき」（因為…）表示因前項「台風」（颱風）的理由，而有了後項的結果「学校は休みになります」（學校不用上課）。

5時以降(じいこう)は不在(ふざい)につき、また明日(あす)いらしてください。
因為五點以後不在，所以請明天再來。

この商品(しょうひん)はセット販売(はんばい)につき、一(ひと)つではお売(う)りできません。
因為這商品是賣一整套的，所以沒辦法零售。

このあたりは温帯(おんたい)につき、非常(ひじょう)に過(す)ごしやすいです。
因為這一帶屬溫帶，所以住起來很舒服。

病気(びょうき)につき欠席(けっせき)します。
由於生病而缺席。

這些句型也要記

◆ 【體言】＋におうじて

→ 表示按照、根據。前項作為依據，後項根據前項的情況而發生變化。意思是：「根據…」、「按照…」、「隨著…」。

・ 働きに応じて、報酬をプラスしてあげよう。

　　・ 依工作的情況來加薪！

◆ 【體言；用言連體形】＋にかかわらず

→ 接兩個表示對立的事物，表示跟這些無關，都不是問題。意思是：「不管…都…」、「儘管…也…」、「無論…與否…」。

・ お酒を飲む飲まないにかかわらず、一人当たり２千円を払っていただきます。

　　・ 不管有沒有喝酒，每人都要付兩千日圓。

◆ 【體言】＋にかぎって、にかぎり

→ 表示特殊限定的事物或範圍。意思是：「只有…」、「唯獨…是…的」、「獨獨…」。

・ 時間に空きがあるときに限って、誰も誘ってくれない。

　　・ 獨獨在空閒的時候，沒有一個人來約我。

◆ 【體言】＋にかけては、にかけても

→ 「其它姑且不論，僅就那一件事情來說」。意思是：「在…方面」、「在…這一點上」。

・ パソコンの調整にかけては、自信があります。

　　・ 在修理電腦這方面，我很有信心。

◆ 【體言】＋にこたえて、にこたえ、にこたえる

→ 表示為了使前項能夠實現，後項是為此而採取行動或措施。意思是：「應…」、「響應…」、「回答…」、「回應…」。

・ 農村の人々の期待にこたえて、選挙に出馬した。

　　・ 為了回應農村的鄉親們的期待而出來參選。

◆ 【體言】＋にさいして、にさいし、にさいしての

→ 表示以某事為契機，也就是動作的時間或場合。意思是：「在…之際」、「當…的時候」。

・ チームに入るに際して、自己紹介をしてください。

　　・ 入隊時請先自我介紹。

◆ 【體言；動詞連體形】+にさきだち、にさきだつ、にさきだって

→ 用在述說做某一動作前應做的事情，後項是做前項之前，所做的準備或預告。意思是：「在…之前，先…」、「預先…」、「事先…」。

· 旅行に先立ち、パスポートが有効かどうか確認する。
　· 在出遊之前，要先確認護照期限是否還有效。

◆ 【體言】+にしたがって、にしたがい

→ 表示按照、依照的意思。意思是：「依照…」、「按照…」、「隨著…」。

· 季節の変化にしたがい、町の色も変わってゆく。
　· 隨著季節的變化，街景也改變了。

◆ 【體言；用言連體形】+にしろ

→ 表示退一步承認前項，並在後項中提出跟前面相反或矛盾的意見。意思是：「無論…都…」、「就算…，也…」、「即使…，也…」。

· 体調は幾分よくなってきたにしろ、まだ出勤はできません。
　· 即使身體好了些，也還沒辦法去上班。

◆ 【體言；用言連體形】+にすぎない

→ 表示程度有限，有這並不重要的消極評價語氣。意思是：「只是…」、「只不過…」、「不過是…而已」、「僅僅是…」。

· これは少年犯罪の一例にすぎない。
　· 這只不過是青少年犯案中的一個案例而已。

◆ 【體言；用言連體形】+にせよ、にもせよ

→ 表示退一步承認前項，並在後項中提出跟前面反或相矛盾的意見。意思是：「無論…都…」、「就算…，也…」、「即使…，也…」、「…也好…也好…」。

· 困難があるにせよ、引き受けた仕事はやりとげるべきだ。
　· 即使有困難，一旦接下來的工作就得完成。

◆ 【體言；形容動詞詞幹；動詞・形容詞連體形】+にそういない

→ 表示說話人根據經驗或直覺，做出非常肯定的判斷。意思是：「一定是…」、「肯定是…」。

· 明日の天気は、快晴に相違ない。
　· 明天的天氣，肯定是晴天。

◆ 【體言】+にそって、にそい、にそう、にそった

→ 接在河川或道路等長長延續的東西，或操作流程等名詞後，表示沿著河流、街道，或按照某程序、方針。意思是：「沿著…」、「順著…」、「按照…」。

· 道にそって、クリスマスの飾りが続いている。
　· 沿著道路滿是聖誕節的點綴。

◆【動詞連體形；體言】＋につけ、につけて

→ 表示每當看到什麼就聯想到什麼的意思。意思是：「一…就…」、「每當…就…」。

・ この音楽を聞くにつけ、楽しかった月日を思い出します。

　　・ 每當聽到這個音樂，就會回想起過去美好的時光。

MP3-96

(96) につれて、につれ

【動詞連體形；體言】＋につれて、につれ。表示隨著前項的進展，同時後項也隨之發生相應的進展。與「…にしたがって」等相同。中文意思是：「伴隨…」、「隨著…」、「越…越…」等。

例 一緒に活動するにつれて、みんな仲良くなりました。

隨著共同參與活動，大家感情變得很融洽。

團體活動可以訓練一個人互助合作的精神喔！
「につれて」（隨著…）表示隨著前項「一緒に活動する」（一起活動）的進展，後項也跟著有了進展「みんな仲良くなりました」（大家感情變得很融洽）。

勉強するにつれて、化学の原理がわかってきた。
隨著學習，越來越能了解化學原理了。

物価の上昇につれて、国民の生活は苦しくなりました。
隨著物價的上揚，國民的生活就越來越困苦了。

時代の変化につれ、家族の形も変わってきた。
隨著時代的變遷，家族型態也改變了。

子供が成長するにつれて、親子の会話の頻度が少なくなる。
隨著孩子的成長，親子之間的對話頻率越來越低。

MP3-97

(97) にとって（は）、にとっても、にとっての

【體言】＋にとって（は）、にとっても、にとっての。表示站在前面接的那個詞的立場，來進行後面的判斷或評價。相當於「…の立場から見て」。中文意思是：「對於…來說」等。

例 チームのメンバーにとって、今度(こんど)の試合(しあい)は重要(じゅうよう)です。

這次的比賽對球隊的球員而言，是很重要的。

「にとって」（對於…來說）表示站在前接的「チームのメンバー」（隊中的成員）的立場，來看「今度の試合は重要です」（這次的比賽是很重要的）。

一般是接在表示組織或人的後面。

たった1000円(せんえん)でも、子(こ)どもにとっては大金(たいきん)です。

雖然只有一千日圓，但對孩子而言可是個大數字。

この事件(じけん)は、彼女(かのじょ)にとってショックだったに違(ちが)いない。

這個事件，對她肯定打擊很大。

みんなにとっても、今回(こんかい)の旅行(りょこう)は忘(わす)れられないものになったことでしょう。

想必對各位而言，這趟旅程也一定永生難忘吧！

私(わたし)にとっての宝物(たからもの)は、おばあちゃんからもらった手紙(てがみ)です。

我的寶貝是奶奶寫給我的信。

98 に<ruby>伴<rt>ともな</rt></ruby>って、に<ruby>伴<rt>ともな</rt></ruby>い、に<ruby>伴<rt>ともな</rt></ruby>う

【體言；動詞連體形】＋に伴って、に伴い、に伴う。表示隨著前項事物的變化而進展。相當於「…とともに、…につれて」。中文意思是：「伴隨著…」、「隨著…」等。

例 <ruby>牧畜業<rt>ぼくちくぎょう</rt></ruby>が<ruby>盛<rt>さか</rt></ruby>んになるに<ruby>伴<rt>ともな</rt></ruby>って、<ruby>村<rt>むら</rt></ruby>は<ruby>豊<rt>ゆた</rt></ruby>かになった。

伴隨著畜牧業的興盛，村子也繁榮起來了。

「に伴って」（隨著…）表示隨著前項的變化「牧畜業が盛ん」（畜牧業的興盛），連帶著發生後項的變化「村は豊かになった」（村子變得繁榮起來了）。

一般用在規模較大的變化，不用在私人的事情上。

<ruby>世<rt>よ</rt></ruby>の<ruby>中<rt>なか</rt></ruby>の<ruby>動<rt>うご</rt></ruby>きに<ruby>伴<rt>ともな</rt></ruby>って、<ruby>考<rt>かんが</rt></ruby>え<ruby>方<rt>かた</rt></ruby>を<ruby>変<rt>か</rt></ruby>えなければならない。
隨著社會的變化，想法也得要改變。

この<ruby>物質<rt>ぶっしつ</rt></ruby>は、<ruby>温度<rt>おんど</rt></ruby>の<ruby>変化<rt>へんか</rt></ruby>に<ruby>伴<rt>ともな</rt></ruby>って<ruby>色<rt>いろ</rt></ruby>が<ruby>変<rt>か</rt></ruby>わります。
這物質的顏色，會隨著溫度的變化而改變。

<ruby>人口<rt>じんこう</rt></ruby>が<ruby>増<rt>ふ</rt></ruby>えるに<ruby>伴<rt>ともな</rt></ruby>い、<ruby>食糧問題<rt>しょくりょうもんだい</rt></ruby>が<ruby>深刻<rt>しんこく</rt></ruby>になってきた。
隨著人口的增加，糧食問題也越來越嚴重了。

<ruby>人気<rt>にんき</rt></ruby>が<ruby>上昇<rt>じょうしょう</rt></ruby>するに<ruby>伴<rt>ともな</rt></ruby>って、<ruby>自由<rt>じゆう</rt></ruby>に<ruby>外出<rt>がいしゅつ</rt></ruby>しにくくなります。
隨著日漸走紅，他越來越難自由外出了。

99 に反して、に反し、に反する、に反した

【體言】＋に反して、に反し、に反する、に反した。接「期待」、「予想」等詞後面，表示後項的結果，跟前項所預料的相反，形成對比的關係。相當於「て…とは反対に、…に背いて」。中文意思是：「與…相反…」等。

例

期待に反して、収穫量は少なかった。

與預期的相反，收穫量少很多。

今年明明是風調雨順的，預期稻子應該是豐收的，但是…。

「に反して」（與…相反…），前面接表示預測未來的詞「期待」（期待），但是後續的結果是跟期待相反的事物「収穫量は少なかった」（收穫量很少）。

彼は、外見に反して、礼儀正しい青年でした。
跟他的外表相反，他是一個很懂禮貌的青年。

法律に反した行為をしたら逮捕されます。
要是違法的話，是會被抓起來的。

口コミの評判に反して、大して面白い芝居ではありませんでした。
跟口碑相傳的不一樣，這齣劇並不怎麼有趣。

予想に反した結果ですが、受け止めるしかありません。
儘管結果與預期相反，也只能接受了。

100 に基づいて、に基づき、に基づく、に基づいた

【體言】＋に基づいて、に基づき、に基づく、に基づいた。表示以某事物為根據或基礎。相當於「…をもとにして」。中文意思是：「根據…」、「按照…」、「基於…」等。

例 違反者は法律に基づいて処罰されます。

違者依法究辦。

法律之前人人平等。

「に基づいて」（根據…）表示以前接的「法律」（法律）為依據，而進行後項的行為「処罰されます」（科罰）。

写真に基づいて、年齢を推定しました。
根據照片推測年齡。

学者の意見に基づいて、計画を決めていった。
根據學者的意見訂計畫。

こちらはお客様の声に基づき開発した新商品です。
這是根據顧客的需求所研發的新產品。

学生から寄せられたコメントに基づく授業改善の試みが始まった。
依照從學生收集來的建議，開始嘗試了教學改進。

101 によって、により

【體言】＋によって、により。（1）表示所依據的方法、方式、手段。意思是：「根據…」、「按照…」等；（2）表示句子的因果關係。後項的結果是因為前項的行為、動作而造成、成立的。「…により」大多用於書面。相當於「…が原因で」。中文意思是：「由於…」、「因為…」等。

例 その村は、漁業によって生活しています。

那個村莊，以漁業為生。

哇！看起來是豐收呢！

「によって」（靠…）表示這個村子是靠前項的「漁業」（漁業），來「生活しています」（生活）的。

実例によって、やりかたを示す。
以實際的例子，來出示操作的方法。

じゃんけんによって、順番を決めよう。
用猜拳來決定順序吧！

この地域は台風によって多くの被害を受けました。
這一地區由於颱風多處遭受災害。

言葉遣いにより、どこの出身かだいたい分かります。
從每個人的說話方式，大致上可以判斷出是哪裡人。

⑩ による

【體言】＋による。表示造成某種事態的原因。「…による」前接所引起的原因。「…によって」是連體形的用法。中文意思是：「因…造成的…」、「由…引起的…」等。

例 雨による被害は、意外に大きかった。

因大雨引起的災害，大到叫人料想不到。

> 「による」（因…造成的…）表示造成後項的某種事情「被害」（災害）的原因是前項的「雨」（下雨）。

> 好大的雨喔！真是天有不測風雲！

去年以来、交通事故による死者が減りました。
自去年後，因車禍事故而死亡的人減少了。

彼女は、薬による治療で徐々によくなってきました。
她因藥物的治療，病情漸漸好轉了。

不注意による大事故が起こった。
因為不小心，而引起重大事故。

この地震による津波の心配はありません。
無需擔心此次地震會引發海嘯。

103 によると、によれば

【體言】＋によると、によれば。表示消息、信息的來源，或推測的依據。後面經常跟著表示傳聞的「…そうだ」、「…ということだ」之類詞。中文意思是：「據…」、「據…說」、「根據…報導…」等。

例 天気予報によると、明日は雨が降るそうです。

根據氣象報告，明天會下雨。

這個句型也是氣象常用語喔！

「によると」（據…）表示根據前項的消息「天気予報」（天氣預報），來推測出後項的事態「明日は雨が降る」（明天會下雨）。後面常接表示傳聞的「…そうだ」。

アメリカの文献によると、この薬は心臓病に効くそうだ。
根據美國的文獻，這種藥物對心臟病有效。

みんなの話によると、窓からボールが飛び込んできたそうだ。
根據大家所說的，球是從窗戶飛進來的。

女性雑誌によると、毎日１リットルの水を飲むと美容にいいそうだ。
據女性雜誌上說，每天喝一公升的水有助養顏美容。

警察の説明によれば、犯人はまだこの付近にいるということです。
根據警方的說法，罪犯還在這附近。

104 にわたって、にわたる、にわたり、にわたった

【體言】＋にわたって、にわたる、にわたり、にわたった。前接時間、次數及場所的範圍等詞。表示動作、行為所涉及到的時間範圍，或空間範圍非常之大。中文意思是：「經歷…」、「各個…」、「一直…」、「持續…」等，或不翻譯。

例 この小説の作者は、60年代から70年代にわたってパリに住んでいた。

這小說的作者，從60年代到70年代都住在巴黎。

接表示期間、次數、場所的範圍等詞，形容規模很大。

「にわたって」（一直…）表示這小說的作家在「60年代から70年代」（60年代到70年代），一直進行後項的行為「パリに住んでいた」（住在巴黎）。

わが社の製品は、50年にわたる長い間、人々に好まれてきました。
本公司的產品，長達50年間深受大家的喜愛。

10年にわたる苦心の末、新製品が完成した。
嘔心瀝血長達十年，最後終於完成了新產品。

西日本全域にわたり、大雨になっています。
西日本全區域都下大雨。

30年にわたったベトナム戦争は、1975年にようやく終結しました。
歷經三十年之久的越南戰爭，終於在1975年結束了。

105 （の）ではないだろうか、（の）ではないかと思う

【體言；用言連體形】＋（の）ではないだろうか、（の）ではないかと思う。表示意見跟主張。是對某事能否發生的一種預測，有一定的肯定意味。意思是：「不就…嗎」等；「（の）ではないかと思う」表示說話人對某事物的判斷。意思是：「我認為不是…嗎」、「我想…吧」等。

例 読んでみると面白いのではないだろうか。

讀了以後，可能會很有趣吧！

「のではないか だろうか」表示說話人推測這本書是「有趣的」。

說話人心中雖不確定，但相信是有趣的。

もしかして、知らなかったのは私だけではないだろうか。
該不會是只有我一個人不知道吧？

彼は誰よりも君を愛していたのではないかと思う。
我覺得他應該比任何人都還要愛妳吧！

こんなうまい話は、うそではないかと思う。
我想，這種好事該不會是騙人的吧！

この仕事は田中君にはまだ難しいのではないかと思う。
我認為這件工作對田中來說，或許還太難吧！

106 ば…ほど

【用言假定形】＋ば＋【同一用言連體形】＋ほど。同一單詞重複使用，表示隨著前項事物的變化，後項也隨之相應地發生變化。中文意思是：「越…越…」等。

例 話せば話すほど、お互いを理解できる。

雙方越聊越能理解彼此。

溝通是很重要的喔！

「…ば…ほど」（越…越…）表示隨著前項事物的提高「話す」（談話），就是多溝通，另一方面的程度「お互いを理解する」（互相理解）也跟著提高。

宝石は、高価であればあるほど買いたくなる。
寶石越昂貴越想買。

字を書けば書くほど、きれいに書けるようになります。
字會越寫越漂亮。

この酒は、古ければ古いほど味わいが深くなります。
這種酒放得越久，就會越香醇。

欲張れば欲張るほど、顔つきも卑しくなります。
越是貪婪，面容就會變得越猥瑣。

107 ばかりか、ばかりでなく

【體言；用言連體形】＋ばかりか、ばかりでなく。表示除前項的情況之外，還有後項程度更甚的情況。後項的程度超過前項。語意跟「…だけでなく…も…」相同。中文意思是：「豈止…，連…也…」、「不僅…而且…」等。

例 彼は、勉強ばかりでなく、スポーツも得意だ。

他不光只會唸書，就連運動也很行。

> 學習跟運動雙全，真令人羨慕！

> 「ばかりでなく」（不僅…而且…）表示不僅前項「勉強」（學習），還有後項再添加的「スポーツ」（運動）都很拿手。

カリカリ…

彼は、失恋したばかりか、会社も首になってしまいました。
他不僅剛失戀，連工作也丟了。

プロジェクトが成功を収めたばかりか、次の計画も順調だ。
豈止成功地完成計畫，就連下一個計畫也進行得很順利。

隣のレストランは、量が少ないばかりか、大しておいしくもない。
隔壁餐廳的菜餚不只份量少，而且也不大好吃。

あの子はわがままなばかりでなく、生意気です。
那個孩子不僅任性，還很驕縱。

108 はもちろん、はもとより

【體言】＋はもちろん、はもとより。表示一般程度的前項自然不用說，就連程度較高的後項也不例外。相當於「…は言うまでもなく…（も）」。中文意思是：「不僅…而且…」、「…不用說」、「…自不待說，…也…」等。

例 病気の治療はもちろん、予防も大事です。

疾病的治療自不待說，預防也很重要。

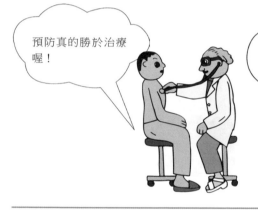

預防真的勝於治療喔！

「はもちろん」（不僅…而且…）表示先舉出醫療範疇內，具代表性的前項「病気の治療」（疾病治療），然後再列舉出同一範疇的事物「予防も大事」（預防也很重要）。

システムはもちろん、プログラムも異常はありません。
不用說是系統，就連程式也沒問題。

居間はもちろん、トイレも台所も全部掃除しました。
不用說是客廳，就連廁所跟廚房也都清掃乾淨了。

生地はもとより、デザインもとてもすてきです。
布料好自不待言，就連設計也很棒。

楊さんは英語はもとより、日本語もできます。
楊小姐不只會英語，也會日語。

109 ばよかった

【動詞假定形】＋ばよかった；【動詞未然形】＋なければよかった。
表示說話者對於過去事物的惋惜、感慨。中文意思是：「…就好了」。

例 あの時あんなこと言わなければよかった。

那時若不要說那樣的話就好了。

吵架時不小心說了很難聽的話，結果太太到現在都不肯煮飯，我只好餐餐吃泡麵…

悔不當初的心情就用「ばよかった」來表示。

もっと彼女を大切にしてあげればよかった。
如果能多珍惜她一點就好了。

大学院など行かないで早く就職すればよかった。
如果不讀什麼研究所，早點去工作就好了。

若いうちに海外に出ればよかった。
我年輕時如果有出國就好了。

⑪ 反面 <small>はんめん</small>

【用言連體形】＋反面。表示同一種事物，同時兼具兩種不同性格的兩個方面。除了前項的一個事項外，還有後項的相反的一個事項。相當於「…である一方」。中文意思是：「另一面…」、「另一方面…」。

例

産業が発達している反面、公害が深刻です。
<small>さんぎょう　はったつ　　　　　　はんめん　こうがい　しんこく</small>

產業雖然發達，但另一方面也造成嚴重的公害。

事物總是一體兩面的。

「反面」（另一方面…）表示同一事物的「産業」（產業），同時間具兩種不同性格，除了前項的「発達している」（發達）之外，還有後項相反的一個事項「公害が深刻」（嚴重的公害）。

商社は、給料がいい反面、仕事がきつい。
<small>しょうしゃ　きゅうりょう　　　　はんめん　しごと</small>
貿易公司雖然薪資好，但另一方面工作也吃力。

この国は、経済が遅れている反面、自然が豊かだ。
<small>くに　けいざい　おく　　　　　　はんめん　しぜん　ゆた</small>
這個國家經濟雖然落後，但另一方面卻擁有豐富的自然資源。

彼はお金持ちである反面、倹約家でもあります。
<small>かれ　かねも　　　　　　はんめん　けんやくか</small>
他雖是富翁，相對的，也是個勤儉的人。

娘は慎重な反面、大胆な一面もあります。
<small>むすめ　しんちょう　はんめん　だいたん　いちめん</small>
女兒個性慎重，但相反的也有大膽的一面。

⑪ べき、べきだ

【動詞終止形】＋べき、べきだ。表示那樣做是應該的、正確的。常用在勸告、禁止及命令的場合。是一種比較客觀或原則的判斷。書面跟口語雙方都可以用。相當於「…するのが当然だ」。中文意思是：「必須…」、「應當…」等。

例 人間はみな平等であるべきだ。
人人應該平等。

「べきだ」可以是對一般事情發表意見，也可以是對對方的勸告、禁止和命令等。

「べきだ」（應當…）表示那樣做是應該的、對的。這句話是説話人對一般事情發表意見，他認為「大家應當都是平等的」。

Balance

言うべきことははっきり言ったほうがいい。
該說的事，最好說清楚。

女性社員も、男性社員と同様に扱うべきだ。
女職員跟男職員應該平等對待。

学生は、勉強していろいろなことを吸収するべきだ。
學生應該好好學習，以吸收各種知識。

自分の不始末は自分で解決すべきだ。
自己闖的禍應該要自己收拾。

⑪⑫ ほかない、ほかはない

【動詞連體形】＋ほかない、ほかはない。表示雖然心裡不願意，但又沒有其他方法，只有這唯一的選擇，別無它法。相當於「…以外にない」、「…より仕方がない」等。中文意思是：「只有…」、「只好…」、「只得…」等。

例 書類は一部しかないので、複写するほかない。

因為資料只有一份，只好去影印了。

「ほかない」（只好…）
表示，某些原因或情況「書類は一部しかない」（資料只有一份），而不得不採用這唯一的方法「複写する」（影印）。

含有雖然不符合自己的想法，但只能這樣，沒有其它方法的意思。

誰も助けてくれないので、自分で何とかするほかない。
因為沒有人可以伸出援手，只好自己想辦法了。

犯人が見つからないので、捜査の範囲を広げるほかはない。
因為抓不到犯人，只好擴大搜索範圍了。

上手になるには、練習し続けるほかはない。
想要更好，只有不斷地練習了。

父が病気だから、学校を辞めて働くほかなかった。
因為家父生病，我只好退學出去工作了。

⑬（が）ほしい

【名詞】＋（が）ほしい。表示說話人（第一人稱）想要把什麼東西弄到手，想要把什麼東西變成自己的，希望得到某物的句型。「ほしい」是表示感情的形容詞。希望得到的東西，用「が」來表示。疑問句時表示聽話者的希望。可譯作「…想要…」。

例 私は自分の部屋がほしいです。
わたし じぶん へや

我想要有自己的房間。

我都高中了，還要跟兩個弟妹睡一個房間。

「…がほしい」（想要…），表示說話人希望得到某物。至於，希望得到的東西「自己的房間」，要用「が」表示喔！

もっと広い部屋がほしいです。
ひろ へや
我想要更寬敞的房間。

新しい洋服がほしいです。
あたら ようふく
我想要新的洋裝。

もっと時間がほしいです。
じ かん
我想要多一點的時間。

今は何もほしくない。
いま なに
我現在什麼都不想要。

⑪⑭ ほど

【體言；用言連體形】＋ほど。（1）表示後項隨著前項的變化，而產生變化。中文意思是：「越…越…」；（2）用在比喻或舉出具體的例子，來表示動作或狀態處於某種程度。中文意思是：「…得」、「…得令人」。

例 お腹が死ぬほど痛い。

肚子痛死了。

「ほど」（…得令人）
表示用前接的比喻或具體的事例「死ぬ」（死了）來形容「お腹が痛い」（肚子疼痛）的程度是「痛得幾乎要死了」。

唉呀！好痛的樣子呢！怎麼啦！

よく勉強する学生ほど成績がいい。
越是學習的學生，成績越好。

年を取るほど、物覚えが悪くなります。
年紀越大，記憶力越差。

この本はおもしろいほどよく売れる。
這本書熱賣到令人驚奇的程度。

不思議なほど、興味がわくというものです。
很不可思議的，對它的興趣竟然油然而生。

115 ほど…ない

【體言；動詞連體形】＋ほど…ない。表示兩者比較之下，前者沒有達到後者那種程度。這個句型是以後者為基準，進行比較的。「不像…那麼…」、「沒那麼…」的意思。

例　大きい船は、小さい船ほど揺れない。

大船不像小船那麼會搖。

> 櫻子跟相親對象的田中，到東京灣賞夜景。田中想帶櫻子坐小船，來拉近彼此的距離。但是櫻子怕自己暈船，破壞了約會的氣氛，所以建議田中搭大的觀光船。

> 以「ほど」前的「小さい船」為基準，表示前者的「大きい船」沒有小船搖晃的程度那麼厲害。後面記得是否定形喔！

日本の夏はタイの夏ほど暑くないです。
日本的夏天不像泰國那麼熱。

田中は中山ほど真面目ではない。
田中不像中山那麼認真。

私は、妹ほど母に似ていない。
我不像妹妹那麼像媽媽。

その服は、あなたが思うほど変じゃないですよ。
那衣服沒有你想像的那麼怪喔！

⑯ までには

【體言；動詞辭書形】＋までには。前面接和時間有關的名詞，或是動詞，表示某個截止日、某個動作完成的期限。中文意思是：「…之前」、「…為止」。

例 結論が出るまでにはもうしばらく時間がかかります。

在得到結論前還需要一點時間。

大家各有各的意見…到底要到什麼時候才能結束會議啊…

表示時間的期限就用「までには」。

仕事は明日までには終わると思います。
我想工作在明天之前就能做完。

大学を卒業するまでには、英検 1 級に受かりたい。
我想在大學畢業前參加英檢 1 級考試。

ここにつくまでには、いろんなことがあった。
來到這裡之前，發生了許多事情。

⑪⑦ み

【形容詞・形容動詞詞幹】＋み。「み」是接尾詞，前接形容詞或形容動詞詞幹，表示該形容詞的這種狀態，或在某種程度上感覺到這種狀態。形容詞跟形容動詞轉為名詞的用法。中文的意思是：「帶有…」、「…感」等。

例 月曜日の放送を楽しみにしています。

我很期待看到星期一的播映。

我最喜歡看恐龍的節目了。

把「楽しい」的詞幹「楽し」加上「み」就成為名詞了。

この講義、はっきり言って新鮮みがない。
這個課程，老實說，內容已經過時了。

この包丁は厚みのある板をよく切れる。
這把菜刀可以俐落地切割有厚度的木板。

白みを帯びた青い葉が美しい。
透著白紋的綠葉很美麗。

不幸な知らせを聞いて悲しみに沈んでいる。
聽到噩耗後，整個人便沈溺於哀傷的氣氛之中。

⑪⑱ みたいだ

【體言；動詞・形容詞終止形；形容動詞詞幹】＋みたいだ。表示不是很確定的推測或判斷。意思：「好像…」等。後接名詞時，要用「みたいな＋名詞」。 【動詞て形】＋てみたい。由表示試探行為或動作的「～てみる」，再加上表示希望的「たい」而來。跟「みたい（だ）」的最大差別在於，此文法前面必須接「動詞て形」，且後面不得接「だ」，用於表示欲嘗試某行為。

例 太郎君は雪ちゃんに気があるみたいだよ。

太郎似乎對小雪有好感喔。

太郎又邀小雪去爬山了！

用「てみる」表示不是十分確定，但猜測應該是「有好感」的意思。

体がだるくて、風邪をひいたみたいでした。
我感覺全身倦怠，似乎著涼了。

補充 次のカラオケでは必ず歌ってみたいです。
下次去唱卡拉OK時，我一定要唱看看。

補充 この子、今日はご機嫌斜めみたい。
這孩子今天似乎不大高興。

補充 一度、富士山に登ってみたいですね。
真希望能夠登上一次富士山呀！

⑪⑨ 向きの、向きに、向きだ

【體言】＋向きの、向きに、向きだ。（１）接在方向及前後、左右等方位名詞之後，表示正面朝著那一方向。中文意思是：「朝…」；（２）表示為適合前面所接的名詞，而做的事物。相當於「…に適している」。中文意思是：「合於…」、「適合…」等。

例 南向きの部屋は暖かくて明るいです。

朝南的房子不僅暖和，採光也好。

「向きの」（朝…）
表示朝著前接的方向
詞「南」（南邊）的
意思。

這房子採光挺好的
呢！

彼はいつも前向きに、物事を考えている。
他思考事情都很積極。

子ども向きのおやつを作ってあげる。
我做小孩吃的糕點給你。

若い女性向きの小説を執筆しています。
我在寫年輕女性看的小說。

私の性格からすれば、営業向きだと思います。
就我的個性而言，應該很適合當業務人員。

⑫⓪ 向けの、向けに、向けだ

【體言】＋向けの、向けに、向けだ。表示以前項為對象，而做後項的
事物，也就是適合於某一個方面的意思。相當於「…を対象にして」。
中文意思是：「適合於…」等。

例 初心者向けのパソコンは、たちまち売れてしまった。

針對電腦初學者的電腦，馬上就賣光了。

「向けの」（適合於…）表
示以前接的「初心者」（初
學者）為對象，而做出了適
合於這個對象的後項「パソ
コン」（手提電腦）。

商品要打動消費者
的心，就要知道消
費者的需求喔！

若者向けの商品が、ますます増えている。
針對年輕人的商品越來越多。

小説家ですが、たまに子ども向けの童話も書きます。
雖然是小說家，偶爾也會撰寫針對小孩的童書。

外国人向けにパンフレットが用意してあります。
備有外國人看的小冊子。

この味付けは日本人向けだ。
這種調味很適合日本人的口味。

(121) もの、もん

【體言だ；用言終止形】＋もの。助詞「もの（もん）」接在句尾，多用在會話中。表示說話人很堅持自己的正當性，而對理由進行辯解。敘述中語氣帶有不滿、反抗的情緒。跟「だって」使用時，就有撒嬌的語感。更隨便的說法是：「もん」。多用於年輕女性或小孩子。中文意思是：「因為⋯嘛」等。

例 花火を見に行きたいわ。だって、とてもきれいだもん。

我想去看煙火，因為很美嘛！

「もの」（因為⋯嘛）表示「花火を見に行きたいわ」（想去看煙火）的理由是因為煙火「とてもきれいだ」（很漂亮）啦！有堅持自己的正當性的語意。這是用在比較隨便的場合。

有時候可以用這個句型撒撒嬌喔！

運動はできません。退院した直後だもの。
人家不能運動，因為剛出院嘛！

哲学の本は読みません。難しすぎるもの。
人家看不懂哲學書，因為太難了嘛！

早寝早起きします。健康第一だもん。
早睡早起，因為健康第一嘛！

仕方ないよ、彼はもともと大ざっぱだもの。
沒辦法呀，他本來就是個粗枝大葉的人。

⑫ ものか

【用言連體形】＋ものか。句尾聲調下降。表示強烈的否定情緒，指說話人絕不做某事的決心，或是強烈否定對方的意見。比較隨便的說法是「…もんか」。一般男性用「ものか」，女性用「ものですか」。中文意思是：「哪能…」、「怎麼會…呢」、「決不…」、「才不…呢」等。

例 彼の味方になんか、なるものか。

我才不跟他一個鼻子出氣呢！

他人很壞的，總是想些壞點子。

「ものか」（才不…呢）表示說話人絕不做某事「彼の味方になる」（跟他站在同一線）。這是由於輕視、厭惡或過於複雜等原因，而表示的強烈的否定。

何があっても、誇りを失うものか。
無論遇到什麼事，我決不失去我的自尊心。

勝敗なんか、気にするものか。
我才不在乎勝敗呢！

あんな銀行に、お金を預けるものか。
我才不把錢存在那種銀行裡呢！

こんな古臭いものが大事なもんか。
這種破舊的東西才不是我的寶貝呢！

(123) ものだ

【動詞連用形】＋たものだ。表示說話者對於過去常做某件事情的感慨、回憶。中文意思是：「過去…經常」、「以前…常常」。

例 懐かしい。これ、子どものころによく飲んだものだ。

好懷念喔。這個是我小時候常喝的。

是彈珠汽水耶～小時候一拿到零用錢就會去買這個來喝，這是我當時小小的幸福。

要緬懷過去事物，用「ものだ」就對了。

渋谷には、若い頃よく行ったものだ。
我年輕時常去澀谷。

20代のころは海外が大好きでしょっちゅう貧乏旅行をしたものだ。
我20幾歲時非常喜歡出國，常常去自助旅行呢！

学生時代は毎日ここに登ったものだ。
學生時代我每天都爬到這上面來。

124 ものだから

【用言連體形】＋ものだから。表示原因、理由。常用在因為事態的程度很厲害，因此做了某事。含有對事出意料之外、不是自己願意等的理由，進行辯白。結果是消極的。相當於「…から、…ので」。中文意思是：「就是因為…，所以…」等。

例 足がしびれたものだから、立てませんでした。

因為腳痲，所以站不起來。

唉呀！怎麼蹲下了呢！大家都往前走了耶！

「ものだから」（就是因為…，所以…）表示就是因為前面的事態程度很厲害「足がしびれた」（腳痲了），所以做了後項「立てませんでした」（沒法站起來）。

隣のテレビがやかましかったものだから、抗議に行った。
因為隔壁的電視太吵了，所以跑去抗議。

きつく叱ったものだから、子どもはわあっと泣き出した。
因為嚴厲地罵了孩子，小孩就哇哇地哭了起來。

人はいつか死ぬものだから、一日一日を大切に生きないとね。
人總有一天會面臨死亡，因此必須好好珍惜每一天喔。

手ごろなものだから、ついつい買い込んでしまいました。
因為價格便宜，忍不住就買太多了。

⑫ もので

【用言連體形】＋もので。意思跟「ので」基本相同，但強調原因跟理由的語氣比較強。前項的原因大多為意料之外或不是自己的意願，後項為此進行解釋、辯白。結果是消極的。意思跟「ものだから」一樣。後項不能用命令、勸誘、禁止等表現方式。中文的意思是：「因為…」、「由於…」等。

例 東京は家賃が高いもので、生活が大変だ。

由於東京的房租很貴，所以生活很不容易。

才月中，錢就剩這麼一點點！

「もので」前接不是自己願意的原因「東京房租貴」，後接消極的結果「生活很不容易」。

走ってきたもので、息が切れている。
由於是跑著來的，因此上氣不接下氣的。

道が混んでいたもので、遅れてしまいました。
因為交通壅塞，於是遲到了。

いろいろあって忙しかったもので、返信が遅れました。
由於雜事纏身，忙得不可開交，所以過了這麼久才回信。

食いしん坊なもんで、食えるもんならなんでもオッケー。
我是個愛吃鬼，只要是能吃的，什麼都OK。

這些句型也要記

◆【體言】＋にほかならない

→ 表示斷定地說事情發生的理由跟原因。意思是：「完全是…」、「不外乎是…」。

・ 肌がきれいになったのは、化粧品の美容効果にほかならない。

　　・ 肌膚會這麼漂亮，其實是因為化妝品的美容效果。

◆【體言；用言連體形】＋にもかかわらず

→ 表示逆接。意思是：「雖然…，但是…」、「儘管…，卻…」、「雖然…，卻…」。

・ 努力しているにもかかわらず、ぜんぜん効果が上がらない。

　　・ 儘管努力了，效果還是完全沒有提升。

◆【體言】＋ぬきで、ぬきに、ぬきの、ぬきには、ぬきでは

→ 表示除去或省略一般應該有的部分。意思是：「如果沒有…」、「沒有…的話」。

・ 今日は仕事の話は抜きにして飲みましょう。

　　・ 今天就別提工作，喝吧！

◆【動詞連用形】＋ぬく

→ 表示把必須做的事，徹底做到最後，含有經過痛苦而完成的意思。意思是「…做到底」。

・ 苦しかったが、ゴールまで走り抜きました。

　　・ 雖然很苦，但還是跑完全程。

◆【體言】＋のすえ（に）；【動詞過去式】＋すえ（に、の）

→ 表示「經過一段時間，最後」之意。意思是：「經過…最後」、「結果…」、「結局最後…」。

・ 工事は、長期間の作業のすえ、完了しました。

　　・ 工程在長時間的進行後，終於結束了。

◆【體言；用言連體形】＋のみならず

→ 用在不僅限於前接詞的範圍，還有後項進一層的情況。意思是：「不僅…，也…」、「不僅…，而且…」、「非但…，尚且…」。

・ この薬は、風邪のみならず、肩こりにも効力がある。

　　・ 這個藥不僅對感冒有效，對肩膀酸痛也很有效。

◆【體言】＋のもとで、のもとに

→ 「のもとで」表示在受到某影響的範圍內，而有後項的情況。意思是：「在…之下（範圍）」；「のもとに」表示在某人的影響範圍下，或在某條件的制約下做某事。意思是：「在…之下」。

・ 太陽の光のもとで、稲が豊かに実っています。

　　・ 稻子在太陽光之下，結實纍纍。

◆【用言連體形】＋ばかりに
→ 表示就是因為某事的緣故，造成後項不良結果或發生不好的事情。意思是：「就因為
…」、「都是因為…，結果…」。
・ 彼は競馬に熱中したばかりに、全財産を失った。
　　・ 他因為沈迷於賽馬，結果全部的財產都賠光了。

◆【體言】＋はともかく（として）
→ 表示提出兩個事項，前項暫且不作為議論的對象，先談後項。意思是：「姑且不管…」、
「…先不管它」。
・ 平日はともかく、週末はのんびりしたい。
　　・ 不管平常如何，我週末都想悠哉地休息一下。

◆【動詞終止形】＋べき、べきだ
→ 表示那樣做是應該的、正確的。常用在勸告、禁止及命令的場合。意思是：「必須…」、「應當…」。
・ 人間はみな平等であるべきだ。
　　・ 人人應該平等。

◆【用言連體形】＋ほどだ、ほどの
→ 為了說明前項達到什麼程度，在後項舉出具體的事例來。意思是：「甚至能…」、「幾乎
…」、「簡直…」。
・ 彼の実力は、世界チャンピオンに次ぐほどだ。
　　・ 他的實力好到幾乎僅次於世界冠軍了。

◆【用言連體形】＋ほどのことではない
→ 表示事情不怎麼嚴重。意思是：「不至於…」、「沒有達到…地步」。
・ 子供の喧嘩です、親が出て行くほどのことではありません。
　　・ 孩子們的吵架而已，用不著父母插手。

◆【動詞終止形】＋まい
→ （1）表示說話的人不做某事的意志或決心。意思是：「不…」、「打算不…」；（2）表
示說話人的推測、想像。意思是：「不會…吧」、「也許不…吧」。
・ 絶対タバコは吸うまいと、決心した。
　　・ 我決定絕不再抽煙。

◆【體言】＋も＋【用言假定形】＋ば、【體言】＋も；【體言】＋も＋【形容動詞
詞幹】＋なら、【體言】＋も
→ 把類似的事物並列起來，用意在強調。意思是：「既…又…」、「也…也…」。
・ あのレストランは、値段も手頃なら料理もおいしい。
　　・ 那家餐廳價錢公道，菜也好吃。

◆ 【體言】＋も＋【同一體言】＋なら、【體言】＋も＋【同一體言】

→ 表示前後項提及的雙方都有缺點，帶有譴責的語氣。意思是：「…不…，…也不…」、「…有…的不對，…有…的不是」。

・ 最近の子どもの問題に関しては、家庭も家庭なら、学校も学校だ。

　　・ 最近關於小孩的問題，家庭有家庭的不是，學校也有學校的缺陷。

◆ 【用言連體形の；體言】＋もかまわず

→ 表示對某事不介意，不放在心上。意思是：「（連…都）不顧…」、「不理睬…」、「不介意…」。

・ 警官の注意もかまわず、赤信号で道を横断した。

　　・ 不理會警察的警告，照樣闖紅燈。

◆ 【用言連體形】＋ものがある

→ 表示強烈斷定。意思是：「有價值…」、「確實有…的一面」、「非常…」。

・ あのお坊さんの話には、聞くべきものがある。

　　・ 那和尚說的話，確實有一聽的價值。

◆ 【用言連體形】＋ものだ、ものではない

→ （1）表示常識性、普遍事物的必然結果。意思是：「…就是…」、「本來就是…」；（2）表示理所當然，理應如此。意思是：「就該…」、「要…」、「應該…」。

・ 狭い道で、車の速度を上げるものではない。

　　・ 在小路開車不應該加快車速。

◆ 【動詞可能態連體形】＋ものなら、【同一動詞命令形】

→ 表示對辦不到的事的假定。意思是：「如果能…的話」、「要是能…就…吧」。

・ あの素敵な人に、声をかけられるものなら、かけてみろよ。

　　・ 你敢去跟那位美女講話的話，你就去講講看啊！

---

126 ようがない、ようもない

【動詞連用形】＋ようがない、ようもない。表示不管用什麼方法都不可能，已經沒有其他方法了。相當於「…ことができない」。「…よう」是接尾詞，表示方法。中文意思是：「沒辦法」、「無法…」等。

例 道
みち
に人
ひと
があふれているので、通
とお
り抜
ぬ
けようがない。

路上到處都是人，沒辦法通行。

哇！好熱鬧的人潮喔！

「ようがない」（沒辦法）表示由於前項的「道に人が溢れている」（路上人山人海），導致無法進行後項行為「通り抜ける」（通行）。也就是道路擁擠到採取任何方法都沒有辦法通過。

万年筆
まんねんひつ
のインクがなくなったので、サインのしようがない。
鋼筆沒水了，所以沒辦法簽名。

コンセントがないから、カセットを聞
き
きようがない。
沒有插座，所以沒辦法聽錄音帶。

この複雑
ふくざつ
な気持
きも
ちは、表
あらわ
しようもない。
我說不出我的這種複雜的心情。

連絡先
れんらくさき
を知
し
らないので、知
し
らせようがない。
由於不知道他的聯絡方式，根本沒有辦法聯繫。

⑫ ような

【體言の；用言連體形】＋ような。表示列舉。為了說明後項的名詞，而在前項具體的舉出例子。中文的意思是：「像…樣的」、「宛如…一樣的…」等。「ような気がする」表示說話人的感覺或主觀的判斷。

例 お寿司や天ぷらのような和食が好きです。

我喜歡吃像壽司或是天婦羅那樣的日式料理。

不管是炸物、生魚片、燒物…我都超愛吃的。

「ような」前接具體例子「壽司或天婦羅」，後接概括的名詞「和食」，表示列舉、比喻。

からだがあったかいような気がしてきた。
我覺得身體好像變暖和了。

安室奈美恵のような小顔になりたいです。
我希望有張像安室奈美惠那樣的小臉蛋。

あなたのような馬鹿は見たことがない。
我從沒見過像你這樣的笨蛋。

兄のような大人になりたいな。
我想成為像哥哥一樣的大人！

128 ようなら、ようだったら

【動詞・形容詞普通形・形容動詞な・體言の】＋ようなら、ようだった
ら。表示在某個假設的情況下，說話者要採取某個行動，或是請對方採取
某個行動。中文意思是：「如果…」、「要是…」。

例 パーティーが10時過ぎるようなら、途中で抜
けることにする。

如果派對超過10點，我要中途落跑。

這場派對實在是太無聊了，到底什麼時候才要散會啊？我寧可回家看日劇！

因應假設的情況而採取某種行為時要用「ようなら」。

答えが分かるようなら、教えてください。
如果你知道答案，請告訴我。

良くならないようなら、検査を受けたほうがいい。
如果一直好不了，最好還是接受檢查。

肌に合わないようだったら、使用を中止してください。
如肌膚有不適之處，請停止使用。

129 ように

【動詞連體形】＋ように。（1）表示為了實現前項，而做後項。是行為主體的希望。中文意思是：「為了…而…」、「…，以便達到…」等。（2）用在句末時，表示願望、希望、勸告或輕微的命令等。後面省略了「…してください」。中文意思是：「希望…」、「請…」等。

例 ほこりがたまらないように、毎日(まいにち)そうじをしましょう。

要每天打掃一下，才不會有灰塵。

日本人認為乾淨的地方「福神」才會降臨的喔！

「ように」（為了…而…）表示為了使前項的狀況能成立「ほこりがたまらない」（不要有灰塵），而做後項的行為「毎日そうじをしましょう」（每天打掃）。後項一般是接說話人意向行為的動詞。

送料(そうりょう)が1000円以下になるように、工夫(くふう)してください。
請設法將運費控制在1000日圓以下。

迷子(まいご)にならないようにね。
不要迷路了唷！

合格(ごうかく)できるようにがんばります。
我會努力考上的。

私(わたし)が発音(はつおん)するように、後(あと)についてください。
請模仿我的發音，跟著複誦一次。

⑬ ように

【動詞連體形；體言の】＋ように。舉例用法。說話者以其他具體的人事物為例來陳述某件事物的性質或內容等。中文意思是：「如同…」、「誠如…」、「就像是…」。

例 皆様がおっしゃっていたように、彼はそんな甘い男ではありませんでした。

誠如各位之前所述，他不是那麼天真的男人。

原本以為他異想天開，但事實證明他的做法是對的，這一季的業績他是第一名！

「ように」可以表示後項和前項是一樣的、有關聯的。

ご存じのように、来週から営業時間が変更になります。
誠如各位所知，自下週起營業時間將有變動。

先に述べたように、その事件は氷山の一角にすぎない。
如同剛才所說的，這起事件只是冰山一角。

「善は急げ」ということわざにもあるように、いいと思ったことはすぐに始めるほうがいいです。
就像「好事不宜遲」這句諺語說的，覺得好的事情最好要趕緊著手進行。

⑬ ように（言う）

【動詞連體形】＋ように（言う）。轉述用法。後面接「言う」、「書く」、「お願いする」、「頼む」等動詞，表示間接轉述指令、請求等內容。中文意思是：「告訴…」。

例 息子にちゃんと歯を磨くように言ってください。

請告訴我兒子要好好地刷牙。

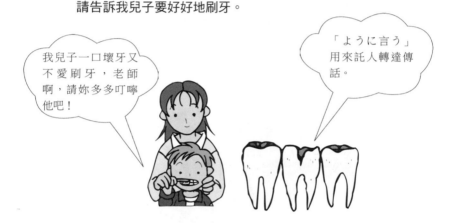

我兒子一口壞牙又不愛刷牙，老師啊，請妳多多叮嚀他吧！

「ように言う」用來託人轉達傳話。

私に電話するように言ってください。
請告訴他要他打電話給我。

これを娘さんにあげますから、元気を出すように言ってください。
這個送給令媛，請告訴她要打起精神來。

時間がないから、早く支度するように言ってくださいよ。
請告訴他，沒有時間了，快點做準備。

(132) ようになっている

【動詞辭書形；動詞可能形】＋ようになっている。是表示能力、狀態、行為等變化的「ようになる」，與表示動作持續的「～ている」結合而成【動詞連體形】＋ようになっている。表示機器、電腦等，因為程式或設定等而具備的功能。中文的意思是：「會…」等。

例 練習（れんしゅう）して、この曲（きょく）はだいたい弾（ひ）けるようになった。

練習後這首曲子大致會彈了。

彈得真好！

「ようになった」（（變得）…了），表示「この曲はだいたい弾ける」（這首曲子大致會彈了）這個變化，是花費了時間，練習學會的。

最近（さいきん）は多（おお）くの女性（じょせい）が外（そと）で働（はたら）くようになった。
最近在外工作的女性變多了。

私（わたし）は毎朝牛乳（まいあさぎゅうにゅう）を飲（の）むようになった。
我每天早上都會喝牛奶了。

この部屋（へや）はかぎを開（あ）けると、自動的（じどうてき）に照明（しょうめい）がつくようになっている。
只要一解開門鎖，就會自動開啟照明。

ここのボタンを押（お）すと、水（みず）が出（で）るようになっている。
按下這個按鈕，水就會流出來。

⑬ よかった

【動詞假定形】＋よかった。表示自己沒有做前項的事而感到後悔。說話人覺得要是做了就好了，帶有後悔的心情。中文的意思是：「如果…的話就好了」等。

例 雨だ、傘を持ってくればよかった。

下雨了！早知道就帶傘來了。

糟了！下雨了，雨傘咧？沒帶！！

用「よかった」表示沒能做到「傘を持ってくれば」這件事，感到懊悔。

もう売り切れだ！もっと早く買っておけばよかった。
已經賣完了！早知道就快點來買。

学生のときに英語をもっと勉強しておけばよかった。
要是在學生時代能更認真學習英文就好了。

最初から見とけばよかったなぁ、と後悔した。
他懊悔地說道：「早知道就從頭開始看了」。

正直に言えばよかった。
早知道一切從實招供就好了。

(134) より（ほか）ない、ほか（しかたが）ない

【體言；動詞連體形】＋より（ほか）ない；【動詞連體形】＋ほかしかたがない。後面伴隨著否定，表示這是唯一解決問題的辦法。中文的意思是：「只有…」、「除了…之外沒有…」等。

例 もう時間がない、こうなったら一生懸命やるよりない。

時間已經來不及了，事到如今，只能拚命去做了。

明天一早就要截稿了。沒時間了，今晚只好硬著頭皮拚了。

用「よりない」表示問題處於沒時間的情況下，辦法就只有「拚命去做」了。

君よりほかに頼める人がいない。
除了你以外，再也沒有其他人能夠拜託了。

終電が出てしまったので、タクシーで帰るよりほかない。
由於最後一班電車已經開走了，只能搭計程車回家了。

病気を早く治すためには、入院するほか（しかたが）ない。
為了要早點治癒，只能住院了。

パソコンが故障してしまったので、手書きで書くほか（しかたが）ない。
由於電腦故障了，所以只能拿筆書寫了。

135 （ら）れる（被動）

【一段動詞・カ變動詞未然形】＋られる；【五段動詞未然形；サ變動詞未然形さ】＋れる。表示被動。（1）直接被動，表示某人直接承受到別人的動作；又社會活動等，普遍為大家知道的事；表達社會對作品、建築等的接受方式。（2）間接被動。間接地承受了某人的動作，而使得身體的一部分等，受到麻煩；由於天氣等自然現象的作用，而間接受到某些影響時。中文的意思是：「被…」。

例
おとうと　いぬ
弟 が犬にかまれました。

弟弟被狗咬了。

哇！弟弟被狗咬了，好痛的樣子喔！

被咬的弟弟是主語用「が」，咬人的狗是動作實施者用「に」表示。這句話沒有提到身體一部分，所以是直接被動的表現方式喔！

かのじょ　おっと　ふか　あい
彼女は夫に深く愛されていた。
她老公深深地疼愛她。

しけん　がつ　おこな
試験が２月に行われます。
考試將在２月舉行。

でんしゃ　なか　あし　ふ
電車の中で足を踏まれた。
我在電車上被踩了一腳。

がっこう　い　とちゅう　あめ　ふ
学校に行く途中で、雨に降られました。
去學校途中，被雨淋濕了。

⑬⑥ （ら）れる（尊敬）

【一段動詞・カ變動詞未然形】＋られる；【五段動詞未然形；サ變動詞未然形さ】＋れる。作為尊敬助動詞。表示對話題人物的尊敬，也就是在對方的動作上用尊敬助動詞。尊敬程度低於「お…になる」。

例 もう具合はよくなられましたか。

身體好一些了嗎？

巡病房的護士來看生病住院的鈴木爺爺。

「もう具合はよくなられましたか」（您身體好多了嗎？）中的尊敬動詞「なられました」來自「なりました」。

先生方は講堂に集まられました。
老師們到禮堂集合了。

社長はあしたパリへ行かれます。
社長明天將要前往巴黎。

先生は、少し痩せられたようですね。
老師好像變瘦了呢！

何を研究されていますか。
您在做什麼研究？

敬語的動詞

（一）「尊敬的動詞」跟「謙讓的動詞」

　　日語中除了「です、ます」的鄭重的動詞之外，還有「尊敬的動詞」跟「謙讓的動詞」。尊敬的動詞目的在尊敬對方，用在對方的動作或所屬的事物上，來提高對方的身份；謙讓的動詞是透過謙卑自己的動作或所屬物，來抬高對方的身份，目的也是在尊敬對方。

一般動詞和敬語的動詞對照表

一般動詞	尊敬的動詞	謙讓的動詞
行く	いらっしゃる、おいでになる、お越しになる	伺う、まいる、上がる
来る	いらっしゃる、おいでになる、お越しになる、見える	伺う、まいる
言う	おっしゃる	申す、申し上げる
聞く	お耳に入る	伺う、拝聴する、承る
いる	いらっしゃる	おる
する	なさる	いたす
見る	ご覧になる	拝見する
見せる	———	ご覧に入れる、お目にかける
知る	ご存じです	存じる、存じ上げる
食べる	召し上がる	いただく、頂戴する
飲む	召し上がる	いただく、頂戴する
会う	———	お目にかかる
読む	———	拝読する
もらう	———	いただく、頂戴する
やる	———	差し上げる
くれる	くださる	———
借りる	———	拝借する
着る	召す、お召しになる	———
わかる	———	承知する、かしこまる
考える	———	存じる

（二）附加形式的「尊敬語」與「謙讓語」

　　一般動詞也可以跟接頭詞、助動詞、補助動詞結合起來，成為敬語的表達方式。我們又稱為附加形式的「尊敬語」與「謙讓語」。

附加形式的「尊敬語」與「謙讓語」對照表

尊敬語	(1)動詞＋(ら)れる、される		
	例	読む	→読まれる
		戻る	→戻られる
		到着する	→到着される
	(2)お＋動詞連用形＋になる／なさる 　ご＋サ變動詞詞幹＋になる／なさる		
	例	使う	→お使いになる、お使いなさいますか
		出発する	→ご出発になる、ご出発なさいますか
	(3)お＋動詞連用形＋です／だ 　ご＋サ變動詞詞幹＋です／だ		
		休む	→お休みです、お休みだ
		在宅する	→ご在宅です、ご在宅だ
	(4)お＋動詞連用形＋くださる 　ご＋サ變動詞詞幹＋くださる		
	例	教える	→お教えくださる
		指導する	→ご指導くださる
謙讓語	(1)お＋動詞連用形＋する 　ご＋サ變動詞詞幹＋する		
	例	願う	→お願いします
		送付する	→ご送付します
	(2)お＋動詞連用形＋いたす／申し上げます 　ご＋サ變動詞詞幹＋いたす／申し上げます		
	例	話す	→申す、申し上げる
		説明する	→ご説明いたします、ご説明申し上げます
	(3)お＋動詞連用形＋いただく／ねがう 　ご＋サ變動詞詞幹＋いただく／ねがう		
	例	伝える	→お伝えいただきます、お伝えねがいます
		案内する	→ご案内いただきます、ご案内ねがいます

⑬⑦ （ら）れる（可能）

【一段動詞・力變動詞未然形】＋られる；【五段動詞未然形；力變動詞未然形さ】＋れる。表示可能，跟「ことができる」意思幾乎一樣。只是「可能形」比較口語。（1）表示技術上、身體的能力上，是具有某種能力的。「會…」的意思；（2）從周圍的客觀環境條件來看，有可能做某事。「能…」的意思。日語中，他動詞的對象用「を」表示，但是在使用可能形的句子裡「を」就要改成「が」。

例　私はタンゴが踊れます。

我會跳探戈。

小時候我就對舞蹈很感興趣，所以舞蹈的練習一直都沒有中斷過。

「タンゴが踊れます」（會跳探戈）表示由於從小的訓練，所以具有跳探戈的技術。「踊れます」是「踊る」的能力可能形。

私は200メートルぐらい泳げます。
我能游兩百公尺左右。

マリさんはお箸が使えますか。
瑪麗小姐會用筷子嗎？

だれでもお金持ちになれる。
誰都可以變成有錢人。

新しい商品と取り替えられます。
可以與新產品替換。

⑬⑧ わけがない、わけはない

【用言連體形】＋わけがない、わけはない。表示從道理上而言，強烈地主張不可能或沒有理由成立。相當於「…はずがない」。口語常說成「わけない」。中文意思是：「不會…」、「不可能…」等。

例　人形が独りで動くわけがない。
にんぎょう ひと うご

洋娃娃不可能自己會動。

> 這洋娃娃可沒裝電池喔！

> 「わけがない」（不可能…）表示從道理上而言「人形が独りでに動く」（洋娃娃自己會動）這件事是絕對不可能的，這是說話人強烈主張那種事是不可能，或沒有理由成立的。

こんな重いものが、持ち上げられるわけはない。
おも　　　　　　　　も　あ

這麼重的東西，不可能抬得起來。

こんな簡単なことをできないわけがない。
かんたん

這麼簡單的事情，不可能辦不到。

無断で欠勤して良いわけがないでしょう。
むだん　けっきん　　よ

未經請假不去上班，那怎麼可以呢！

医学部に合格するのが簡単なわけはないですよ。
いがくぶ　ごうかく　　　　　かんたん

要考上醫學系當然是很不容易的事呀！

⑬⑨ わけだ

【用言連體形】＋わけだ。表示按事物的發展，事實、狀況合乎邏輯地必然導致這樣的結果。跟著重結果的必然性的「…はずだ」相比較，「…わけだ」側著重理由或根據。中文意思是：「當然…」、「怪不得…」等。

例 3年間 留学していたのか。道理で英語がペラペラなわけだ。

到國外留學了3年啊！難怪英文那麼流利。

好羨慕英文說得呱呱叫的人喔！

「わけだ」（怪不得…）表示按照前項的「3年間留学していた」（留學了3年）這一事實，合乎邏輯地導出「英語がペラペラ」（英語說得這麼溜）這個結論。

彼はうちの中にばかりいるから、顔色が青白いわけだ。
因為他老待在家，難怪臉色蒼白。

コーヒーをお湯で薄めたから、おいしくないわけだ。
原來咖啡加了開水被稀釋了，難怪不好喝。

学生時代にスケート部だったから、スケートが上手なわけだ。
學生時代是溜冰社團團員，難怪溜冰這麼拿手。

道理で彼が激しく抗議したわけだ。
難怪他會強烈抗議。

⑭ わけではない、わけでもない

【用言連體形；簡體句という】＋わけではない、わけでもない。表示不能簡單地對現在的狀況下某種結論，也有其它情況。常表示部分否定或委婉的否定。中文意思是：「並不是…」、「並非…」等。

例 食事をたっぷり食べても、必ず太るというわけではない。

吃得多不一定會胖。

「わけではない」是一種間接的否定，是婉轉的表達方式。有時候可以用在婉轉地拒絕別人的時候。

表示就一般的道理而言「食事をたっぷり食べる」（吃飯吃很多），必然會引起「必ず太る」（一定會胖）這樣的結果。但「わけではない」（並不是…）是否定上述的必然結果。

体育の授業で一番だったとしても、スポーツ選手になれるわけではない。
體育課成績拿第一，也並不一定能當運動員。

けんかばかりしていても、互いに嫌っているわけでもない。
老是吵架，也並不代表彼此互相討厭。

たまに一緒に食事をするが、親友というわけではない。
偶爾一起吃頓飯，也不代表是好朋友。

人生は不幸なことばかりあるわけではないだろう。
人生總不會老是發生不幸的事吧！

141 わけにはいかない、わけにもいかない

【動詞連體形】＋わけにはいかない、わけにもいかない。表示由於一般常識、社會道德或過去經驗等約束，那樣做是不可能的、不能做的、不單純的。相當於「…することはできない」。中文意思是：「不能…」、「不可…」等。

例 友情を裏切るわけにはいかない。

友情是不能背叛的。

人說出外靠朋友，朋友就要講道義。

「わけにはいかない」（「不能…」）表示不可以「友情を裏切る」（背叛朋友）。也就是站在道義上，背叛朋友是不對的。這不是單純的「不行」，而是從一般常識、經驗或社會上普遍的想法。

親戚に挨拶に行かないわけにもいかない。
不可以不去跟親戚打招呼。

式の途中で、帰るわけにもいかない。
不能在典禮進行途中回去。

言わないと約束したので、話すわけにはいかない。
說好不說就不能說。

休みだからといって、勉強しないわけにはいかない。
就算是假日，也不能不用功讀書。

⑭わりに（は）

【用言連體形；體言の】＋わりに（は）。表示結果跟前項條件不成比例、有出入，或不相稱，結果劣於或好於應有程度。相當於「…のに、…にしては」。中文意思是：「（比較起來）雖然…但是…」、「但是相對之下還算…」、「可是…」等。

例 この国は、熱帯のわりには過ごしやすい。

這個國家雖處熱帶，但住起來算是舒適的。

熱帶國家都給人有炎熱、難耐的印象。

「わりには」（但是相對之下還算…）表示「過ごしやすい」（住起來舒適的）這一結果跟前項的「熱帯」（熱帶國家）條件上不成比例，互相矛盾。

物理の点が悪かったわりには、化学はまあまあだった。
比較起來物理分數雖然差，但是化學還算好。

面積が広いわりに、人口が少ない。
面積雖然大，但人口相對地很少。

映画は、評判のわりにはあまり面白くなかった。
電影風評雖好，但不怎麼有趣。

危険なわりに、給料は良くないです。
這份工作很危險，但薪資很低。

⑭ をこめて

【體言】＋をこめて。表示對某事傾注思念或愛等的感情。常用「心を込めて」、「力を込めて」、「愛を込めて」等用法。中文意思是：「集中…」、「傾注…」等。

例 みんなの幸せ(しあわ)のために、願(ねが)いをこめて鐘(かね)を鳴(な)らした。

為了大家的幸福，以虔誠的心鳴鍾祈禱。

「をこめて」（傾注…）表示為了大家的幸福，傾注了真誠的關愛而「鐘を鳴らした」（敲鐘）祈求。

願天下有情人終成眷屬！

教会(きょうかい)で、心(こころ)をこめて、オルガンを弾(ひ)いた。
在教會以真誠的心彈風琴。

感謝(かんしゃ)をこめて、ブローチを贈(おく)りました。
以真摯的感謝之情送她別針。

母(はは)は私(わたし)のために心(こころ)をこめて、セーターを編(あ)んでくれた。
母親為我織了件毛衣。

渾身(こんしん)の力(ちから)を込(こ)めて、バットを振(ふ)ったら、ホームランになった。
他使盡全身的力氣，揮出球棒，打出了一支全壘打。

⑭ を中心に（して）、を中心として

【體言】＋を中心に（して）、中心として。表示前項是後項行為、狀態的中心。中文意思是：「以⋯為重點」、「以⋯為中心」、「圍繞著⋯」等。

例 点Aを中心に、円を描いてください。

請以Ａ點為中心，畫一個圓圈。

「を中心に」（以⋯為中心）表示後項的「円を描く」（畫圓）這一動作行為，要以前項的「点A」（A點）為中心。也就是某事位於中心的狀態、行為或現象。

大学の先生を中心にして、漢詩を学ぶ会を作った。
以大學老師為中心，設立了漢詩學習會。

海洋開発を中心に、討論を進めました。
以海洋開發為中心進行討論。

地球は太陽を中心として、回っている。
地球以太陽為中心繞行著。

登校拒否の問題を中心として、さまざまな問題を話し合います。
以拒絕上學的問題為主，共同討論各種問題。

145 を通じて、を通して

【體言】＋を通じて、を通して。表示利用某種媒介（如人物、交易、物品等），來達到某目的（如物品、利益、事項等）。相當於「…によって」。中文意思是：「透過…」、「通過…」等。又後接表示期間、範圍的詞，表示在整個期間或整個範圍內。相當於「…のうち（いつでも／どこでも）」。中文意思是：「在整個期間…」、「在整個範圍…」等。

例 彼女を通じて、間接的に彼の話を聞いた。

透過她，間接地知道他所說的。

人脈是很重要的，透過人脈有時候可以獲取一些寶貴的訊息喔！

「を通じて」（透過…）表示利用前接的名詞「彼女」（她）為媒介，來達到某目的「彼の話を聞いた」（他說的話）。

能力とは、試験を通じて測られるものだけではない。
能力不是只透過考試才能知道的。

台湾は1年を通して雨が多い。
台灣一整年雨量都很充沛。

会員になれば、年間を通じていつでもプールを利用できます。
只要成為會員，全年都能隨時去游泳。

スポーツを通して、みんなずいぶんと打ち解けたようです。
透過運動，大家似乎變得相當融洽了。

146 をはじめ、をはじめとする

【體言】＋をはじめ、をはじめとする。表示由核心的人或物擴展到很廣的範圍。「を」前面是最具代表性的、核心的人或物。作用類似「などの」、「と」等。中文意思是：「以…為首」、「…以及…」、「…等」等。

例 客席には、校長をはじめ、たくさんの先生が来てくれた。
在來賓席上，校長以及多位老師都來了。

婚宴來了好多人喔！

「をはじめ」（…以及…）前接最具代表性的人物「校長」（校長），然後擴展到「たくさんの先生」（許多老師）。也就是先提出一個主要人物，後面在連帶提其它的人物。

日本の近代には、夏目漱石をはじめ、いろいろな作家がいます。
日本近代，以夏目漱石為首，還有其他許許多多的作家。

この病院には、内科をはじめ、外科や耳鼻科などがあります。
這家醫院有內科、外科及耳鼻喉科等。

小切手をはじめとする様々な書類を、書留で送った。
支票跟各種資料等等，都用掛號信寄出了。

ご両親をはじめ、ご家族のみなさまによろしくお伝えください。
請替我向您父母親跟家人們問好。

147 をもとに、をもとにして

【體言】＋をもとに、をもとにして。表示將某事物做為啟示、根據、材料、基礎等。後項的行為、動作是根據或參考前項來進行的。相當於「…に基づいて」、「…を根拠にして」。中文意思是：「以…為根據」、「以…為參考」、「在…基礎上」等。

例 いままでに習った文型をもとに、文を作ってください。
請參考至今所學的文型造句。

「…をもとに」（以…為根據）表示以前項的「いままでに習った文型」（到現在為止學到的文型）為依據或參考，來進行後項的行為「文を作る」（造句）。「…をもとに」也具有修飾說明後面的名詞的作用。

學了就要多用，用了就可以真正成為自己的！

彼女のデザインをもとに、青いワンピースを作った。
以她的設計為基礎，裁製了藍色的連身裙。

教科書をもとに、書いてみてください。
請參考課本寫寫看。

この映画は、実際にあった話をもとにして制作された。
這齣電影是根據真實的故事而拍成的。

集めたデータをもとにして、平均を計算しました。
根據收集來的資料，計算平均值。

⑭んじゃない、んじゃないかと思_{おも}う

【體言な；用言連體形】＋んじゃない、んじゃないかと思う。是「のではないだろうか」的口語形。表示意見跟主張。中文的意思是：「不…嗎」、「莫非是…」等。

例 そこまでする必要_{ひつよう}ないんじゃない。

没有必要做到那個程度吧！

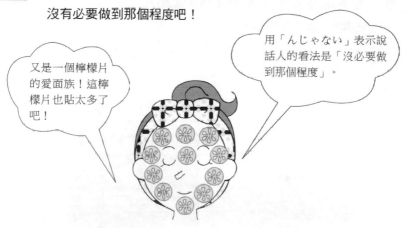

又是一個檸檬片的愛面族！這檸檬片也貼太多了吧！

用「んじゃない」表示說話人的看法是「沒必要做到那個程度」。

花子_{はなこ}？もう帰_{かえ}ったんじゃない。
花子？她應該已經回去了吧！

もうこれでいいんじゃない。
做到這樣就已經夠了吧！

その実力_{じつりょく}だけでも十分_{じゅうぶん}なんじゃないかと思_{おも}う。
光憑那份實力，我想應該沒問題吧！

それぐらいするんじゃないかと思_{おも}う。
我想差不多要那個價錢吧！

149 んだって

【動詞・形容詞普通形】＋んだって。【體言な・形容動詞詞幹な】＋んだって。女性多用「んですって」的說法。傳聞口語用法。表示說話者聽說了某件事，並轉述給聽話者。語氣比較輕鬆隨便。中文意思是：「聽說…呢」。

例 北海道ってすごくきれいなんだって。

聽說北海道非常漂亮呢！

我朋友剛從北海道回來，他說薰衣草田和函館夜景都很值得一看呢！

如果想和別人分享自己聽說的內容，用「んだって」就對了！

田中さん、試験に落ちたんだって。
聽說田中同學落榜了呢！

あの人、子ども5人もいるんだって。
聽說那個人有5個小孩呢！

あの店のラーメン、とてもおいしいんですって。
聽說那家店的拉麵很好吃。

⑮⓪ んだもん

【動詞・形容詞普通形】＋んだもん。【體言な；形容動詞詞幹な】＋
んだもん。用來解釋理由，是口語說法。語氣偏向幼稚、任性、撒嬌，
在說明時帶有一種辯解的意味。中文意思是：「因為…嘛」、「誰叫
…」。

例 「なんでにんじんだけ残(のこ)すの。」「だってまず

いんだもん。」

「為什麼只剩下胡蘿蔔！」「因為很難吃嘛！」

胡蘿蔔的味道
好討厭啊…我
又不是兔子…

想撒嬌或是辯解時，
就用「んだもん」。

「どうして私(わたし)のスカート着(き)るの。」「だって、好(す)きなんだもん。」
「妳為什麼穿我的裙子？」「因為人家喜歡嘛！」

「どうして遅刻(ちこく)したの。」「だって、目覚(めざ)まし時計(どけい)が壊(こわ)れてたんだもん。」
「你為什麼遲到了？」「誰叫我的鬧鐘壞了嘛！」

「なんでお金(かねはら)払わないの。」「だって、おごりだって言(い)われたんだもん。」
「你怎麼沒付錢呢？」「因為有人說要請客啊！」

這些句型也要記

◆ 【用言連體形】＋ものの
→ 表示姑且承認前項，但後項不能順著前項發展下去。意思是：「雖然…但是…」。
・ アメリカに留学したとはいうものの、満足に英語を話すこともできない。
　・ 雖然去美國留學過，但英文卻沒辦法說得好。

◆ 【體言；用言連體形（の）】＋やら、【體言；用言連體形（の）】やら
→ 表示從一些同類事項中，列舉出兩項。意思是：「…啦…啦」、「又…又…」。
・ 近所に工場ができて、騒音やら煙やらで悩まされているんですよ。
　・ 附近開了家工廠，又是噪音啦，又是污煙啦，真傷腦筋！

◆ 【動詞連體形】＋よりほかない、よりほかはない
→ 表示只有一種辦法，沒有其他解決的方法。意思是：「只有…」、「只好…」、「只能…」。
・ 売り上げを伸ばすには、笑顔でサービスするよりほかはない。
　・ 想要提高銷售額，只有以笑容待客了。

◆ 【體言】＋を＋【體言】＋として、とする、とした
→ 把一種事物當做或設定為另一種事物，或表示決定、認定的內容。意思是：「把…視為…」。
・ この競技では、最後まで残った人を優勝とする。
　・ 這個比賽，是以最後留下的人獲勝。

◆ 【體言；用言連體形の】＋をきっかけに（して）、をきっかけとして
→ 表示某事產生的原因、機會、動機。意思是：「以…為契機」、「自從…之後」、「以…為開端」。
・ 関西旅行をきっかけに、歴史に興味を持ちました。
　・ 自從去旅遊關西之後，便開始對歷史產生了興趣。

◆ 【體言】＋をけいきに（して）、をけいきとして
→ 表示某事產生或發生的原因、動機、機會、轉折點。意思是：「趁著…」、「自從…之後」、「以…為動機」。
・ 子どもが誕生したのを契機として、煙草をやめた。
　・ 自從小孩出生後，就戒了煙。

◆ 【體言】＋をとわず、はとわず
→ 表示沒有把前接的詞當作問題、跟前接的詞沒有關係。意思是：「無論…」、「不分…」、「不管…，都…」、「不管…，也不管…，都…」。
・ ワインは、洋食和食を問わず、よく合う。
　・ 無論是西餐或日式料理，葡萄酒都很適合。

◆ 【體言】＋をぬきにして（は）、はぬきにして

→ 表示去掉某一事項，或某一人物等，做後面的動作。意思是：「去掉…」、「抽去…」。

・ 政府の援助をぬきにしては、災害に遭った人々を救うことはできない。

　　・ 沒有政府的援助，就沒有辦法救出受難者。

◆ 【體言】＋をめぐって、をめぐる

→ 表示後項的行為動作，是針對前項的某一事情、問題進行的。意思是：「圍繞著…」、「環繞著…」。

・ その宝石をめぐる事件があった。

　　・ 發生了跟那顆寶石有關的事件。

問題 1　考試訣竅

　　N3的問題 1，預測會考13題。這一題型基本上是延續舊制的考試方式。也就是給一個不完整的句子，讓考生從四個選項中，選出自己認為正確的選項，進行填空，使句子的語法正確、意思通順。

　　過去文法填空的命題範圍很廣，包括助詞、慣用型、時態、體態、形式名詞、呼應和接續關係等等。應試的重點是掌握功能詞的基本用法，並注意用言、體言、接續詞、形式名詞、副詞等的用法區別。另外，複雜多變的敬語跟授受關係的用法也是構成日語文法的重要特徵。

文法試題中，常考的如下：

（1）副助詞、格助詞…等助詞考試的比重相當大。這裡會考的主要是搭配（如「なぜか」是「なぜ」跟「か」搭配）、接續（「だけで」中「で」要接在「だけ」的後面等）及約定俗成的關係等。在大同中辨別小異（如「なら、たら、ば、と」的差異等）及區別語感。判斷關係（如「心を込める」中的「込める」是他動詞，所以用表示受詞的「を」來搭配等）。

（2）形式名詞的詞意判斷（如能否由句意來掌握「せい、くせ」的差別等），及形似意近的辨別（如「わけ、はず、ため、せい、もの」的差異等）。

（3）意近或形近的慣用型的區別（如「について、に対して」等）。

（4）區別過去、現在、未來三種時態的用法（如「調べるところ、調べたところ、調べているところ」能否區別等）。

（5）能否根據句意來區別動作的開始、持續、完了三個階段的體態，一般用「…て＋補助動詞」來表示（如「ことにする、ことにしている、ことにしてある」的區別）。

（6）能否根據句意、助詞、詞形變化，來選擇相應的語態（主要是「れる、られる、せる、させる」），也就是行為主體跟客體間的關係的動詞型態。

從新制概要中預測，文法不僅在這裡，常用漢字表示的，如「次第、気

味」等也可能在語彙問題中出現；而口語部分，如「もん、といった
らありゃしない…等」，可能會在著重口語的聽力問題中出現；接續詞
（如ながらも）應該會在文法問題２出現。當然，所有的文法・文型在
閱讀中出現頻率，絕對很高的。

　　總而言之，無論在哪種題型，文法都是掌握高分的重要角色。

問題1　つぎの文の（　　　　）に入れるのに最もよいものを、1・2・3
**　　　　4から一つえらびなさい。**

1 ぬいぐるみ（　　　　）あれば、この子はおとなしくしている。
　　1 さえ　　　　2 わけ　　　　　3 こそ　　　　　4 や

2 目上の人と話す（　　　　）、できるだけ敬語を使った方がいい。
　　1 場面　　　　2 際は　　　　　3 うち　　　　　4 ついでに

3 「心配かけて、ごめん。」「謝る（　　　　）なら最初からやるな。」
　　1 だけ　　　　2 ぐらい　　　　3 しか　　　　　4 よる

4 私は60歳になるまで病気（　　　　）病気をしたことがない。
　　1 のみたい　　2 のらしい　　　3 みたい　　　　4 らしい

5 日本では、家に入るとき、靴を脱ぐことに（　　　　）。
　　1 決めている　　　　　　2 なっている
　　3 決めないといけない　　4 決めないではおかない

6 今日は朝から大雨だった。雨（　　　　）、昼からは風も出てきた。
　　1 ながら　　2 に加えて　　3 ところに　　4 にわたって

7 友達と話している（　　　）、用事があったことを思い出した。
1 現に　　　　　2 とっさに　　　　3 最中に　　　　4 早急に

8 ２ヶ月に及ぶ療養を終えて会社に（　　　）、交通事故に遭った。
1 復帰したとたんに　　　　　　2 復帰したせいか
3 復帰したきり　　　　　　　　　　　　4 復帰した以上は

9 現状からいうと、手元にある案件を（　　　）、その企画の準備には入れません。
1 処理しつつも　　　　　　　2 処理しながら
3 処理したところに　　　　　4 処理してからでないと

10 親戚に下宿するアパートを（　　　）もらっています。
1 探し　　　　　2 探して　　　　　3 探すを　　　　4 探しに

11 大好きなペットを病気で（　　　）しまった。
1 死なれて　　　2 死なせて　　　3 死されて　　　4 死らせて

12 そこの資料をちょっと（　　　）いただけますか。
1 拝見して　　　2 拝見させて　　　3 拝見し　　　4 拝見する

13 先生はゴルフが大変（　　　）と伺っています。
1 お上手でいらっしゃる　　　　　2 お上手になさる
3 お上手でおります　　　　　　　4 お上手におられる

問題2 考試訣竅

　　問題2是「部分句子重組」題，出題方式是在一個句子中，挑出相連的四個詞，將其順序打亂，要考生將這四個順序混亂的字詞，跟問題句連結成為一句文意通順的句子。預估出5題。

　　應付這類題型，考生必須熟悉各種日文句子組成要素（日語語順的特徵）及句型，才能迅速且正確地組合句子。因此，打好句型、文法的底子是第一重要的，也就是把文法中的「助詞、慣用型、時態、體態、形式名詞、呼應和接續關係」等等弄得滾瓜爛熟，接下來就是多接觸文章，習慣日語的語順。

　　問題2既然是在「文法」題型中，那麼解題的關鍵就在文法了。因此，做題的方式，就是看過問題句後，集中精神在四個選項上，把關鍵的文法找出來，配合它前面或後面的接續，這樣大致的順序就出來了。接下再根據問題句的語順進行判斷。這一題型往往會有一個選項，不知道放在哪個位置，這時候，請試著放在最前面或最後面的空格中。這樣，文法正確、文意通順的句子就很容易完成了。

　　　　　　　最後，請注意答案要的是標示「★」的空格，要填對位置喔！

問題2　つぎの文の＿★＿に入る最もよいものを、1・2・3・4から一つえらびなさい。

（問題例）

　　昼休み＿＿＿＿＿　＿＿＿＿＿　＿＿★＿＿　＿＿＿＿＿校庭で遊びます。
　　　1 友達　　2 と　　3 は　　4 に

（解答の仕方）

1. 正しい文はこうです。

昼休み ＿＿＿＿＿ ＿＿＿＿＿ ＿＿★＿＿ ＿＿＿＿＿校庭で遊びます。
4 に　　　3 は　　　1 友達　　　2 と

2. ＿★＿ に入る番号を解答用紙にマークします。

（解答用紙）　　（例）　❶ ② ③ ④

1 美容院へ行った ＿＿＿＿ ＿＿＿＿ ＿＿★＿＿ ＿＿＿＿を間違えていました。

　1 の　　　　　　　 2 時間　　　　 3 予約　　　　　 4 のに

2 来月の旅行では大きな＿＿＿＿＿ ＿＿＿＿ ＿＿★＿＿ ＿＿＿＿＿に泊まるつもりです。

　1 の　　　　　　　 2 旅館　　　　 3 ある　　　　　 4 お風呂

3 あちこちに＿＿＿＿＿ ＿＿＿＿ ＿＿★＿＿ ＿＿＿＿がない。

　1 警官が　　　　　　　　　　　 2 隠れよう
　3 犯人は　　　　　　　　　　　 4 配備されているので

4 　当店では＿＿＿＿＿ ＿＿＿＿ ＿＿★＿＿ ＿＿＿＿とりそろえています。

　1 歯ブラシを　　　　　　　　　 2 生活用品を
　3 カミソリや　　　　　　　　　 4 はじめとする

5 転職して＿＿＿＿＿ ＿＿＿＿ ＿＿★＿＿ ＿＿＿＿しなければなりません。

　1 早起き　　　 2 ものだから　　 3 遠くなった　　 4 職場が

　「文章的文法」這一題型是先給一篇文章，隨後就文章內容，去選詞填空，選出符合文章脈絡的文法問題。預估出5題。

　做這種題，要先通讀全文，好好掌握文章，抓住文章中一個或幾個要點或觀點。第二次再細讀，尤其要仔細閱讀填空處的上下文，就上下文脈絡，並配合文章的要點，來進行選擇。細讀的時候，可以試著在填空處填寫上答案，再看選項，最後進行判斷。

　由於做這種題型，必須把握前句跟後句，甚至前段與後段之間的意思關係，才能正確選擇相應的文法。也因此，前面選擇的正確與否，也會影響到後面其他問題的正確理解。

　做題時，要仔細閱讀 ☐ 的前後文，從意思上、邏輯上弄清楚是順接還是逆接、是肯定還是否定，是進行舉例說明，還是換句話說。經過反覆閱讀有關章節，理清枝節，抓住關鍵之處後，再跟選項對照，抓出主要，刪去錯誤，就可以選擇正確答案。另外，對日本文化、社會、風俗習慣等的認識跟理解，對答題是有絕大助益的。

問題3　つぎの文章を読んで、 1 から 5 の中に入る最もよいものを1・2・3・4から一つえらびなさい。

　三月三日に行われるひな祭りは、女の子の節句です。この日はひな人形を飾り、白酒、ひし餅、ハマグリの吸い物などで祝うのが一般的です。

　古代中国には、三月初旬の巳の日に川に入って汚れを清める上巳節という行事がありました。それが日本 1 伝わり、さらに室町時代の貴族の女の子たちの人形遊びである「ひない祭り」が合わさって、ひな祭りの原型ができていきました。

　いまでも一部の地域に 2 「流しびな」の風習は、この由来にならって、子どもの汚れ(けが)をひな人形に移して、川や海に流したことから来ています。

$\boxed{3}$ 近世の安土・桃山時代になると、貴族から武家の社会に伝わり、さらに江戸時代には、ひな祭りは庶民の間に $\boxed{4}$。このころには、ひな段にひな人形を置くとともに桃の花を飾るという、現代のひな祭りに近い形になっています。

　ちなみに、桃の木は、中国で悪魔を打ち払う神聖な木と考えられていたため、ひな祭りに飾られるようになったといいます。

　こうして、$\boxed{5}$ 五節句の一つである、桃の節句が誕生しました。

「日本人のしきたり」飯倉晴武

$\boxed{1}$

　1 から　　　　2 に　　　　　3 へは　　　　　4 と

$\boxed{2}$

　1 残る　　　　2 残した　　　3 残られた　　　4 残された

$\boxed{3}$

　1 すると　　　2 したがって　3 すなわち　　　4 やがて

$\boxed{4}$

　1 広まっていきました　　　　2 広まるものがありました
　3 広まるということでした　　　4 広まることになっていました

$\boxed{5}$

　1 一年の節目として重要というほど　2 一年の節目として重要といえば
　3 一年の節目として重要とされた　　4 一年の節目として重要というより

問題1 つぎの文の（　　）に入れるのに最もよいものを、1・2・3・4から一つえらびなさい。

1 何の連絡もしないで彼女が（　　）はずがありません。
  1 来た　　　　　2 来るに　　　　　3 来ない　　　　4 来て

2 A「また財布をなくしたんですか。」
  B「はい。今年だけでもう5回目です。私ほどよくなくす人は
    （　　）。」
  1 いないでしょう　　　　　　　　2 いるでしょう
  3 いたでしょう　　　　　　　　　4 いるかもしれません

3 新しい人に出会う（　　）、新しい発見がある。
  1 たびに　　　　2 として　　　　3 からして　　　4 くせに

4 昨日の夜早く寝た（　　）、今日は体調がとてもいい。
  1 せいか　　　　2 とおりで　　　3 もので　　　4 ことに

5 本日は月曜日（　　）、図書館は休館です。
  1 につき　　　　2 さえ　　　　　3 につけ　　　　4 についての

6 今年こそ、絶対にきれいになって（　　）。
  1 なさい　　　　2 ばかり　　　　3 みせる　　　　4 だけ

7 卒業するためには単位を取ら（　　）。
  1 わけにはいかない　　　　　　　2 ないわけではない
  3 ないわけがわからない　　　　　4 ないわけにはいかない

8 あれ、つかない。電池はこのまえ取り替えた（　　　）なのに。

　1 もの　　　　　　2 ため　　　　　　　3 わけ　　　　　　　4 はず

9 もう一度挑戦してだめだったら、（　　　）しかない。

　1 諦めて　　　　　2 諦めるの　　　　　3 諦めた　　　　　4 諦める

10 このお米はふるさとの友達が（　　　）くれたものです。

　1 送る　　　　　　2 送った　　　　　　3 送って　　　　　4 送っている

11 そうですね。あと二、三日　（　　　）ください。

　1 考えられて　　　2 考えさせて　　　　3 考えされて　　　4 考える

12 気分が悪い方は、無理せずにお帰り（　　　）くださいね。

　1 になって　　　　2 になさって　　　　3 させて　　　　　4 られて

13 私の友達に、電車で足を（　　　）も逆に謝る人がいる。

　1 踏ませて　　　　2 踏まれて　　　　　3 踏まされて　　　　4 踏まして

問題2 つぎの文の ___★___ に入る最もよいものを、1・2・3・4から一
つえらびなさい。

（問題例）

母_____ _____ ___★___ _____まだ終わりません。

1 に　　2 頼まれた　　3 が　　4 用事

（解答の仕方）

1. 正しい文はこうです。

母_____ _____ ___★___ _____まだ終わりません。
　　　　1 に　　2 頼まれた　　4 用事　　　3 が

2. ___★___に入る番号を解答用紙にマークします。

（解答用紙）　　（例）　①　②　③　●

---

1 今回_____ _____ ___★___ _____知り合いです。

1 男性とは　　　　　　2 ことになった
3 もともと　　　　　　4 採用される

2 _____ _____ ___★___ _____です。

1 ともかくとして　　　2 実現性は
3 プロジェクト　　　　4 夢のある

3 母は誰にも_____ _____ ___★___ _____。

1 言えずに　　　　　　2 一人で
3 相違ない　　　　　　4 苦しんでいたに

4 ＿＿＿＿＿ ＿＿＿＿＿ ＿★＿＿ ＿＿＿＿＿のにおいしくなかった。

　1 勧められた　　　　　　　　2 ウエートレスに

　3 注文した　　　　　　　　　4 とおりに

5 彼女は＿＿＿＿＿ ＿＿＿＿＿ ＿★＿＿ ＿＿＿＿＿去っていきました。

　1 振り向く　　　　　　　　　2 手を

　3 かわりに　　　　　　　　　4 振りながら

問題3　次の文章を読んで、　1　から　5　の中に入る最もよいものを、1・
　　　2・3・4から一つえらびなさい。

　　友達の家に遊びに行くと、おじいさん、おばあさんがいるところがあ
る。私が家の中に上がると、カズコちゃんのおばあちゃんみたいに、お
母さんの次に出てきて、「いらっしゃい。いつも遊んでくれて、ありが
とね。」などという人がいた。また、アキコちゃんのおばあちゃんみた
いに、部屋いっぱいにおもちゃを散らかして遊んでいると、　1　部屋の
隅に座っていて、私たちを　2　人もいた。

　「どうしてあんたたちは、片づけながら遊べないの？ひとつのおもち
ゃを出したら、ひとつはしまう。そうしないとほーらみてごらん。こん
なに散らかっちゃうんだ。」そうブツブツ言いながら、彼女は這いつく
ばって、おもちゃ　3　ひとつひとつ拾い、おもちゃ箱の中に戻す。

　「やめてよ！」

　アキコちゃんは立ちあがっておばあちゃんのところに歩み寄り、片
づけようとしたおもちゃをひったくった。

　「遊んでんだから、ほっといてよ。終わってからやるんだから。」

　「そんなこといったって、あんた。いつも　4　じゃないの。片付ける
のはおばあちゃんなんだよ。」

　「ちがうもん。ちゃんと片づけてるもん。」

　「何いってるんだ。いくらおばあちゃんが、片づけなさいっていったっ
て、　5　。」

　　　　　　　　　　　　　　　　　　　「あたしが帰る家」群ようこ

1
  1 いつの頃か   2 いつか
  3 この間   4 いつの間にか

2
  1 びっくりさせられる   2 びっくりさせる
  3 びっくりする   4 びっくりした

3
  1 で   2 に   3 を   4 が

4
  1 散らかしっぱなし   2 片づけっぱなし
  3 拾いっぱなし   4 終わりっぱなし

5
  1 知らんぷりする恐れがある
  2 知らんぷりしないではいられない
  3 知らんぷりしてるじゃないか
  4 知らんぷりするにすぎない

問題1　つぎの文の（　　　）に入れるのに最もよいものを、1・2・3・4から一つえらびなさい。

1　こんな大雪の中、わざわざ遊びに出かける（　　　）。
　　1 することはない　　　　　　2 にすぎない
　　3 ことはない　　　　　　　　4 ほどはない

2　経済が発展する（　　　）、いろいろな物が簡単に買えるようになった。
　　1 にともなって　　　　　　　2 にそって
　　3 をとおして　　　　　　　　4 に限って

3　我が社の営業部門（　　　）、伊藤さんの営業成績が一番良い。
　　1 ので　　　　　　　　　　　2 にあたっては
　　3 にかけても　　　　　　　　4 においては

4　説明書（　　　）、必要なところに正しく記入してください。
　　1 に関して　　　　　　　　　2 をとおして
　　3 にとって　　　　　　　　　4 にしたがって

5　今日は一日雨でしたね。明日も雨（　　　）。
　　1 みたいだ　　　　　　　　　2 はずだ
　　3 べきだ　　　　　　　　　　4 ものだ

6　こちらは動物の形をした時計です。足が自由に動く（　　　）。
　　1 ようになります　　　　　　2 ようにしっています
　　3 ようになっています　　　　4 ようにします

7 霧で飛行機の欠航が出ているため、東京で一泊する（　　　）。

1 ことはなかった　　　　2 ものではなかった
3 よりほかなかった　　　4 に限りなかった

8 そんなに難しくないので、1時間ぐらいで（　　　）と思います。

1 できます　　　　　　　2 できるの
3 できるだろう　　　　　4 できて

9 おかげさまで退院して自分で（　　　）ようになりました。

1 歩ける　　　　　　　　2 歩けて
3 歩けた　　　　　　　　歩けるの

10 校長先生の話にはずいぶんと（　　　）させられました。

1 考え　　　　　　　　　2 考えて
3 考える　　　　　　　　4 考えた

11 どうぞこちらの応接間で　お（　　　）ください。

1 待って　　　2 待つ　　　3 待ち　　　　4 待った

12 お酒を（　　　）お客様は、なるべく電車やバスをご利用ください。

1 ちょうだいなさる　　　2 めしあがる
3 いただく　　　　　　　4 いただかれる

13 このお菓子は伊藤さんから旅行のお土産として（　　　）。

1 いただきました　　　　2 差し上げました
3 ちょうだいします　　　4 差し上げます

問題2　つぎの文の＿★＿に入る最もよいものを、1・2・3・4から一
　　　　つえらびなさい。

（問題例）

　私が＿＿＿＿＿　＿＿＿＿＿　＿＿★＿＿　＿＿＿＿＿分かりやすいです。
　　1 普段　　2 参考書は　　3 使っている　　4 とても

（解答の仕方）

1. 正しい文はこうです。

　┌───┐
　│　私が＿＿＿＿＿　＿＿＿＿＿　＿＿★＿＿　＿＿＿＿＿分かりやすいです。│
　│　　　　　1 普段　　3 使っている　2 参考書は　　4 とても　　　　　│
　└───┘

2.　＿＿★＿＿に入る番号を解答用紙にマークします。

　　　　　　　　　　　　　　（解答用紙）　（例）　① ❷ ③ ④

1　毎日＿＿＿＿＿　＿＿＿＿＿　＿＿★＿＿　＿＿＿＿＿がよく分かるようにな
　ります。
　1 する　　　　2 授業　　　　　3 復習　　　4 と

2　ニュースを聞いて＿＿＿＿＿　＿＿＿＿＿　＿＿★＿＿　＿＿＿＿＿はいない
　と思います。
　1 僕　　　　　2 びっくりした　　3 ほど　　　4 人

3　食事してすぐ車に＿＿＿＿＿　＿＿＿＿＿　＿＿★＿＿　＿＿＿＿＿ある。
　1 気分が　　2 恐れが　　　　　3 悪くなる　4 乗ると

4　今の会社は＿＿＿＿＿　＿＿＿＿＿　＿＿★＿＿　＿＿＿＿＿文句はないです。

　1 給料は　　　　　　　　　　2 福利厚生も

　3 もちろん　　　　　　　　　4 しっかりしているので

5　彼女はおっとりしている＿＿＿＿＿　＿＿＿＿＿　＿＿★＿＿　＿＿＿＿＿もありますよ。

　1 気の　　　　2 一面　　　　3 強い　　　　4 反面

問題3 つぎの文章を読んで、 1 から 5 の中に入る最もよいものを、
1・2・3・4から一つえらびなさい。

　　むかしは、今のように物資が有り余るほど有りませんでしたか
ら、派手な贈り物は有りませんがほかの家からいただいたものの
お裾分けとか、家で煮たお豆をちょっと隣へ 1 とかは、今より
2 たくさんしましたし、それはまた心が 3 楽しいことでした。
　　私は、いつでもいただきもののおまんじゅうを半分どこかへ差し
上げたくなりますが、箱から半分出したものなど、今では 4 差し
上げられません。牛乳や新聞を配達する少年たちだって、もうこ
んな物は 5 世の中になってしまいました。

（桑井いね『続・おばあちゃんの知恵袋』

文化出版局 一部、語彙変更あり）

1 差し上がる　　　　2 差し込む
3 差し押さえる　　　4 差し上げる

1 さっさと　　　　　2 ずっと
3 じっと　　　　　　4 ぐっすりと

1 こもって　　　　　2 こめて
3 こんで　　　　　　4 こまって

1 失礼で　　　　　　2 面倒で
3 ご無沙汰で　　　　4 仕方なく

1 欲しがらないではいられない
2 欲しいに違いない
3 欲しいどころではない
4 欲しがらない

第一回

問題1

1	1	2	2	3	2	4	4	5	2
6	2	7	3	8	1	9	4	10	2
11	2	12	2	13	1				

問題2

| 1 | 1 | 2 | 3 | 3 | 3 | 4 | 4 | 5 | 2 |

問題3

| 1 | 2 | 2 | 1 | 3 | 4 | 4 | 1 | 5 | 3 |

第二回

問題1

1	3	2	1	3	1	4	1	5	1
6	3	7	4	8	4	9	4	10	3
11	2	12	1	13	2				

問題2

| 1 | 1 | 2 | 4 | 3 | 4 | 4 | 4 | 5 | 2 |

問題3

| 1 | 4 | 2 | 2 | 3 | 3 | 4 | 1 | 5 | 3 |

第三回

問題 1

1	3	2	1	3	4	4	4	5	1
6	3	7	3	8	3	9	1	10	1
11	3	12	2	13	1				

問題 2

| 1 | 4 | 2 | 2 | 3 | 3 | 4 | 2 | 5 | 3 |

問題 3

| 1 | 4 | 2 | 2 | 3 | 1 | 4 | 1 | 5 | 4 |

山田社日檢題庫小組

超高命中率
絕對合格
日檢閱讀

捷進日檢
GOAL
START

N3
新制對應！

前言
preface

開啟日檢閱讀心法，日檢實力大爆發！
只要找對方法，就能改變結果！
即使閱讀成績老是差強人意，也能一舉過關斬將，得高分！

★ 日籍金牌教師編著，百萬考生推薦，應考秘訣一本達陣！！

★ 被國內多所學校列為指定教材！

★ N3 閱讀考題 × 日檢必勝單字、文法 × 精準突破解題攻略！

★ 左右頁中日文對照，啟動最有效的解題節奏！

★ 魔法般的三合一學習法，讓您樂勝考場！

★ 百萬年薪跳板必備書！

★ 目標！升格達人級日文！成為魔人級考證大師！

為什麼每次日檢閱讀測驗都像水蛭一樣，不知不覺把考試時間吞噬殆盡！
為什麼背了單字、文法，閱讀測驗還是看不懂？
為什麼總是找不到一本適合自己的閱讀教材？

您有以上疑問嗎？

放心！ 不管是考前半年或是考前一個月，《精修版 新制對應絕對合格！日檢必背閱讀 N3》帶您揮別過去所有資訊不完整的閱讀教材，磨亮您的日檢實力，不再擔心不知道怎麼準備閱讀考試，更不用煩惱來不及完成測驗！

本書【４大必背】不管閱讀考題怎麼出，都能見招拆招！

☞ 閱讀內容無論是考試重點、出題方式、設問方式，完全符合新制考試要求。為的是讓考生培養「透視題意的能力」，做遍各種「經過包裝」的題目，就能找出公式、定理和脈絡並進一步活用，就是抄捷徑方式之一。

☞「解題攻略」掌握關鍵的解題技巧，確實掌握考點、難點及易錯點，說明完整詳細，答題準確又有效率，所有盲點一掃而空！

☞ 本書「單字及文法」幫您整理出 N3 閱讀必考的主題單字和重要文法，只要記住這些必考關鍵單字及文法，考試不驚慌失措，答題輕鬆自在！

☞「小知識大補帖」單元，將N3 程度最常考的各類主題延伸單字、文法表現、文化背景知識等都整理出來了！只要掌握本書小知識，就能讓您更親近日語，實力迅速倍增，進而提升解題力！

本書【６大特色】內容精修，全新編排，讓您讀得方便，學習更有效率！閱讀成績拿高標，就能縮短日檢合格距離，成為日檢考證高手！

1. 名師傳授，完全命中，讓您一次就考到想要的分數！

　　由多位長年在日本、持續追蹤新日檢的日籍金牌教師，完全參照 JLPT 新制重點及歷年試題編寫。無論是考試重點、出題方式、設問方式都完全符合新日檢要求。完整收錄日檢閱讀「理解內容（短文）」、「理解內容（中文）」、「理解內容（長文）」、「釐整資訊」四大題型，每題型各四回閱讀模擬試題，徹底抓住考試重點，準備日檢閱讀精準有效，合格不再交給命運！

2. 精闢分析解題，就像貼身家教，幫您一掃所有閱讀盲點！

　　閱讀文章總是花大把時間，還是看得一頭霧水、眼花撩亂嗎？其實閱讀測驗心法，處處有跡可循！本書把握專注極限 18 分鐘，訓練您 30 秒讀題，30 秒發現解題關鍵！每道試題都附上有系統的分析解說，脈絡清晰，帶您一步一步突破關卡，並確實掌握考點、難點及易錯點，所有盲點一掃而空！給您完勝日檢高招！

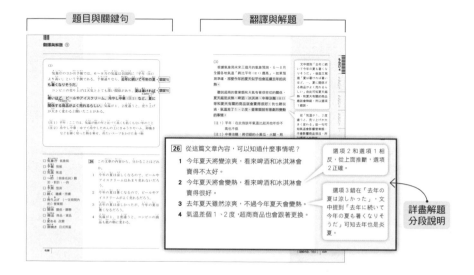

3. N3 單字＋文法，織出強大閱讀網，提升三倍應考實力！

針對測驗文章，詳細挑出 N3 單字和文法，讓您用最短的時間達到最好的學習效果！有了本書，就等於擁有一部小型單字書及文法辭典，「單字 × 文法 × 解題攻略」同步掌握閱讀終極錦囊，大幅縮短答題時間，三倍提升應考實力！

同級文法

同級單字

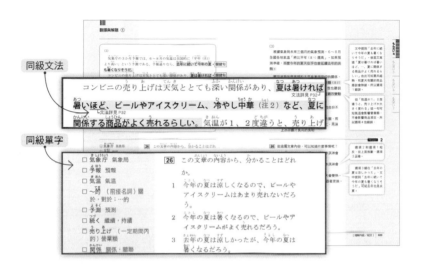

同級文法

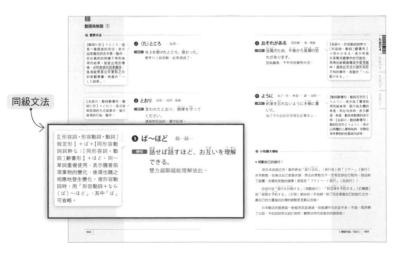

4. 小知識萬花筒，讓您解題更輕鬆，成效卻更好！

閱讀文章後附上的「小知識大補帖」，除了傳授解題訣竅及相關單字，另外更精選貼近 N3 程度的時事、生活及文化相關知識，內容豐富多元。絕對讓您更貼近日本文化、更熟悉道地日語，破解閱讀測驗，就像看書報雜誌一樣輕鬆，實力迅速倍增！

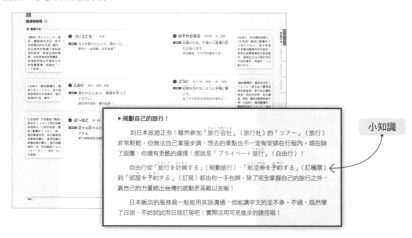

5. 萬用句小專欄，給您一天 24 小時都用得到的句子，閱讀理解力百倍提升！

本書收錄了日本人生活中的常用句子，無論是生活、學校、職場都能派上用場！敞開您的閱讀眼界，以後無論遇到什麼主題的文章，都能舉一反三，甚至能舉一反五反十，閱讀理解力百倍提升！

6. 「中日對照編排法」學習力三級跳，啟動聰明的腦系統基因，就像換一顆絕對合格腦袋！

專業有效的學習內容是成為一本好教材的首要條件，但如何讓好教材被充分吸收，就要靠有系統的編排方式，縮短查詢、翻找等「學習」本身以外的時間。本書突破以往的編排，重新設計，以「題型」分類，將日檢閱讀題型分為「問題四」、「問題五」、「問題六」和「問題七」四大單元。

模擬試題部分獨立開來，設計完全擬真，測驗時可以完全投入，不受答案和解析干擾。翻譯與解題部分以左右頁中日文完全對照方式，左頁的日文文章加上關鍵句提示，右頁對照翻譯與解題，讓您訂正時不必再東翻西找！關鍵句提示＋精確翻譯＋最精闢分析解說＝達到最有效的解題節奏、學習效率大幅提升！

別擔心自己不是唸書的料，您只是沒有遇到對的教材，給您好的學習方法！《精修版 - 新制對應絕對合格！日檢必背閱讀 N3》讓您學習力三級跳，啟動聰明的腦系統基因，就像換一顆絕對合格的腦袋！

關鍵句提示

目録
contents

挑戦篇
チャレンジ編

STEP

1

つぎの（1）から（4）の文章を読んで、質問に答えなさい。答えは、1・2・3・4から最もよいものを一つえらびなさい。

(1)

　川村さんはインターネットでホテルを予約したところ、次のメールを受け取った。

あて先	ubpomu356@groups.co.jp
件　名	ご予約の確認（予約番号：tr5723）
送信日時	2012年11月23日 15：21

　　　大林ホテルをご予約くださいまして、ありがとうございます。ご予約の内容は、以下の通りです。ご確認ください。当日は、お気をつけてお越しくださいませ。

予約番号：tr5723
お名前：川村次郎　様
ご宿泊日：2012年12月2日　1泊
お部屋の種類：シングル
ご予約の部屋数：1部屋
宿泊料金：5,000円（朝食代を含みます）

※チェックイン時刻は15：00からです。
※キャンセルのご連絡はご宿泊の前日までにお願いいたします。ご宿泊当日のキャンセルは、キャンセル料をいただきますので、ご注意ください。

大林ホテル
○○県××市△△1－4－2

00-0000-0000
交通案内・地図は<u>こちら</u>

24 上のメールの内容から、分かることはどれか。

1 ホテルで朝食を食べるには、宿泊料金のほかに5,000円を払わなければならない。

2 川村さんはホテルに着いたら、まずキャンセル料を払わなければならない。

3 午後3時まではホテルの部屋に入ることはできない。

4 川村さんは、奥さんと二人でホテルに泊まるつもりだ。

(2)

　スミスさんは次の通知を受け取った。

ビジネス日本語会話能力検定
1次試験の結果通知と面接のご案内

受験番号　　12345

氏　　名　　ジョン・スミス

生年月日　　1984年2月6日

2級1次試験結果：　**合格**

下記の通り、2次の面接試験を行います。

1　日　　時　7月21日（日）　午前10時30分より20分程度
　　　　　　　面接開始時刻は多少変更になる場合がありますの
　　　　　　　で、会場には予定時刻の30分前までにお越しくだ
　　　　　　　さい。

2　会　　場　平成日本語学院
　　　　　　　交通案内・地図は裏面をご覧ください。

3　持ち物　本通知書、写真付きの身分証明書

---

25 スミスさんは面接の日に、どうしなければならないか。

1 　10時まで会場にいなければならない。

2 　10時50分までに会場へ行かなければならない。

3 　10時までに会場へ着かなければならない。

4 　10時までに会場に引っ越さなければならない。

(3)

　気象庁の3か月予報では、6〜8月の気温は全国的に「平年（注1）より高い」という予測である。予報通りなら、去年に続いて今年の夏も暑くなりそうだ。

　コンビニの売り上げは天気ととても深い関係があり、夏は暑ければ暑いほど、ビールやアイスクリーム、冷やし中華（注2）など、夏に関係する商品がよく売れるらしい。気温が1、2度違うと、売り上げが大きく変わると聞いたことがある。

（注1）平年：ここでは、気温が他の年と比べて高くも低くもない年のこと

（注2）冷やし中華：ゆでて冷やしためんの上にきゅうりやハム、卵焼きなどを細く切った物を乗せ、冷たいスープをかけた食べ物

26　この文章の内容から、分かることはどれか。

1　今年の夏は涼しくなるので、ビールやアイスクリームはあまり売れないだろう。

2　今年の夏は暑くなるので、ビールやアイスクリームがよく売れるだろう。

3　去年の夏は涼しかったが、今年の夏は暑くなるだろう。

4　気温が1、2度違うと、コンビニの商品も他の物に変わる。

(4)

　大地震のとき、家族があわてず行動できるように、家の中でどこが一番安全か、どこに避難するかなどについて、ふだんから家族で話し合っておきましょう。

　強い地震が起きたとき、または弱い地震でも長い時間ゆっくりと揺れたときは、津波が発生する恐れがあります。海のそばにいる人は、ただちに岸から離れて高い所などの安全な場所へ避難しましょう。

　避難場所での生活に必要な物や、けがをしたときのための薬なども事前にそろえておきましょう。

27　上の文章の内容について、正しいものはどれか。

1　いつ地震が起きても大丈夫なように、いつも家の中の一番安全な所にいるほうがよい。

2　弱い地震であれば、長い時間揺れても心配する必要はない。

3　ふだんから地震が起きたときのために準備をしておいたほうがいい。

4　避難場所での生活に必要な物は、地震が起きたあとに買いに行くほうがよい。

つぎの（1）から（4）の文章を読んで、質問に答えなさい。答えは、1・2・3・4から最もよいものを一つえらびなさい。

（1）

川村さんはインターネットでホテルを予約したところ、次のメールを受け取った。
└文法詳見 P24

あて先	ubpomu356@groups.co.jp
件　名	ご予約の確認（予約番号：tr5723）
送信日時	2012年11月23日 15：21

大林ホテルをご予約くださいまして、ありがとうございます。ご予約の内容は、以下の通りです。ご確認ください。当日は、お気をつけてお越しくださいませ。
└文法詳見 P24

予約番号：tr5723
お名前：川村次郎　様
ご宿泊日：2012年12月2日　1泊
お部屋の種類：シングル ← 關鍵句
ご予約の部屋数：1部屋 關鍵句
宿泊料金：5,000円（朝食代を含みます） 關鍵句
※チェックイン時刻は15：00からです。
※キャンセルのご連絡はご宿泊の前日までにお願いいたします。ご宿泊当日のキャンセルは、キャンセル料をいただきますので、ご注意ください。

大林ホテル
〇〇県××市△△1－4－2

00-0000-0000
交通案内・地図はこちら

□ インターネット
【Internet】網路
□ 予約　預約
□ 受け取る　領，接收
□ あて先　收件人（信箱）地址
□ 件名　標題
□ 日時　日期與時間
□ 確認　確認；証實
□ 内容　内容
□ 当日　當天
□ 宿泊　過夜
□ いただく　給…；拜領…（「もらう」的謙讓語）

24 上のメールの内容から、分かることはどれか。

1 ホテルで朝食を食べるには、宿泊料金のほかに5,000円を払わなければならない。

2 川村さんはホテルに着いたら、まずキャンセル料を払わなければならない。

3 午後3時まではホテルの部屋に入ることはできない。

4 川村さんは、奥さんと二人でホテルに泊まるつもりだ。

請閱讀下列（１）～（４）的文章並回答問題。請從選項１・２・３・４當中選出一個最恰當的答案。

（1）

　　川村先生在網路上訂飯店，收到了下面這封電子郵件。

收件者	ubpomu356@groups.co.jp
標　題	訂房確認（訂房編號：tr5723）
寄件時間	2012年11月23日 15：21

感謝您在大林飯店訂房。您訂房的詳細內容如下，敬請確認。入住當天敬請路上小心。

訂房編號：tr5723
姓名：川村次郎　先生
入住日期：2012年12月２日　一晚
房間種類：單人房
訂房數：一間
住宿費：5,000圓（含早餐費用）
※辦理入住時間為15：00過後。
※如欲取消訂房，請於入住前一天告知。若為入住當天取消，則須酌收手續費，敬請留意。

大林飯店
○○縣××市△△１－４－２
00-0000-0000
交通指南、地圖在此

從「お部屋の種類：シングル」可知川村先生只有一個人要入住，沒有和妻子同行，選項4錯誤。

信件提到「宿泊料金：5,000円（朝食代を含みます）」，所以早餐不用再多付錢，選項1錯誤。

信上提到「チェックイン時刻は15：00からです」，所以下午3點之後才能進房間，選項3正確。

- Answer **3**

24 從上面這封電子郵件，可以知道什麼事情呢？

　1　如果要在飯店享用早餐，除了住宿費，必須再另外支付 5,000 圓。

　2　川村先生抵達飯店後，首先必須要支付取消訂房的費用。

　3　下午 3 點前不能進入飯店房間。

　4　川村先生打算和太太兩個人一起下榻飯店。

雖然信上提到「ご宿泊当日のキャンセルは、キャンセル料をいただきますので、ご注意ください」。不過既然川村先生已經到飯店了，自然沒有要取消訂房，選項2錯誤。

(2)

スミスさんは次の通知を受け取った。

□ 通知 通知，告知
□ 検定 検定；鑑定
□ 面接 面試，口試
□ 氏名 姓名
□ 生年月日 出生年月日
□ 合格 合格，考上
□ 下記 下列
□ 時刻 時間，時刻
□ 変更 更改，變動
□ 持ち物 攜帶物品
□ 本 此（份），這（張）
□ 身分証明書 身分證

ビジネス日本語会話能力検定
１次試験の結果通知と面接のご案内

受験番号　12345
氏　名　ジョン・スミス
生年月日　1984年2月6日

２級１次試験結果：　**合格**

下記の通り、２次の面接試験を行います。　　　　　　　　　　　　　**關鍵句**

1　日　時　７月21日（日）　午前10時30分より20分程度。面接開始時刻は多少変更になる場合がありますので、会場には予定時刻の30分前までにお越しください。　**關鍵句**

2　会　場　平成日本語学院
　　　　　　交通案内・地図は裏面をご覧ください。

3　持ち物　本通知書、写真付きの身分証明書

25　スミスさんは面接の日に、どうしなければならないか。

1　10時まで会場にいなければならない。

2　10時50分までに会場へ行かなければならない。

3　10時までに会場へ着かなければならない。

4　10時までに会場に引っ越さなければならない。

(2)
史密斯同學收到了下面這張通知單。

> 這一題問題重點在「面接の日」。從四個選項中可以發現題目問的是時間，和時間有關的是「1 日時」（日期時間），可以從這裡找出答案。

商務日語會話能力檢定
初試結果通知暨口試說明

准考證號碼：12345
姓　　　名：約翰·史密斯
出生年月日：1984年 2 月 6 日

2 級初試結果：**合格**

複試注意事項如下。

1 日期時間　7月21日（日）上午10時30分，大約20分鐘口試時間可能有些變動，請提早30分鐘抵達會場。
2 會　　場　平成日本語學院
　　　　　　交通指南、地圖請參照背面。
3 攜帶物品　本通知單、附照片的身分證

> 解題關鍵在「会場には予定時刻の30分前までにお越しください」，「お越しになってください」的省略説法，「お越しになる」是「来る」的敬語表現。而口試的時間是「午前10時30分より」，所以史密斯同學必須要在10點到場才行。正確答案是3。

Answer　**3**

25 史密斯同學在面試當天，必須做什麼事情呢？

1 必須在會場待到 10 點。
2 必須在 10 點 50 分以前前往會場。
3 必須在 10 點以前抵達會場。
4 必須在 10 點以前搬家到會場。

> 選項 1 和選項 4 是陷阱，雖然都有提到10點，可是選項 1 是指「必須在會場待到10點」，選項 4 的「引っ越す」是「搬家」的意思。

---

(3)

　気象庁の３か月予報では、６〜８月の気温は全国的に「平年（注1）より高い」という予測である。予報通りなら、**去年に続いて今年の夏** ◁關鍵句 **も暑くなりそうだ。**

　コンビニの売り上げは天気ととても深い関係があり、**夏は暑ければ** ◁關鍵句
文法詳見 P24
暑いほど、ビールやアイスクリーム、冷やし中華（注２）など、夏に
└文法詳見 P24
関係する商品がよく売れるらしい。気温が１、２度違うと、売り上げが大きく変わると聞いたことがある。

（注１）平年：ここでは、気温が他の年と比べて高くも低くもない年のこと
（注２）冷やし中華：ゆでて冷やしためんの上にきゅうりやハム、卵焼きなどを細く切った物を乗せ、冷たいスープをかけた食べ物

□ 気象庁　氣象局
□ 予報　預報
□ 気温　氣溫
□ 〜的　（前接名詞）關於，對於；…的
□ 予測　預測
□ 続く　繼續，持續
□ 売り上げ　（一定期間內的）營業額
□ 関係　關係，關聯
□ 商品　商品，貨品
□ 変わる　改變
□ 卵焼き　日式煎蛋

26　この文章の内容から、分かることはどれか。

1　今年の夏は涼しくなるので、ビールやアイスクリームはあまり売れないだろう。

2　今年の夏は暑くなるので、ビールやアイスクリームがよく売れるだろう。

3　去年の夏は涼しかったが、今年の夏は暑くなるだろう。

4　気温が１、２度違うと、コンビニの商品も他の物に変わる。

(3)

　　根據氣象局未來三個月的氣象預測，6～8月全國各地氣溫「將比平年（注1）還高」。如果預測準確，那麼今年的夏天似乎也會延續去年的炎熱。

　　聽說超商的營業額和天氣有著很密切的關係，夏天越是炎熱，啤酒、冰淇淋、中華涼麵（注2）等和夏天有關的商品就會賣得很好。我也聽說過，氣溫差了1、2度，營業額就有著劇烈變動的事情。

（注1）平年：在此指該年氣溫比起其他年份不高也不低

（注2）中華涼麵：將切細的小黃瓜、火腿、煎蛋等食材放在煮過冰鎮的麵條上，再淋上冰涼醬汁食用的食物

　　文中提到「去年に続いて今年の夏も暑くなりそうだ」。後面又寫道「夏は暑ければ暑いほど、…、夏に関係する商品がよく売れるらしい」由此可知夏天越熱，和夏天有關的商品應該會熱銷。所以選項1錯誤。

　　從「気温が1、2度違うと、売り上げが大きく変わる」這一句可知氣溫會影響營業額，不會影響商品項目，所以選項4也錯誤。

Answer **2**

26 從這篇文章內容，可以知道什麼事情呢？

　1　今年夏天將變涼爽，看來啤酒和冰淇淋會賣得不太好。

　2　今年夏天將會變熱，看來啤酒和冰淇淋會賣得很好。

　3　去年夏天雖然涼爽，不過今年夏天會變熱。

　4　氣溫差個1、2度，超商商品也會跟著更換。

　　選項2和選項1相反，從上面推斷，選項2正確。

　　選項3錯在「去年の夏は涼しかった」，文中提到「去年に続いて今年の夏も暑くなりそうだ」可知去年也是炎夏。

(4)

　大地震のとき、家族があわてず行動できるように、家の中でどこが <關鍵句

一番安全か、どこに避難するかなどについて、ふだんから家族で話し

合っておきましょう。

　強い地震が起きたとき、または弱い地震でも長い時間ゆっくりと揺

れたときは、津波が発生する恐れがあります。海のそばにいる人は、
└文法詳見P25

ただちに岸から離れて高い所などの安全な場所へ避難しましょう。

　避難場所での生活に必要な物や、けがをしたときのための薬なども <關鍵句

事前にそろえておきましょう。

□ あわてる 慌張，驚慌
□ 行動 行動
□ 避難 避難
□ 話し合う 交談；溝通
□ 揺れる 搖動，晃動
□ 津波 海嘯
□ 発生 發生；（生物等）
　出現
□ ただちに 立刻，馬上
□ 離れる 離開
□ 揃える 備齊，準備

27 上の文章の内容について、正しいものは

どれか。

1　いつ地震が起きても大丈夫なように、
　いつも家の中の一番安全な所にいるほ <文法詳見P25
　うがよい。

2　弱い地震であれば、長い時間揺れても
　心配する必要はない。

3　ふだんから地震が起きたときのために
　準備をしておいたほうがいい。

4　避難場所での生活に必要な物は、地震
　が起きたあとに買いに行くほうがよ
　い。

(4)

　　為了讓家人在發生大地震時能保持冷靜行動，平時就可以全家人一起討論家中哪裡最安全、應該去哪裡避難…等等。

　　發生強震或是長時間緩慢搖晃的微震時，都有可能引發海嘯。在海邊附近的人，應該要立刻離開岸邊到高處等安全場所避難。

　　在避難場所的生活必需品，以及受傷時所需的藥品，也應該要事先準備好。

> 選項 3 對應文章中「家の中でどこが一番安全か、…ふだんから家族で話し合っておきましょう」和最後一句「避難場所での生活に必要な物…、事前にそろえておきましょう」。「そろえる」和「準備」都是準備的意思。所以選項 3 正確。

> 文章提到「弱い地震でも…、津波が発生する恐れがあります」即使是微震，也可能發生海嘯，所以有必要擔心，選項 2 錯誤。

> 最後一段寫道「…生活に必要な物…事前にそろえておきましょう」可知選項 4 錯誤。

Answer 3

---

27 針對上面這篇文章，正確的選項為何？

1 為了能因應突來的地震，要一直待在家中最安全的地方。
2 如果是微震，即使長時間搖晃也不用擔心。
3 平時最好能做好因應地震發生時所需的準備。
4 最好是地震發生之後才去購買在避難場所的生活必需品。

> 選項 1 錯在「いつも家の中の一番安全な所にいるほうがよい」，因為文章中並沒有提到要一直待在家。

翻譯與解題 ①

✏ 重要文法

【動詞た形】＋ところ。這是一種順接的用法，表示因某種目的去作某一動作，但在偶然的契機下得到後項的結果。前後出現的事情，沒有直接的因果關係，後項經常是出乎意料之外的客觀事實。相當於「～した結果」。

❶ （た）ところ ⋯⋯結果⋯

例句 Ｎ３を受けたところ、受かった。
應考Ｎ３級測驗，結果通過了。

【名詞の；動詞辭書形；動詞た形】＋とおり。表示按照前項的方式或要求，進行後項的行為、動作。

❷ とおり 按照⋯、按照⋯那樣

例句 言われたとおり、規律を守ってください。
請按照所說的，遵守紀律。

【[形容詞・形容動詞・動詞]假定形】＋ば＋【同形容動詞詞幹な；[同形容詞・動詞]辭書形】＋ほど。同一單詞重複使用，表示隨著前項事物的變化，後項也隨之相應地發生變化。接形容動詞時，用「形容動詞＋なら（ば）～ほど」，其中「ば」可省略。

❸ ば～ほど 越⋯越⋯

例句 話せば話すほど、お互いを理解できる。
雙方越聊越能理解彼此。

❹ おそれがある　　恐怕會…、有…危險

例句 台風のため、午後から高潮の恐
れがあります。
因為颱風，下午恐怕會有大浪。

> 【名詞の；形容動詞詞幹な；[形容詞・動詞]辭書形】＋恐れがある。表示有發生某種消極事件的可能性，常用在新聞報導或天氣預報中。通常此文法只限於用在不利的事件，相當於「～心配がある」。

❺ ように　　為了…而…；希望…、請…；如同…。

例句 約束を忘れないように手帳に書
いた。
為了不忘記約定而寫在記事本上。

> 【動詞辭書形；動詞否定形】＋ように。表示為了實現前項而做後項，是行為主體的希望。用在句末時，表示願望、希望、勸告或輕微的命令等。【名詞の；動詞辭書形；動詞否定形】＋ように。表示以具體的人事物為例，來陳述某件事物的性質或內容等。

⚡ 小知識大補帖

▶ 規劃自己的旅行！

到日本旅遊正夯！雖然參加「旅行会社」（旅行社）的「ツアー」（旅行）非常輕鬆，但無法自己掌握步調，想去的景點也不一定有安排在行程內。現在除了跟團，你還有更酷的選擇！那就是「プライベート旅行」（自由行）！

自由行從「旅行を計画する」（規劃旅行）、「航空券を予約する」（訂機票）到「部屋を予約する」（訂房）都由你一手包辦。除了完全掌握自己的旅行之外，靠自己的力量踏出台灣的感動更是難以言喻！

日本飯店的服務員一般能用英語溝通，但能講中文的並不多。不過，既然學了日語，不妨試試用日語訂房吧！實際活用可是進步的捷徑哦！

詢問某一天還有沒有空房間，可以説「＿＿に部屋がありますか。」（＿＿有房間嗎？）

例：「9月29日に部屋がありますか。」（9月29日還有房間嗎？）

詢問房價可以説「＿＿はいくらですか。」（＿＿多少錢？）這時只要在空格中填入房型就 OK 囉！至於房型，「シングルルーム」是單人房，「ツインルーム」是兩張單人床的房間，「ダブルルーム」則是一張雙人床的房間。

例：「ツインルームはいくらですか。」（兩張單人床的房間要多少錢？）

要預約房間的話，可以説「＿＿を＿＿予約したいです」（我想預約＿＿房＿＿間），只要在空格中填入房型和間數就可以了！

例：「シングルルームを二つ予約したいです。」（我想預約兩間單人房。）

如果遇到飯店人員語速太快或聽不懂的情況也不必緊張，只要説「もう一度言ってください」（請再説一次），對方就會放慢速度或是換個説法了。千里之行始於足下，趕快拿起話筒，安排一次自己的旅行吧！

▶尊敬語與謙讓語

如果想到日商公司上班，除了日語要有一定的基礎之外，還要懂得職場禮儀。以下是生活與職場都很常見的尊敬語和謙讓語，不妨一起記下來吧！

原形（中譯）	尊敬語	謙讓語
言う（説）	おっしゃる	申しあげる
見る（看）	ご覧になる	拝見する
行く（去）	いらっしゃる	まいる
食べる（吃）	召し上がる	いただく
いる（在）	いらっしゃる	おる
する（做）	なさる	いたす

▶ 你今天光顧超商了嗎？

你常去「コンビニ」（超商）嗎？台灣有上萬家超商，密集度為世界之冠，一年總共約有 29 億人次光顧超商，平均一年能帶來近 2200 億台幣的商機。

台灣人的生活已經離不開超商，最大的理由即是超商的「便利さ」（便利性）。「ジュース」（果汁）、「お酒」（酒）、「インスタントラーメン」（泡麵）等在巷口雜貨店就能買到的「商品」（商品）自不必說，除了這些，便利商店還販售「おでん」（關東煮）、「アイスクリーム」（冰淇淋）等即食性鮮食。需要用「電子レンジ」（電子微波爐）加熱的「お弁当」（便當）更是造福了許多外食族，每到「ランチタイム」（午餐時間），超商裡滿滿的人潮都讓人大感吃驚。

除了食物，我們還能在超商「電話代を払う」（繳電話費）和寄收包裹，「送料」（運費）也十分平價。而且現在許多超商都有設置「席」（座位）和「洗面所」（化妝室），都不需要「使用料」（使用費）哦！

つぎの（1）から（4）の文章を読んで、質問に答えなさい。答えは、1・2・3・4から最もよいものを一つえらびなさい。

（1）
　これは、山川日本語学校の学生に学校から届いたメールである。

あて先	yamakawa@yamakawa.edu.jp
件　名	川田先生の歓迎会について
送信日時	2013年4月10日 11：32

　　　4月から新しくいらっしゃった、川田先生の歓迎会を下記の通り行います。4月17日（水）までに、参加できるかどうかを返信してください。一人でも多くの方の参加をお待ちしております。

日時：4月 24日（水）　12時〜14時
場所：2階　談話室
会費：500円（お昼ご飯が出ます）

　　川田先生への歓迎の意をこめて、歌や踊りなどやってくれる人をさがしています。お国のでも、日本のでもかまいません。一人でも、お友だちと一緒でも大歓迎ですので、興味がある方は、15日（月）までに教務の和田に連絡してください。

24 上のメールの内容から、分かることはどれか。

1　歌や踊りをしたい人は、教務の和田さんに連絡する。

2　川田先生が、新しく来た学生を歓迎してくれる。

3　歓迎会に参加する人は、教務の和田さんに申し込む。

4　歓迎会では、川田先生が歌や踊りをしてくれる。

(2)

○○市保健所より、市民の皆様へお知らせ

　寒くなって、インフルエンザがはやる季節になりました。小さいお子様やお年寄りの方は、インフルエンザにかかりやすいので、特に気をつけてください。

インフルエンザにかからないようにするためには

● 外出するときはマスクをつけましょう。

● 家に帰ったら必ず手洗いやうがいをしましょう。

● 栄養のバランスのとれた食事をしましょう。

● 体が疲れないように無理のない生活をしましょう。

● インフルエンザの予防接種（注）を受けましょう。

　熱が出て、「インフルエンザかな？」と思ったときには、できるだけ早く医師に診察してもらってください。

平成24年12月　○○市保健所

（注）予防接種：病気にかかりにくくするために、事前にする注射
　　　のこと

25 この「お知らせ」の内容について、正しいのはどれか。

1　子どもやお年寄りしかインフルエンザにかからない。

2　子どもやお年寄りだけが、インフルエンザにかからない
　　ように気をつければよい。

3　インフルエンザにかからないようにするためには、体を
　　疲れさせないことが大切だ。

4　熱が出れば、間違いなくインフルエンザなので、すぐに
　　医師に診察してもらったほうがいい。

(3)

　「留学しよう！」と決めてから、実際に留学が実現するまでは、みなさんが思っている以上に準備する時間が必要です。語学留学であれば、それほど面倒ではありませんが、大学などへの留学の場合は少なくとも（注）6か月、通常は1年以上の準備が必要だといわれています。どのような手続きが必要なのかしっかりと理解し、きちんとした計画を立てることから始めましょう。

（注）少なくとも：どんなに少ない場合でも

26　この文章の内容について、正しいのはどれか。

　1　留学しようと思ったら、いつでも行けるので、必要以上に準備する必要はない。

　2　外国の大学に留学する場合は、1年以上前から準備を始めたほうがよい。

　3　外国の大学に留学するのは面倒なので、語学留学だけにするほうがよい。

　4　外国の大学に留学するのは、6か月から1年間ぐらいがちょうどよい。

(4)

　日本では、1月7日の朝に「七草」といわれる七種類の野菜を入れたおかゆを食べる習慣があり、これを「七草がゆ」といいます。中国から日本に伝わり、江戸時代（1603–1867年）に広まったといわれています。消化のいいものを食べて、お正月にごちそうを食べ過ぎて疲れた胃を休めるとともに、家族の1年の健康を願うという意味もあります。最近では、元日を過ぎるとスーパーで七草がゆ用の七草のセットをよく見かけますが、他のさまざまな季節の野菜を入れて作るのもよいでしょう。

27 七草がゆの説明として、正しいのはどれか。

1　七草がゆは、お正月に疲れないために食べる。

2　七草がゆは、日本の江戸時代に中国へ伝えられた。

3　七草がゆには、家族の健康を祈るという気持ちが込められている。

4　七草がゆは、七草以外の野菜を入れて作ってはいけない。

つぎの(1)から(4)の文章を読んで、質問に答えなさい。答えは、1・2・3・4から最もよいものを一つえらびなさい。

(1)

これは、山川日本語学校の学生に学校から届いたメールである。

あて先	yamakawa@yamakawa.edu.jp
件　名	川田先生の歓迎会について
送信日時	2013年4月10日 11：32

4月から新しくいらっしゃった、川田先生の歓迎会を下記の通り行います。4月17日（水）までに、参加できるかどうかを返信してください。一人でも多くの方の参加をお待ちしております。

日時：4月24日（水）　12時～14時
場所：2階　談話室
会費：500円（お昼ご飯が出ます）

川田先生への歓迎の意をこめて、歌や踊りなどやってくれる人をさがしています。お国のでも、日本のでもかまいません。一人でも、お友だちと一緒でも大歓迎ですので、興味がある方は、15日（月）までに教務の和田に連絡してください。　　　　　　　[關鍵句]

□ 届く　寄達，送達；及，達到
□ 参加　參加；出席
□ 方　者，人（尊敬説法）
□ 談話室　交誼廳
□ 会費　費用
□ 歓迎　歡迎
□ お国　貴國

---

24 上のメールの内容から、分かることはどれか。

1　歌や踊りをしたい人は、教務の和田さんに連絡する。

2　川田先生が、新しく来た学生を歓迎してくれる。

3　歓迎会に参加する人は、教務の和田さんに申し込む。

4　歓迎会では、川田先生が歌や踊りをしてくれる。

請閱讀下列（１）～（４）的文章並回答問題。請從選項１・２・３・４當中選出一個最恰當的答案。

（1）

這是山川日本語學校寄給學生的一封電子郵件。

這一題要用刪去法作答。

收件者	yamakawa@yamakawa.edu.jp
標　題	關於川田老師的歡迎會
寄件時間	2013年4月10日　11：32

為 4 月起來本校任教的川田老師所舉辦的歡迎會，注意事項如下。請於 4 月17日（三）前回信告知能否出席。希望各位能踴躍參與。

日期時間： 4 月24日（水）　12時～14時
地　　點：2 樓　交誼廳
費　　用：500圓（備有中餐）

　我們在尋找能懷著歡迎川田老師的心意來唱歌跳舞的人。不管是貴國的歌舞，還是日本的都行。一人獨秀或是和朋友一起表演，我們都很歡迎，有興趣的人請在15日（一）前和教務處的和田聯絡。

郵件第一句寫「川田先生への歡迎」，可知歡迎對象是新來的川田老師。所以選項2不正確。

郵件最後一段「興味がある方は、15日（月）までに教務の和田に連絡してください」，選項1是正確答案。

Answer **1**

24 從上面這封電子郵件，可以知道什麼事情呢？

1 想唱歌跳舞的人，要和教務處的和田聯絡。
2 川田老師要歡迎新入學的學生。
3 要參加歡迎會的人，要向教務處的和田報名。
4 在歡迎會上，川田老師要唱歌跳舞。

如果要參加的話只需回覆這封信就好，不用向和田先生報名。

要唱歌跳舞的是自願的學生，不是川田老師。

(2)

> ### ○○市保健所より、市民の皆様へお知らせ
>
> 寒くなって、インフルエンザがはやる季節になりました。小さいお子様やお年寄りの方は、インフルエンザにかかりやすいので、特に気をつけてください。
>
> インフルエンザにかからない<u>ように</u>するためには └文法詳見 P42
> ● 外出するときはマスクをつけましょう。
> ● 家に帰っ<u>たら</u>必ず手洗いやうがいをしましょう。 └文法詳見 P42
> ● 栄養のバランスのとれた食事をしましょう。
> ● 体が疲れないように無理のない生活をしましょう。 ← 關鍵句
> ● インフルエンザの予防接種（注）を受けましょう。
>
> 熱が出て、「インフルエンザかな？」と思ったときには、できるだけ早く医師に診察してもらってください。
>
> 平成24年12月　○○市保健所

（注）予防接種：病気にかかりにくくするために、事前にする注射のこと

□ 保健所 衛生所
□ はやる 流行；盛行
□ お年寄り 老年人
□ かかる 患（病）
□ マスク【mask】 口罩
□ 手洗い 洗手
□ うがい 漱口
□ 栄養 營養
□ バランス 【balance】 均衡；平衡
□ 熱が出る 發燒
□ 医師 醫師
□ 診察 診察，看診

---

25 この「お知らせ」の内容について、正しいのはどれか。

1 子どもやお年寄りしかインフルエンザにかからない。

2 子どもやお年寄りだけが、インフルエンザにかからないように気をつければよい。

3 インフルエンザにかからないようにするためには、体を疲れさせないことが大切だ。

4 熱が出れば、間違いなくインフルエンザなので、すぐに医師に診察してもらったほうがいい。

(2)

○○市衛生所發給各位市民的通知

氣溫下降，來到了流感盛行的季節。小朋友和年長者特別容易得到流感，所以請小心。

為了預防流感

● 請於外出時戴口罩。

● 回到家請務必洗手和漱口。

● 飲食要營養均衡。

● 避免身體疲勞，正常生活作息。

● 施打流感疫苗（注）。

如有發燒情形，懷疑自己得到流感，請盡早看醫生。

平成24年12月　　○○市衛生所

（注）疫苗：為了降低生病機率，事先施打預防針

文章提到「…お子様やお年寄りの方は、インフルエンザにかかりやすい…」，表示小孩和老年人很容易得到流感，所以要特別小心。請注意如果只說「お年寄り」（老年人）有一點失禮，後面加個「の方」較為得體。不過選項1的「しか～ない」和選項2的「だけ」都表示「只有」，但文章是說「かかりやすい」，表示容易得到流感，而不是只有他們才會得。所以選項1、2都錯誤。

文章最後「熱が出て、『インフルエンザかな？』と思ったときには、できるだけ早く医師に診察してもらってください」指出發燒可能是得到流感，並不表示發燒就是得到流感。所以選項4錯誤。

Answer 3

25 關於這張「通知單」的內容，正確敘述為何？

1 只有小孩和老年人才會得到流感。

2 只有小孩或老年人要小心別得到流感就好。

3 為了預防得到流感，不讓身體勞累是很重要的。

4 如有發燒就一定是流感，最好趕快請醫生檢查。

選項3「体を疲れさせない」對應第4個「●体が疲れないように…」。正確答案是3。

---

(3)

　「留学しよう！」と決めてから、実際に留学が実現するまでは、み なさんが思っている以上に準備する時間が必要です。語学留学であれ ば、それほど面倒ではありませんが、**大学などへの留学の場合は少な** <関鍵句

文法詳見 P42

くとも（注）**6か月、通常は1年以上の準備が必要だといわれていま す。** どのような手続きが必要なのかしっかりと理解し、きちんとした 計画を立てることから始めましょう。

（注）少なくとも：どんなに少ない場合でも

□ 留学　留學
□ 実現　實現
□ 準備　準備，預備
□ 必要　必要，需要
□ 面倒　麻煩，費事
□ しっかり　確實地
□ 理解　理解，瞭解
□ きちんと　好好地，牢牢 地
□ 計画　計畫，規劃
□ 立てる　立定，設定

26　この文章の内容について、正しいのはど れか。

1　留学しようと思ったら、いつでも行け るので、必要以上に準備する必要はな い。

2　外国の大学に留学する場合は、1年以 上前から準備を始めたほうがよい。

3　外国の大学に留学するのは面倒なの で、語学留学だけにするほうがよい。

4　外国の大学に留学するのは、6か月か ら1年間ぐらいがちょうどよい。

(3)

　從決定「我要去留學！」一直到實際去留學，這段期間所需的準備時間，多得超乎各位想像。如果只是外語留學，倒還沒有那麼麻煩，不過如果是去國外讀大學，據說至少（注）需要六個月，一般是需要一年以上的準備時間。第一步先弄清楚需要辦理什麼手續，再好好地規畫一下吧。

（注）至少：表示最少的限度

> 這一題要用刪去法作答。

> 選項1錯誤，因為文章提到「『留学しょう！』…準備する時間が必要です」説明出國留學需要花一段時間來準備。

> 文章提到「大学などへの留学…6か月、通常は1年以上の準備が必要だ…」所以選項2正確。

Answer **2**

26 針對這篇文章的內容，正確敘述為何？

1 決定去留學後，不管什麼時候都能出發，所以不需要多花時間的準備。

2 去國外讀大學，最好是一年前就開始進行準備。

3 去國外讀大學很麻煩，最好是外語留學就好。

4 去國外讀大學，讀六個月～一年左右剛剛好。

> 選項3錯誤。文章雖有提到外語留學不像到國外大學留學那樣麻煩，但作者並沒有建議大家選擇外語留學就好。

> 選項4錯誤。文章中沒有提到留學期間應該要待多久，只有説準備留學的時間是「少なくとも6か月、通常は1年以上の準備が必要だ」。

(4)

　日本では、1月7日の朝に「七草」といわれる七種類の野菜を入れたおかゆを食べる習慣があり、これを「七草がゆ」といいます。中国から日本に伝わり、江戸時代（1603-1867年）に広まったといわれています。消化のいいものを食べて、お正月にごちそうを食べ過ぎて疲れた胃を休める<u>とともに</u>、**家族の1年の健康を願うという意味もあり** < 關鍵句
└ 文法詳見 P42
ます。最近では、元日を過ぎるとスーパーで七草がゆ用の七草のセットをよく見かけますが、他のさまざまな季節の野菜を入れて作るのもよいでしょう。

□ かゆ　粥
□ 習慣　習慣；習俗
□ 伝わる　傳入；流傳
□ 広まる　擴大；遍及
□ 正月　新年；一月
□ ごちそう　大餐，豪華饗宴
□ 休める　讓…休息
□ 過ぎる　經過（時間）
□ セット【set】　組合；一套
□ 見かける　看到
□ 祈る　祈禱

27 七草がゆの説明として、正しいのはどれか。

1　七草がゆは、お正月に疲れないために食べる。

2　七草がゆは、日本の江戸時代に中国へ伝えられた。

3　七草がゆには、家族の健康を祈るという気持ちが込められている。

4　七草がゆは、七草以外の野菜を入れて作ってはいけない。

(4)

在日本有個習俗是在 1 月 7 日早上，吃一種加了七種蔬菜名為「七草」的粥，這就叫「七草粥」。據說這是由中國傳至日本，並在江戶時代（1603－1867 年）普及民間。吃一些容易消化的東西，不僅可以讓在過年期間，大吃大喝的胃好好休息，也含有祈求全家人這一年身體健康之意。最近在元旦過後常常可以在超市看到煮七草粥所用的七草組合，不過，放入當季其他的各種蔬菜來熬煮也不錯吧。

這一題要用刪去法作答。

文中提到「ごちそうを食べ過ぎて疲れた胃を休める」，但沒有説能讓身體不疲勞。所以選項 1 錯誤。

選項 3「家族の健康を祈るという気持ちが込められている」對應到文中「家族の 1 年の健康を願うという意味もあります」。正確答案是3。

--- Answer 3

27 關於七草粥的説明，正確敘述為何？

1 七草粥是為了不在過年感到疲勞而吃的。
2 七草粥是在日本江戶時代傳到中國的。
3 七草粥含有祈禱家人健康的心願。
4 七草粥不能加入七草以外的蔬菜。

文中提到七草粥從中國傳入日本。但是選項 2 説七草粥是在日本江戶時代傳到中國，所以錯誤。

文中提到七草粥也可以加入其他的蔬菜，所以選項 4 錯誤。

🖉 重要文法

【動詞辭書形；動詞否定形】
＋ように。表示為了實現
前項而做後項，是行為主
體的希望。用在句末時，
表示願望、希望、勸告或
輕微的命令等。

❶ ように 為了…而…；希望…、請…；如同…。

> **例句** 持ち物を忘れないようにちゃん
> と確認しなさい。
>
> 請好好確認，不要忘記隨身物品。

【動詞た形】＋たら。當實現
前項後，就去（或不許）實
現後項；或當實現前項後，
要實現後項。後項大多是說
話人的期望或意志性表現。

❷ たら 要是…了、如果…了

> **例句** もし駅に着いたら、連絡してく
> ださい。
>
> 如果你到車站了，請和我聯絡。

表示程度、數量等的最低限。
少說也要、保守估計也要之
意。言外含有非常多之意。

❸ 少なくとも 至少…

> **例句** すごい車だね。少なくとも1000
> 万円はするだろう。
>
> 好棒的車！至少也要一千萬圓吧！

【名詞；動詞辭書形】＋と
ともに。表示後項的動作
或變化，跟著前項同時進行
或發生，相當於「～と一緒
に」、「～と同時に」。也
表示後項變化隨著前項一同
變化。或與某人一起進行
某行為，相當於「～と一緒
に」。

❹ とともに

與…同時，也…；隨著…；和…一起

> **例句** ホテルの予約をするとともに、
> 電車の切符も買っておく。
>
> 預約飯店的同時，也買了電車車票。

▶ 留學準備

　　第一次到日本的外國人，如果要在日本待一年以上，從入境開始算 90 天以內，必須到居住地區、市政府辦理「在留カード」（外國人登錄證）和「国民健康保険」（健保卡）。每個月的健保費會因收入、來日時間和居住地區而有所不同。有了「国民健康保険」，到醫院看病只需付總費用的 30%。至於「在留カード」則必需隨身攜帶。如果沒有辦理這些「手続き」（手續），可是會被當作非法移民哦！

▶「人日」的由來

　　傳說「人日」（正月初七）是女媧創造人類的日子。中國古書記載，正月一日女媧創造了「鶏」（雞），二日創造「犬」（狗），三日「豚」（豬），四日「羊」（羊），五日「牛」（牛），六日「馬」（馬），七日「人」（人）。因此，初七為「人日」。

つぎの（1）から（4）の文章を読んで、質問に答えなさい。答えは1・2・3・4から最もよいものを一つえらびなさい。

（1）

これは、山田さんに届いたメールである。

あて先	yamada999@groups.ac.jp
件名	明日の会議の場所について
送信日時	2013年8月19日　16：30

山田様

いつもお世話になっております。

株式会社ＡＢＣの中村です。

突然で申し訳ありませんが、今、うちの会社のエレベーターが故障しています。修理を頼みましたが、明日の午後までかかるそうです。

そこで、明日の会議の件ですが、9時に、山田さんにこちらにおいでいただくことになっていましたが、12階まで歩いて上ってきていただくのも大変なので、同じビルの1階にある喫茶店さくらに場所を変更したいと思います。

時間は同じ9時でお願いします。

もし問題がありましたら、お早めにご連絡ください。

株式会社ＡＢＣ　中村

24 メールの内容と合っているものはどれか。

1　山田さんの会社のエレベーターが故障した。

2　中村さんは明日午前9時に喫茶店さくらで山田さんと会

　　うつもりだ。

3　山田さんの会社はビルの12階にある。

4　明日の会議は、時間も場所も変更になった。

(2)

田中さんが、朝、会社に着くと、机の上にメモがあった。

明日の会議の資料について

開発課　田中様

おはようございます。
　明日（21日）の会議の資料ですが、まだ一部、こちらにいただいていません。
　用意できましたら、すぐに文書管理課までお持ちください。
　いただいていないのは以下のところです。

1 「第3章」の一部
2 「第5章」の一部
3 「おわりに」の全部

　今日中に英語の翻訳文を書かなければならないので、時間があまりありません。用意できた部分から、順にこちらに持ってきてください。

　翻訳文ができたら、そちらに送りますので、確認してください。よろしくお願いします。

8月20日　文書管理課　秋山

25 このメモを見て、田中さんはまず、どうしなければなら
ないか。

1 すぐに明日の会議について秋山さんと相談する。

2 すぐに会議の資料の翻訳文を書く。

3 すぐに資料を用意して文書管理課に送る。

4 すぐに秋山さんから届いた翻訳文を確認する。

(3)

　子供が描く絵には、その子供の心の状態がよく現れます。お母さんや学校の先生にとくに注意してほしいのは黒い絵を描く子供です。子供は普通、たくさんの色を使って絵を描きます。しかし、母親に対して不安や寂しさを抱えた子供は、色を使わなくなってしまうことがよくあるからです。もし自分の子供の絵に色がなくなってしまったら、<u>よく考えてみてください</u>。なにか子供に対して無理なことをさせたり、寂しい思いをさせたりしていませんか。

26　<u>よく考えてみてください</u>。とあるが、だれが何を考えるのか。

1　母親が、学校の先生に注意してほしいことについて考える。

2　学校の先生が、黒い絵を描く子供の心の状態について考える。

3　母親が、ふだん自分の子供に言ったりしたりしていることについて考える。

4　子供が、なぜ自分は黒い絵を描くのかについて考える。

(4)

　「のし袋」は、お祝いのときに人に贈るお金を入れる袋です。白い紙でできていて、右上に「のし」が張ってあります。「のし」は、本来はあわびという貝を紙で包んだものですが、今はたいてい、あわびの代わりに黄色い紙を包んだものを使います。あわびには「長生き」の意味があります。また、のし袋の真ん中には、紙を細長く固めて作ったひもが結んであります。これを「水引」といいます。色は赤と白の組み合わせが多いですが、金色と銀色のこともあります。結び方は、お祝いの種類によって変えなければなりません。

27　「のし袋」の説明として、正しいものはどれか。
1　本来はあわびを包んだ袋のことをいう。
2　今は普通、全部紙でできている。
3　水引は、紙をたたんで作ったものである。
4　のしの色は、お祝いの種類に合わせて選ぶ必要がある。

つぎの(1)から(4)の文章を読んで、質問に答えなさい。答えは1・2・3・4から最も
よいものを一つえらびなさい。

(1)

これは、山田さんに届いたメールである。

あて先	yamada999@groups.ac.jp
件　名	明日の会議の場所について
送信日時	2013年8月19日　16：30

山田様
いつもお世話になっております。
株式会社ＡＢＣの中村です。
突然で申し訳ありませんが、今、うちの会社のエレベーターが故障しています。修理を頼みましたが、明日の午後までかかるそうです。

そこで、明日の会議の件ですが、9時に、山田さんにこちらにおいでいただくことになっていましたが、12階まで歩いて上ってきていただくのも大変なので、同じビルの1階にある喫茶店さくらに場所を変更したいと思います。
時間は同じ9時でお願いします。
もし問題がありましたら、お早めにご連絡ください。

株式会社ＡＢＣ　中村

文法詳見 P58
文法詳見 P58
關鍵句

□ お世話になる 承蒙
　照顧
□ 株式会社 股份有
　限公司
□ 申し訳ありません
　很抱歉，對不起
□ 故障 故障，出問題
□ 修理 修理，修繕
□ そこで （轉換話
　題）因此，於是；
　那麼
□ 件 事情，事件
□ 上る 登上，攀登
□ 早め 提前，儘早

24 メールの内容と合っているものはどれか。
1　山田さんの会社のエレベーターが故障した。
2　中村さんは明日午前9時に喫茶店さくらで山田さんと会うつもりだ。
3　山田さんの会社はビルの12階にある。
4　明日の会議は、時間も場所も変更になった。

請閱讀下列（１）〜（４）的文章並回答問題。請從選項１・２・３・４當中選出一個最恰當的答案。

（1）

這是一封寫給山田先生的電子郵件。

收件者	yamada999@groups.ac.jp
標　題	關於明天開會地點
寄件時間	2013年８月19日　16：30

> 山田先生
>
> 平日承蒙您的照顧了。
> 我是ＡＢＣ股份有限公司的中村。
> 抱歉突然提出這樣的要求，由於現在我們公司的電梯故障了。現在已請人來修理，但聽說要等到明天下午才能修好。
>
> 因此，關於明天開會一事，原本是請您九點過來我們公司，不過要您爬上12樓也很累人，所以我想把地點改在同一棟大樓一樓的櫻花咖啡廳。
> 時間一樣是麻煩您九點過來。
> 如有問題，請盡早和我聯繫。
>
> ＡＢＣ股份有限公司　中村

這一題要用刪去法來作答。

　文中提到「うちの会社のエレベーターが故障しています」，「うち」指的是自己這一方。不過這封電子郵件的寄件人是中村，不是山田，所以選項1錯誤。

　選項3錯誤，內文提到「…12階まで歩いて上がってきていただくのも大変」，暗示「こちら」在12樓。不過「こちら」指的是寄件者中村的公司，不是山田的公司。

　選項4也錯誤。開會時間一樣是九點沒有更改。

Answer　**2**

24 下列敘述當中符合郵件內容的是哪個選項？

　1　山田先生公司的電梯故障了。

　2　中村先生打算明天上午九點在櫻花咖啡廳和山田先生碰面。

　3　山田先生的公司位於大樓的 12 樓。

　4　明天的會議，時間和地點都有所變更。

　選項2是有關見面時間和地點的敘述。從信上「時間は同じ９時でお願いします」可知開會時間沒變，「…喫茶店さくらに場所を変更したいと思います」可知地點改在１樓的「喫茶店さくら」。選項2正確。

(2)

田中さんが、朝、会社に着くと、机の上にメモが
あった。

明日の会議の資料について

開発課　田中様

おはようございます。

明日（21日）の会議の資料ですが、まだ一部、
こちらにいただいていません。

**用意できましたら、すぐに文書管理課までお持
ちください。** 〔關鍵句〕

いただいていないのは以下のところです。

　1 「第3章」の一部
　2 「第5章」の一部
　3 「おわりに」の全部

今日中に英語の翻訳文を書かなければならない
ので、時間があまりありません。用意できた部
分から、順にこちらに持ってきてください。
翻訳文ができたら、そちらに送りますので、確
認してください。よろしくお願いします。

　　　　　　8月20日　文書管理課　秋山

□ **開発課** 開發部
□ **一部** 一部分
□ **用意** 準備
□ **文書管理課** 文件
　管理部
□ **以下** 以下
□ **おわりに** 結語
□ **翻訳** 翻譯
□ **順に** 依序，依次
□ **相談** 商談，討論

---

25 このメモを見て、田中さんはまず、どうしな
　　　ければならないか。

1 すぐに明日の会議について秋山さんと相談する。
2 すぐに会議の資料の翻訳文を書く。
3 すぐに資料を用意して文書管理課に送る。
4 すぐに秋山さんから届いた翻訳文を確認する。

(2)

田中先生早上一到公司，就發現桌上有張紙條。

關於明天的會議資料

開發部　田中先生

早安。

明天（21日）的會議資料，我還有一部分沒收到。

如已準備齊全，請立刻送到文件管理部。

尚未收到的文件如下。

　　1　「第3章」一部分

　　2　「第5章」一部分

　　3　「結語」全部

由於必須在今天把文件翻成英文，所以沒什麼時間。請您將準備好的文件依序送過來。

等我翻譯完，會送到您那邊去，到時還請確認。麻煩您了。

　　　　　　8月20日　文件管理部　秋山

從「明日の会議の資料…用意できましたら、すぐに文書管理課までお持ちください」可知田中必須準備好會議資料並送到文件管理部。

「…英語の翻訳文を書かなければならない…、順にこちらに持ってきてください」暗示秋山要先拿到會議資料才能進行翻譯。

田中另一件要做的事是『翻訳文ができたら、…、確認してください』，也就是要確認譯文。必須要先有譯文才能確認，所以送資料這件事排在確認譯文之前。田中先生接下來的行動順序是「準備資料→送件→確認譯文」。正確答案是3。

Answer **3**

25 看完這張紙條，田中先生首先該怎麼做呢？

　1　馬上和秋山先生商談明天的會議資料。

　2　馬上翻譯明天的會議資料。

　3　馬上準備好資料送到文件管理部。

　4　馬上確認秋山先生送來的譯文。

(3)

　子供が描く絵には、その子供の心の状態がよく現れます。お母さんや学校の先生にとくに注意してほしいのは黒い絵を描く子供です。子供は普通、たくさんの色を使って絵を描きます。しかし、**母親に対し** ◁ 關鍵句
└文法詳見 P58

て不安や寂しさを抱えた子供は、色を使わなくなってしまうことがよくあるからです。 もし自分の子供の絵に色がなくなってしまったら、よく考えてみてください。**なにか子供に対して無理なことをさせた** ◁ 關鍵句
り、寂しい思いをさせたりしていませんか。

□ 心（こころ）　心境，心情；心思，想法
□ 状態（じょうたい）　狀態，情形
□ 現れる（あらわれる）　顯現，展露
□ 普通（ふつう）　通常，一般
□ 不安（ふあん）　不安
□ 寂しさ（さびしさ）　寂寞
□ 抱える（かかえる）　抱持；承擔
□ 無理（むり）　勉強，硬逼
□ 思い（おもい）　感覺；思想
□ ふだん　平時，平常

26 よく考（かんが）えてみてください。とあるが、だれが何（なに）を考（かんが）えるのか。

1　母親（ははおや）が、学校（がっこう）の先生（せんせい）に注意（ちゅうい）してほしいことについて考（かんが）える。
└文法詳見 P58

2　学校（がっこう）の先生（せんせい）が、黒（くろ）い絵（え）を描（か）く子供（こども）の心（こころ）の状態（じょうたい）について考（かんが）える。

3　母親（ははおや）が、ふだん自分（じぶん）の子供（こども）に言（い）ったりしたりしていることについて考（かんが）える。

4　子供（こども）が、なぜ自分（じぶん）は黒（くろ）い絵（え）を描（か）くのかについて考（かんが）える。

(3)

　小朋友畫的畫可以充分展現出該名小孩的內心狀態。特別是要請媽媽和學校老師注意畫出黑色圖畫的孩子。之所以會有這樣的結果，是因為通常小朋友會使用許多顏色來畫畫。不過，對於母親感到不安或是寂寞的小朋友，常常會變得不用彩色。如果自己的小孩畫作失去了色彩，請仔細地想想，您是否有強迫小孩做一些事？或是讓他感到寂寞了呢？

> 這一題考的是劃線部分，可以從上下文找答案。

> 解題線索在「自分の子供」，暗示動作者有小孩，也就是「母親」。所以選項 2、4 都不正確。有的人可能會覺得「学校の先生」也說得通，不過從前一句「母親に対して不安や寂しさを抱えた子供は、色を使わなくなってしまうことがよくあるからです」可以看出話題其實圍繞在母親身上。

> 解題關鍵在「なにか子供に対して無理なことをさせたり、寂しい思いをさせたりしていませんか」。和這句最相近的選項是 3。

Answer **3**

26 文中提到請仔細地想想，請問是誰要想什麼呢？

1　母親要想想希望學校老師注意什麼。

2　學校老師要想想畫出黑色圖畫的小孩的心理狀態。

3　母親要想想平時對自己的小孩說了什麼、做了什麼。

4　小朋友要想想為什麼自己會畫黑色的圖畫。

(4)

　「のし袋」は、お祝いのときに人に贈るお金を入れる袋です。<u>白い</u> ＜關鍵句
<u>紙でできていて</u>、右上に「のし」が張ってあります。「のし」は、本来はあわびという貝を紙で包んだものですが、<u>今はたいてい、あわび</u> ＜關鍵句
<u>の代わりに黄色い紙を包んだものを使います。</u>あわびには「長生き」
└文法詳見 P59
の意味があります。また、のし袋の真ん中には、<u>紙を細長く固めて作っ</u> ＜關鍵句
<u>たひもが結んであります。</u>これを「水引」といいます。色は赤と白の
組み合わせが多いですが、金色と銀色のこともあります。結び方は、
お祝いの種類によって変えなければなりません。
└文法詳見 P59

□ お祝い　慶祝・祝賀

□ できている　製造而成

□ 本来　原來，本來

□ あわび　鮑魚

□ 包む　包上，裏住

□ 長生き　長壽

□ 固める　讓…變硬；固定

□ ひも　（布，皮革等）
　　帶，細繩

□ 結ぶ　繋，打結

□ 組み合わせ　配合，組成

27 「のし袋」の説明として、正しいものは
どれか。

1 本来はあわびを包んだ袋のことをいう。

2 今は普通、全部紙でできている。

3 水引は、紙をたたんで作ったものである。

4 のしの色は、お祝いの種類に合わせて
選ぶ必要がある。

(4)

　「熨斗袋」指的是喜事時放入金錢送給別人的袋子。袋子是由白色紙張所製成的，右上角貼有「熨斗」。「熨斗」本來是用紙張包裹一種叫鮑魚的貝類，不過現在幾乎都是用包有黃紙的東西來取代鮑魚。鮑魚有「長壽」意涵。此外，熨斗袋的中央還綁有細長的紙製結。這叫做「水引」。顏色多為紅白組合，不過也有金銀款的。打結方式依據慶賀主題的不同也會有所改變。

　選項1對應文中「本来はあわびという貝を紙で包んだものです」。不過這一句是針對「のし」説明，而題目問的是「のし袋」，明顯的文不對題。關於「のし袋」的敘述是文章第一句「お祝いのときに人に贈るお金を入れる袋です」。

　文章中對於材質的描述有：「白い紙でできていて」、「今はたいてい、あわびの代わりに黄色い紙を包んだものを使います」、「紙を細長く固めて作ったひもが結んであります」。可見不管是袋子本身、「のし」還是「水引」都是紙製品。所以選項2正確。

Answer　2

27　關於「熨斗袋」的説明，下列敘述何者正確？

1　原本是指包鮑魚的袋子。
2　現在通常都是全面用紙張製作。
3　水引是摺紙製成的。
4　熨斗的顏色要依照慶賀主題來選擇。

　從文中可知「水引」是「紙を細長く固めて作った紐」，不是摺出來的，選項3錯誤。

　選項4提到「のしの色」，文中只説「のし」是黃色的紙，並沒有説它的顏色要照慶賀主題挑選，因此錯誤。從最後一句可知須配合慶賀主題的是水引的「結び方」。

重要文法

【動詞辭書形；動詞否定形】
＋ことになっている。表
示結果或定論等的存續。
表示客觀做出某種安排，
像是約定或約束人們生活
行為的各種規定、法律以
及一些慣例。

❶ ことになっている

按規定…、預定…、將…

例句 夏休みの間、家事は子どもたち
がすることになっている。

暑假期間，說好家事是小孩們要做
的。

【動詞た形】＋たら。當實
現前項後，就去（或不許）
實現後項；或當實現前項
後，要實現後項。後項大多
是說話人的期望或意志性表
現。

❷ たら 要是…了、如果…了

例句 もし何かありましたら、私に知
らせてください。

如果發生了什麼事，請通知我。

【名詞】＋に対して。表示
動作、感情施予的對象，有
時候可以置換成「に」。或
用於表示對立，指出相較於
某個事態，有另一種不同的
情況。

❸ にたいして 向…、對（於）…

例句 この問題に対して、意見を述べ
てください。

請針對這問題提出意見。

【動詞て形】＋ほしい。表
示對他人的某種要求或希
望。否定的說法有「ない
でほしい」跟「てほしくな
い」兩種。

❹ て（で）ほしい 想請你…。

例句 袖の長さを直してほしいです。

我希望你能幫我修改袖子的長度。

---

❺ かわりに 代替…。

例句 正月は、海外旅行に行くかわりに近くの温泉に行った。

過年不去國外旅行，改到附近洗溫泉。

【名詞の；動詞普通形】＋かわりに。表示原為前項，但因某種原因由後項另外的人、物或動作等代替，相當於「～の代理／代替として」。也可用「名詞＋がわりに」的形式。【動詞普通形】＋かわりに。表示一件事同時具有兩個相互對立的側面，一般重點在後項，相當於「～一方で」。

❻ によって 根據…；由…；依照…；因為…

例句 成績によって、クラス分けする。

根據成績分班。

【名詞】＋によって。表示事態所依據的方法、方式、手段。或表示事態的因果關係。也可以用於某個結果或創作物等是因為某人的行為或動作而造成、成立的。表示後項結果會對應前項事態的不同而有所變動或調整。

❼ 小知識大補帖

▶電子郵件 VS. 傳統書信

到公司打開電腦後，你第一個打開的頁面是什麼呢？多數人都會回答"電子信箱"。現代人頻繁的使用電子郵件，無論是「プライベート」（私人）的邀約或是「仕事の打ち合わせ」（洽公），不得不說，使用傳統書信的機會真是越來越少了。

不過，像是「招待状」（邀請函）、「お礼状」（感謝函）一類的信函，比起動動手指就能大量發送的電子郵件，傳統書信絕對更能「心を打つ」（打動人心）吧！

以下是信件中常用到的表達句：

「～の件で、お知らせします」（關於～事宜，謹此通知）

「～の件で、ご連絡いたします」（關於～事宜，謹此聯絡）

「～の件は、次のように決まりました」（關於～事宜，謹做出以下決定）

「ご不明な点は、山田まで」（如有不明之處，請聯繫山田）

「本件に関するお問い合わせは山田まで」（洽詢本案相關事宜，請聯繫山田）

「この件についてのお問い合わせは山田まで」（洽詢本案相關事宜，請聯繫山田）

「お知らせまで」（通知如上）

「取り急ぎ、ご連絡まで」（草率書此，聯絡如上）

「それでは当日お会いできることを楽しみにしております」（那麼，期待當天與您會面）

「では、25日に」（那麼，25日見）

「以上、よろしくお願い申し上げます」（以上，敬請惠賜指教）

▶顔色的妙用

　　顏色不僅可以反映自己的內心，若配色得宜，甚至可以影響別人的想法哦！舉例來說，工作上拜訪其他公司時，可以選擇「黒い色」（黑色）的服裝。因為黑色能給人「冷静」（冷靜）、「頭がよい」（聰明）、「自立」（獨立）的「印象」（印象）。與人「初対面」（第一次見面）時，選擇「白い」（白色）的服裝，可以避免讓對方感覺「強すぎる」（太強勢），而白色恰好有「上品」（高尚）且「清潔」（清爽）的印象。

　　另外，「入社試験の面接」（求職面試）時，可以穿「濃い青色」（深藍色）的服裝，俗稱「リクルートスーツ」（求職套裝），因為深藍色給人「まじめ」（認真）而「落ち着く」（穩重）的印象，很適合在面試時穿著。

　　除了服裝，顏色的影響也被應用在交通號誌上。

　　據說世界各國的「信号機」（交通號誌燈）幾乎都是使用紅色來表示「止まれ」（停止）、綠色來表示「進め」（通行）。這是因為比起其他顏色，紅色即使在很遠的距離之外，也能讓人一眼就注意到。由於紅色具有刺激人類腦部的「効果」（效果），因此又被稱作"興奮色"。為了將「止まれ」（停止）、「危険」（危險）的「情報」（訊息）盡早傳達給人們，紅色是最適當的顏色。

　　相對來説，綠色具有「落ち着かせる」（使人鎮定）、「冷静にさせる」（使人冷靜）的效果。所以就被當作表示「安全」（安全）的顏色。而黃色和黑色的組合又被稱為「警告色」，據説人們只要看到這種色彩，就會下意識感到危險，產生「注意しなければ」（必須小心）的想法。所以標示「踏切」（平交道）和「工事中につき危険！」（施工中危險！）的標記都採用黃色和黑色的組合。

　　除了這些，顏色的「影響」（影響）被大量運用在我們的生活周遭。下回不妨注意看看各式「商品広告」（商品的廣告）、不同商店的「制服」（制服）和各式餐廳裡「メニュー」（菜單）的配色，一定會有所收穫！

つぎの（1）から（4）の文章を読んで、質問に答えなさい。答えは1・2・3・4から最もよいものを一つえらびなさい。

（1）

　これは、高橋先生のゼミの学生に届いたメールである。

あて先	takahasi@edu.jp
件　名	次のゼミ合宿（注）について
送信日時	2012年9月3日

　　ゼミ合宿の日にちが、9月29、30日に決まりました。希望する人の多かった22、23日は、合宿所が一杯で予約が取れませんでした。どうしても参加できない人は、5日までに山本にお電話ください。

　　合宿では、皆さんが翻訳してきたテキストをもとに、話し合いをします。話し合いの前に、一人10分ずつ発表してもらいますので、準備を忘れないようお願いします。担当するページは前に決めた通りです。翻訳文が全てそろわないと話し合いができませんので、参加できない人は、自分が担当した分の翻訳文を、必ず14日までにメールで高橋先生に送ってください。

　　山本　090-0000-0000

（注）合宿：複数の人が、ある目的のために同じ場所に泊まって、いっしょに生活すること

24 このメールを見て、合宿に参加しない人は、どうしなければならないか。

1　山本さんに電話して、自分の翻訳文を高橋先生にメールで送る。

2　高橋先生に電話して、自分の翻訳文を山本さんにメールで送る。

3　山本さんに電話して、みんなの翻訳文を全てそろえて高橋先生にメールで送る。

4　翻訳文が全てそろわないと、話し合いができないので、必ず参加しなければならない。

(2)

大学の入学試験を受けたあと、次の通知を受け取った。

受験番号　00000

○○××殿

○○大学

大学入学試験結果通知書

　2月に行いました入学試験の結果、あなたは **合格** されましたので、お知らせいたします。

　入学ご希望の方は、別紙に書いてある方法で入学手続きをしてください。理由がなく、期限までに手続きをなさらなかった場合、入学する意思がないものとして処理されます。

　理由があって期限までに手続きができないときは、教務課、担当○○（00-0000-0000）まですぐにご連絡ください。

2013年3月7日

以上

---

25 上の内容と合うのは、どれか。

1 この通知さえもらえば、手続きをしなくても大学に入学
できる。

2 この通知をもらっても、手続きをしなければ入学できな
い。

3 この通知をもらったら、入学手続きをしないわけにはい
かない。

4 この通知をもらったら、この大学に入るほかない。

(3)

　「将来の生活に関して、何か不安なことがありますか？」
と働く女性に質問したところ、約70％が年金や仕事、健康な
どに関して「不安」を感じていることが分かった。不安なこ
との内容をたずねると、「いつまで働き続けられるか」「い
まの収入で子どもを育てられるか」といった声が寄せられ
た。さらに、「貯金をするために我慢しているもの」をたず
ねると、洋服や外食と答えた人が多く、反対に、化粧品代や
交際費を節約していると答えた人は少なかった。

26　上の文の内容について、正しいのはどれか。

1　仕事を続けるために、子どもを育てられない女性がたく
さんいる。

2　半分以上の働く女性が、将来の生活に関して不安を持
っている。

3　洋服を買ったり、外食をしたりしたため、貯金ができな
い人が多い。

4　人と付き合うためのお金を節約している人が多い。

(4)

　さあ寝ようとふとんに入ったけれど、体は温まっても、足の先がいつまでも冷たくて、なかなか眠れないという方がいらっしゃると思います。そんな方におすすめなのが、「湯たんぽ」です。「湯たんぽ」は、金属やゴムでできた容器に温かいお湯を入れたものです。これをふとんの中に入れると、足が温まります。靴下をはいて寝るという方もいますが、血の流れが悪くなってしまいますので、あまりおすすめできません。

[27] 足の先が冷たくて眠れない人は、どうすればいいと言っているか。

1　「湯たんぽ」をふとんの中に入れて寝る。

2　「湯たんぽ」をふとんの中に入れて、靴下をはいて寝る。

3　「湯たんぽ」の中に足を入れて寝る。

4　「湯たんぽ」がない人は、靴下をはいて寝る。

つぎの（1）から（4）の文章を読んで、質問に答えなさい。答えは1・2・3・4から最も
よいものを一つえらびなさい。

（1）

これは、高橋先生のゼミの学生に届いたメールである。

あて先	takahasi@edu.jp
件名	次のゼミ合宿（注）について
送信日時	2012年9月3日

ゼミ合宿の日にちが、9月29、30日に決まりました。
希望する人の多かった22、23日は、合宿所が一杯で
予約が取れませんでした。**どうしても参加できない人 ◄── 關鍵句
は、5日までに山本にお電話ください。**
合宿では、皆さんが翻訳してきたテキストを<u>もとに</u>、
└ 文法詳見 P76
話し合いをします。話し合いの前に、一人10分ずつ
発表してもらいますので、準備を忘れないようお願い
します。担当するページは前に決めた通りです。翻訳
文が全てそろわないと話し合いができませんので、**参
└ 文法詳見 P76
加できない人は、自分が担当した分の翻訳文を、必ず
１４日までにメールで高橋先生に送ってください。**

◄── 關鍵句

山本　090-0000-0000

（注）合宿：複数の人が、ある目的のために同じ場所に泊
まって、いっしょに生活すること

□ ゼミ【（德）
　Seminar之略】
　研討會
□ 合宿　合宿，共同
　投宿
□ 合宿所　合宿處
□ 予約を取る　預約
□ どうしても　無論如
　何也不…
□ テキスト【text】
　講義，文件
□ 話し合い　討論
□ そろう　準備，備齊
□ 担当　負責
□ 必ず　務必，一定

24　このメールを見て、合宿に参加しない人は、どう
　　　しなければならないか。
　1　山本さんに電話して、自分の翻訳文を高橋先生に
　　　メールで送る。
　2　高橋先生に電話して、自分の翻訳文を山本さんに
　　　メールで送る。
　3　山本さんに電話して、みんなの翻訳文を全てそろ
　　　えて高橋先生にメールで送る。
　4　翻訳文が全てそろわないと、話し合いができないの
　　　で、必ず参加しなければならない。

請閱讀下列（１）～（４）的文章並回答問題。請從選項１・２・３・４當中選出一個最恰當的答案。

（1）
這是一封寄給高橋老師研討會學生的電子郵件。

收件者：	takahasi@edu.jp
標　題：	關於下次研討的合宿（注）
寄件時間：	2012年９月３日

研討會合宿的日期訂在９月29、30日。最多人選的22、23日由於舉辦地點額滿，所以不能預約。無法配合參加的人請在５日前撥通電話給山本同學。
合宿當中，會依據大家所翻譯的文件來進行討論。進行討論之前，要先請每個人都各別報告10分鐘，請別忘了準備。個人負責的頁數就像之前決定的那樣。譯文如果不齊全就無法進行討論，所以請沒有參加的人務必在14號之前把自己負責的譯文寄給高橋老師。

山本　090-0000-0000

（注）合宿：一群人為了某種目的一起投宿在某個地方，一起生活

> 這一題詢問必須做什麼事情。不妨找出文章中出現命令、請求的地方，像是「～てください」，通常這就是解題重點。

> 問題關鍵在「合宿に参加しない人」，可以對應第一段：「どうしても参加できない人は、５日までに山本にお電話ください」及第二段：「参加できない人は、自分が担当した分の翻訳文を、必ず14日までにメールで高橋先生に送ってください」。所以不參加的人應該要先打給山本，再把自己的譯文寄給高橋老師。正確答案是１。

Answer **1**

24 看完這封電子郵件，不參加合宿的人應該怎麼做呢？

1　打電話給山本同學，用電子郵件把自己的譯文寄給高橋老師。

2　打電話給高橋老師，用電子郵件把自己的譯文寄給山本同學。

3　打電話給山本同學，收集所有人的譯文，用電子郵件寄給高橋老師。

4　譯文沒有齊全的話就無法討論，所以一定要參加。

(2)

大学の入学試験を受けたあと、次の通知を受け取った。

受験番号　00000
〇〇××殿

〇〇大学

大学入学試験結果通知書

　２月に行いました入学試験の結果、あなたは**合格**されましたので、お知らせいたします。入学ご希望の方は、別紙に書いてある方法で入学手続きをしてください。理由がなく、期限までに手続きをなさらなかった場合、入学する意思がないものとして処理されます。
　理由があって期限までに手続きができないときは、教務課、担当〇〇（00-0000-0000）まですぐにご連絡ください。

2013年３月７日

以上

> ＜關鍵句

□ 入学試験　入學考，入學測驗
□ 受験番号　准考證號碼
□ 殿　接於姓名之後以示尊敬
□ 別紙　附加用紙
□ 手続き　手續
□ 期限　期限
□ 意思　意願
□ 処理　處理，辦理
□ 教務課　教務處

---

25 上の内容と合うのは、どれか。

1　この通知さえもらえば、手続きをしなくても大学に入学できる。　文法詳見P76

2　この通知をもらっても、手続きをしなければ入学できない。

3　この通知をもらったら、入学手続きをしないわけにはいかない。　文法詳見P76

4　この通知をもらったら、この大学に入るほかない。　文法詳見P77

(2)

大學入學考試後收到了下面這份通知。

准考證編號　00000

○○××先生／小姐

○○大學

大學入學考試結果通知

在此通知您 2 月的入學考試結果為**合格錄取**。

若您有意願入學，請依照附件上的方法辦理入學手續。若無端未於期限內完成手續，則視為無入學意願。

如有特殊原因以致無法在期限內辦理手續，請立即與教務處負責人○○（00-0000-0000）聯絡。

2013年 3 月 7 日

謹此證明

解題關鍵在：「入学ご希望の場合、別紙に書いてある方法で入学手続きをしてください」。這句話有兩個重點，第一點是這張通知單並非強迫入學，「場合」是一種假設語氣，意思是「如果…」，「ご希望」意思是「您希望…」，也就是説來不來就讀都遵照個人意願。所以選項 3、4 都錯誤。

第二個重點在「入学手続きをしてください」，用「～てください」這種表示請求、命令的句型來請對方辦理入學手續。也就是説，想要就讀這間大學的人必須要辦理手續才能就讀。正確答案是 2。

Answer **2**

25 下列選項哪一個符合上述內容？

1 只要有了這張通知單，不用辦理手續也可以就讀大學。

2 即使收到這張通知單，不辦理手續的話還是無法入學。

3 收到這張通知單後就一定要辦理入學手續。

4 收到這張通知單後就一定要進入這所大學就讀。

(3)

「将来の生活に関して、何か不安なことがありますか？」と働く女〈關鍵句
└文法詳見 P77

性に質問したところ、約70％が年金や仕事、健康などに関して「不
└文法詳見 P77

安」を感じていることが分かった。不安なことの内容をたずねると、

「いつまで働き続けられるか」「いまの収入で子どもを育てられる

か」といった声が寄せられた。さらに、「貯金をするために我慢して

いるもの」をたずねると、洋服や外食と答えた人が多く、反対に、化

粧品代や交際費を節約していると答えた人は少なかった。

□ 年金　退休金
□ 収入　收入
□ 声が寄せられる　發聲表
　示，訴說
□ 貯金　積蓄
□ 我慢　忍耐
□ 外食　外食，在外用餐
□ 化粧品　化妝品
□ 〜代　…的費用
□ 交際費　應酬費
□ 節約　節省
□ 付き合う　交往，交際

26 上の文の内容について、正しいのはどれ
か。

1　仕事を続けるために、子どもを育てら
れない女性がたくさんいる。

2　半分以上の働く女性が、将来の生活に
関して不安を持っている。

3　洋服を買ったり、外食をしたりしたた
め、貯金ができない人が多い。

4　人と付き合うためのお金を節約してい
る人が多い。

(3)

文章提到「『将来の生活に関して、何か不安なことがありますか？』」…、約70％が年金や仕事、健康などに関して『不安』を感じていることが分かった」，「年金や仕事、健康など」是指未來的事物，70％就是「半分以上」。選項2正確。

　　訪問上班族女性「對於將來的生活，有沒有什麼不安的地方？」，結果大約有 70％的人對於年金、工作和健康感到「不安」。詢問這些人不安的具體內容，有些人表示「不知能工作到何時」、「憑現在的收入不知養不養得起小孩」。再進一步地詢問這些人為了存錢正在節省什麼，多數人回答服裝和外食。反之，只有少數人表示自己在節省化妝品費用和交際費。

遇到「正しいのはどれか」這種題型，就要用刪去法來作答。

Answer **2**

26 針對上面這篇文章，下列敘述何者正確？

1 為了繼續工作，有很多女性無法扶養小孩。
2 超過半數的上班族女性對於生活感到不安。
3 有很多人會治裝、外食，所以存不了錢。
4 有很多人省下維持人際關係的費用。

文章中提到有人質疑自己現在的收入是否養得起小孩。並沒有提到有很多女性為了繼續工作不能養小孩，選項 1錯誤。

文中提到很多人為了存錢而限制自己買衣服和外食。而選項 3的敘述和原文正好相反，所以錯誤。

文章最後提到很少人會省下化妝品費用和交際費，選項 4和原文相反，所以錯誤。

---

(4)

　さあ寝ようとふとんに入ったけれど、体は温まっても、足の先がいつまでも冷たくて、なかなか眠れないという方がいらっしゃると思います。そんな方におすすめなのが、「湯たんぽ」です。「湯たんぽ」 ◁—關鍵句 は、金属やゴムでできた容器に温かいお湯を入れたものです。これをふとんの中に入れると、足が温まります。靴下をはいて寝るという方もいますが、血の流れが悪くなってしまいますので、あまりおすすめできません。

□ さあ　表決心或重述事情的用語

□ なかなか　怎麼也無法…（後接否定）

□ 湯たんぽ　熱水袋

□ 金属　金屬

□ ゴム【gom】　橡膠

□ 容器　容器

□ 血の流れ　血液循環

27 足の先が冷たくて眠れない人は、どうすればいいと言っているか。

1 「湯たんぽ」をふとんの中に入れて寝る。

2 「湯たんぽ」をふとんの中に入れて、靴下をはいて寝る。

3 「湯たんぽ」の中に足を入れて寝る。

4 「湯たんぽ」がない人は、靴下をはいて寝る。

(4)

有些人躺進被窩準備要睡覺，即使身體暖和，可是腳丫子卻一直冷冰冰的，怎樣也睡不著。我要推薦「熱水袋」給這些人。「熱水袋」是在金屬或橡膠製成的容器裡放入熱水的東西。把這個放入被窩當中，腳會感到暖和。雖然有些人會穿襪子睡覺，但這樣會導致血液循環不好，我不太贊成這樣的做法。

解題關鍵在「そんな方におすすめなのが、『湯たんぽ』です」。「そんな方」指的是前面提到的「足の先がいつまでも冷たくて、なかなか眠れないという方」。而這個「おすすめ」相當於「こうすればよい」。

熱水袋的用法在「これをふとんの中に入れると、足が温まります」。這個「これ」是指「湯たんぽ」，選項1正確。

「靴下をはいて寝るという方もいますが」是整篇文章的陷阱，乍看之下穿襪子睡覺似乎也是一個方法，但後面接著提到「血の流れが悪く…おすすめできません」，所以選項2、4都錯誤。

Answer 1

27 作者認為腳丫子冰冷睡不著的人應該怎麼做才好呢？

1 把「熱水袋」放入被窩睡覺。

2 把「熱水袋」放入被窩，穿著襪子睡覺。

3 把腳放入「熱水袋」睡覺。

4 沒有「熱水袋」的人要穿襪子睡覺。

選項3説要把腳放到熱水袋裡面，所以錯誤。

翻譯與解題 ④

🖉 重要文法

【名詞】＋をもとに。表示
將某事物做為啟示、根據、
材料、基礎等。後項的行為、
動作是根據或參考前項來進
行的。相當於「〜に基づい
て」、「〜を根拠にして」。

❶ をもとに

以…為根據、以…為參考、在…基礎上

例句 いままでに習った文型をもと
に、文を作ってください。

請參考至今所學的文型造句。

【名詞の；動詞辭書形；動詞
た形】＋とおり。表示按照
前項的方式或要求，進行後
項的行為、動作。

❷ とおり　按照…、按照…那樣

例句 説明書の通りに、本棚を組み立
てた。

按照説明書的指示把書櫃組合起來
了。

【名詞】＋さえ＋［形容詞・
形容動詞・動詞］假定形】
＋ば。表示只要某事能實現
就足夠了，強調只需要某個
最低限度或唯一的條件，後
項即可成立，相當於「〜そ
の条件だけあれば」。或表
達説話人後悔、惋惜等心情
的語氣。

❸ さえ〜ば　只要…(就)…

例句 手続きさえすれば、誰でも入学
できます。

只要辦手續，任何人都能入學。

【動詞否定形】＋ないわけ
にはいかない。表示根據社
會的理念、情理、一般常識
或自己過去的經驗，不能不
做某事，有做某事的義務。

❹ ないわけにはいかない

不能不…、必須…

例句 明日、試験があるので、今夜は
勉強しないわけにはいかない。

由於明天要考試，今晚不得不用功念書。

❺ ほかない 只有…、只好…、只得…

例句 運命だったとあきらめるほかない。

只能死心認命了。

【動詞辭書形】＋ほかない。表示雖然心裡不願意，但又沒有其他方法，只有這唯一的選擇，別無它法。相當於「〜以外にない」、「〜より仕方がない」等。

❻ にかんして（は） 關於…、關於…的…

例句 フランスの絵画に関して、研究しようと思います。

我想研究法國繪畫。

【名詞】＋に関して（は）。表示就前項有關的問題，做出「解決問題」性質的後項行為。有關後項多用「言う（説）」、「考える（思考）」、「研究する（研究）」、「討論する（討論）」等動詞。多用於書面。

❼ （た）ところ …、結果…

例句 思い切って頼んでみたところ、ＯＫが出ました。

鼓起勇氣提出請託後，得到了對方ＯＫ的允諾。

【動詞た形】＋ところ。這是一種順接的用法，表示因某種目的去作某一動作，但在偶然的契機下得到後項的結果。前後出現的事情，沒有直接的因果關係，後項經常是出乎意料之外的客觀事實。相當於「〜した結果」。

❷ 小知識大補帖

▶ 日本辦公室的穿著潛規則

相較於台灣的「OL」（上班族女性），日本 OL 在服裝方面的顧慮可是令人難以想像。在日本，一般公司的女性「新入社員」（新進員工）的打扮最重要的是「無難」（打安全牌）！第一，要注意「清潔感」（整潔清爽的感覺），千萬

不能「だらしない」（邋遢）。第二，要有「きちんと感」（得體的感覺），切忌「派手」（花俏）。第三，色調要素雅，像是「黒い」（黑色）、「ベージュ」（米色）都是不錯的選擇。第四，盡量避免「露出」（裸露）。總之就是要「目立たない」（低調）！

　　不過到了第二年，如果還是維持「新人」（菜鳥）時期的穿著，可是會被認為沒有長進哦！這時就要做一些新嘗試，像是在服裝上加入一些色彩，或是戴上「アクセサリー」（飾品）。

▶印度人的消暑祕方

　　天冷時可以使用「湯たんぽ」（熱水袋），那麼酷暑呢？天氣熱的時候，印度人會吃「熱くてからいカレー」（辛辣燙口的咖哩），原因是當體溫上升時就會「汗をかく」（流汗），當汗液蒸發就可以帶走身體的熱度。

　　不過，並不是每個地方的人都能用這種方式消暑。例如日本人，因為汗液的「塩分濃度」（含鹽濃度）高，再加上日本「湿度」（濕度）高，使得汗液更難蒸發。所以日本人如果「インド人のまねをする」（模仿印度人）在盛夏吃熱食，反而會變得更悶熱。

▶ 職場

優秀な人がたくさん面接に来た。
有許多優秀的人才前來面試。

日々の仕事で日本語を使う機会はありますか。
請問平常上班時會用到日文嗎?

就職したからには、一生懸命働きたい。
既然找到了工作,我就想要盡力去做。

目上の人には敬語を使うのが普通です。
一般來說對上司(長輩)講話時要用敬語。

企業向けの宣伝を進めています。
我在推廣以企業為對象的宣傳。

難しい仕事から先にやろう。
先從困難的工作著手吧!

私にできる仕事があったら手伝いますよ。
如果有我能做的工作讓我來幫忙吧!

書類の整理をします。
我要去整理文件。

コピーをとります。
我要去影印。

資料をファイルします。
我要把資料歸檔。

得意先を回ります。
我要去尋訪客戶。

資料をファックスします。
我要傳真資料。

契約の内容をもう一度教えていただけませんか。
可以請你再告訴我一次契約的內容嗎？

商売はうまくいかないのは、景気が悪いせいだ。
生意沒有起色是因為景氣不好。

消費者の心を掴むパンフレットを作りましょう。
來做一本能抓住消費者的心的廣告冊子吧。

この計画を、会議で提案しよう。
就在會議中提出這項企畫吧！

うちの部署に何名か経験豊富なスタッフが入ってくるそうだ。
聽説我們部門即將進用幾位經驗豐的職員。

部長は３人の課長の中から選ばれた。
從三位課長中選出一位成為經理。

うちの部長は人を働かせるのがうまい。
我們公司的經理非常擅於差遣部屬工作。

▶ 問路、指路

道に迷ってしまいました。
我迷路了。

すみません。駅はどこですか。
不好意思，請問車站在哪裡？

飛行場までの行き方を教えてください。
請告訴我如何到飛機場。

この辺に公衆電話はありますか。
請問這附近有沒有公眾電話？

ここをまっすぐ行ってください。
請從這裡往前直走。

あそこの角を右に曲がってください。
請在那個轉角處往右轉。

曲がらないでまっすぐ行ってください。
請繼續直走，不要轉彎。

信号を渡ってください。
請過紅綠燈入口。

次の交差点を左に曲がってください。
請在下一個交叉路口左轉。

分れ道を右に行ってください。
請走右邊那條岔路。

角を曲がったところにあります。
就在轉角處。

駐車場のとなりなあります。
就在停車場的隔壁。

郵便局と銀行のあいだにあります。
就在郵局和銀行之間。

スーパーの向かいにあります。
就在超市對面。

デパートの反対側にあります。
位在百貨公司的另一邊。

駅の裏にあります。
就在車站的前面。

後は、その近くでもう一度聞いてみてください。
之後的詳細地點，請你到那附近後再找人問問看。

挑戦篇

チャレンジ編

STEP

2

つぎの（1）と（2）の文章を読んで、質問に答えなさい。答えは、1・2・3・4から最もよいものを一つえらびなさい。

（1）

　最近、日本では、子どもによる恐ろしい犯罪が増える一方だといわれているが、本当だろうか。日本政府が毎年出している『犯罪白書』『子ども・若者白書』（注1）などの資料からいうと、一般的な見方に反して、子どもが起こす事件は決して増えてはいない。恐ろしい犯罪は、反対に減っている。子どもの数自体が減っているのだから、事件の数を比べても意味がないという人もいるかもしれないが、数ではなく割合で考えても、増えているとは言えない。

　このように、実際には子どもによる犯罪は増えていないのに、私たちが<u>そう感じてしまう</u>のは、単にマスコミが以前に比べてそのような事件を詳しく報道する（注2）ことが多くなったためではないかと思う。繰り返し見せられているうちに、それが印象に残ってしまい、子どもが恐ろしい事件を起こすことが増えたような気がしてしまうのではないだろうか。印象だけによらず、正しい情報と知識にもとづいて判断することが重要である。

（注1）白書：政府が行政の現状や対策などを国民に知らせるために発表する報告書

（注2）報道する：新聞、テレビ、ラジオなどを通して、社会の出来事を一般に知らせること

28 子どもによる恐ろしい犯罪の数について、実際にはどうだと言っているか。

1 増えている。

2 事件の数は減っているが、割合で考えると増えている。

3 増えていない。

4 増えたり減ったりしている。

29 <u>そう感じてしまう</u>とあるが、どういうことか。

1 子どもによる犯罪が増えていると感じてしまう。

2 子どもによる犯罪が増えていないと感じてしまう。

3 マスコミが子どもによる犯罪を多く報道するようになったと感じてしまう。

4 子どもが起こす事件の数を比べても意味がないと感じてしまう。

30 この文章を書いた人の意見として、正しいのはどれか。

1 マスコミは、子どもによる恐ろしい犯罪をもっと詳しく報道するべきだ。

2 マスコミの報道だけにもとづいて判断することが大切だ。

3 子どもによる恐ろしい事件が増えたのはマスコミの責任だ。

4 印象だけで物事を判断しないことが大切だ。

(2)

　わたしはずっと、スポーツ選手はしゃべるのが苦手な人が多いと思っていた。彼らは口ではなくて体を動かすのが仕事だからだ。しかし最近、①中には言葉の表現力が非常に高い人もいることを知った。先日ＮＨＫの番組で、野球選手のイチローさんが、コピーライター（注）の糸井重里さんと対談しているのを見た。わたしは、イチロー選手の言葉の表現力の豊かさに驚かされた。彼は、誰もが使うような安易な言葉を用いないで、「自分の言葉」で話していた。彼の表現力は、言葉のプロである糸井さんに全く負けていなかった。わたしは思わず夢中になって聞き入ってしまった。

　イチロー選手のように、自分が②言いたいことを、「自分の言葉」で表現できるようになるためにはどうすればいいのだろう。たくさん本を読んだり人と話したりして知識を増やすことも、もちろん大切だ。だが、まず何よりも、いつも自分の言葉で話したいという意識を持っていることがいちばん重要なのではないか。イチロー選手は、きっとそういう人なのだと思う。

（注）コピーライター：商品や企業を宣伝するため、広告などに使用する言葉を作る人

31 ①中にはとあるが、「中」は何を指しているか。

1　NHKの番組

2　コピーライター

3　しゃべるのが苦手な人

4　スポーツ選手

32 この文章を書いた人は、イチロー選手の言葉の表現力についてどう考えているか。

1　言葉のプロと同じくらい高い表現力がある。

2　人の話を夢中になって聞き入るところがすばらしい。

3　「自分の言葉」で話すので、よく聞かないと何を言っているのか分かりにくい。

4　言葉のプロよりもずっと優れている。

33 ②言いたいことを、「自分の言葉」で表現できるようになるためには、何が最も重要だといっているか。

1　ぴったりの言葉を辞書で調べること

2　本を読んだり、人と話したりして、知識を増やすこと

3　誰もが使うような安易な言葉をたくさん覚えること

4　自分の言葉で伝えたいという気持ちを常に持っていること

つぎの(1)と(2)の文章を読んで、質問に答えなさい。答えは、1・2・3・4から最もよいものを一つえらびなさい。

(1)

最近、日本では、子どもによる恐ろしい犯罪が増える一方だといわれているが、本当だろうか。日本政府が毎年出している『犯罪白書』『子ども・若者白書』（注1）などの資料からいうと、一般的な見方に反して、子どもが起こす事件は決して増えてはいない。恐ろしい犯罪は、反対に減っている。子どもの数自体が減っているのだから、事件の数を比べても意味がないという人もいるかもしれないが、数ではなく割合で考えても、増えているとは言えない。

　このように、実際には子どもによる犯罪は増えていないのに、私たちがそう感じてしまうのは、単にマスコミが以前に比べてそのような事件を詳しく報道する（注2）ことが多くなったためではないかと思う。繰り返し見せられているうちに、それが印象に残ってしまい、子どもが恐ろしい事件を起こすことが増えたような気がしてしまうのではないだろうか。印象だけによらず、正しい情報と知識にもとづいて判断することが重要である。

> 29題
> 關鍵句
> ┗文法詳見 P96
> ┗文法詳見 P96
>
> 28題
> 關鍵句
> ┗文法詳見 P96
> ┗文法詳見 P96
>
> ┗文法詳見 P97
>
> 30題
> 關鍵句
> ┗文法詳見 P97

（注1）白書：政府が行政の現状や対策などを国民に知らせるために発表する報告書
（注2）報道する：新聞、テレビ、ラジオなどを通して、社会の出来事を一般に知らせること　┗文法詳見 P97

□ 恐ろしい　驚人的，嚴重的；可怕的
□ 犯罪　犯罪
□ 増える　増加
□ 政府　政府；內閣
□ 若者　年輕人
□ 資料　資料
□ 一般的　一般的，普遍的
□ 見方　看法，見解
□ 起こす　引起；發生
□ 事件　事件
□ 決して　絕對（不）（後面接否定）
□ 反対に　相對地
□ 減る　減少
□ 自体　本身，自身
□ 割合　比例
□ マスコミ【mass communication之略】　媒體
□ 繰り返す　反覆，重複
□ 気がする　覺得（好像，似乎…）
□ 印象　印象
□ 情報　資訊，消息

請閱讀下列(1)和(2)的文章並回答問題。請從選項1・2・3・4當中選出一個最恰當的答案。

(1)

　　最近在日本，有很多人說由未成年所犯下的重大犯罪一直在增加，這究竟是真是假？從日本政府每年公布的『犯罪白皮書』、『孩童、青少年白皮書』（注1）等資料來看，結果正好與一般民眾的看法相反，未成年所犯下的事件並沒有增加。窮凶惡極的犯罪甚至還減少了。或許有人認為那是因為小孩越來越少，拿事件數量來做比較也沒意義；不過即使不用數字，而是用比例來思考，也不能表示數據是增加的。

　　就像這樣，未成年犯罪明明實際上並無增加，但是我們卻有這樣的感覺，我在想，也許只是因為比起以往，媒體經常性且更詳細地報導（注2）這類事件罷了。是不是透過反覆觀看而留下印象，讓我們覺得未成年犯下的重大罪行越來越多呢？不光憑印象，而是根據正確的資訊及知識來判斷事物，這點是很重要的。

（注1）白皮書：政府為了告知國民行政現況或對策而發布的報告書
（注2）報導：透過報紙、電視、廣播等，傳達社會上所發生的事情

作者強調其實未成年犯罪並無增加的趨勢。

作者認為未成年犯罪之所以看似增加，可能是因為媒體過度渲染。

--- Answer **3**

28 子どもによる恐ろしい犯罪の数について、実際にはどうだと言っているか。

1 増えている。
2 事件の数は減っているが、割合で考えると増えている。
3 増えていない。
4 増えたり減ったりしている。

28 孩子的重大犯罪件數，實際情況是如何呢？

1 有所增加。
2 事件數量雖然減少，但是就比例而言是增加的。
3 沒有增加。
4 有時增加有時減少。

--- Answer **1**

29 そう感じてしまうとあるが、どういうことか。

1 子どもによる犯罪が増えていると感じてしまう。
2 子どもによる犯罪が増えていないと感じてしまう。
3 マスコミが子どもによる犯罪を多く報道するようになったと感じてしまう。
4 子どもが起こす事件の数を比べても意味がないと感じてしまう。

29 文中提到有這樣的感覺，這是指什麼呢？

1 覺得未成年犯罪增加了。
2 覺得未成年犯罪並無增加。
3 覺得媒體變得經常報導未成年犯罪。
4 覺得比較未成年犯罪件數也沒有意義。

--- Answer **4**

30 この文章を書いた人の意見として、正しいのはどれか。
└ 文法詳見 P97

1 マスコミは、子どもによる恐ろしい犯罪をもっと詳しく報道するべきだ。
└ 文法詳見 P98
2 マスコミの報道だけにもとづいて判断することが大切だ。
3 子どもによる恐ろしい事件が増えたのはマスコミの責任だ。
4 印象だけで物事を判断しないことが大切だ。

30 下列敘述當中，哪一個是作者的意見呢？

1 媒體應該要更詳盡地報導未成年犯下的重大案件。
2 只憑媒體的報導來判斷事物是很重要的。
3 越來越多未成年犯下重大罪行，這是媒體應負的責任。
4 不光憑印象來判斷事物是重要的。

チャレンジ編　STEP 1　STEP 2　STEP 3　応用編

解題關鍵在「日本政府が毎年出している『犯罪白書』『子ども・若者白書』などの資料からいうと、…、子どもが起こす事件は決して増えてはいない。恐ろしい犯罪は、反対に減っている」（從日本政府每年公布的『犯罪白皮書』、『孩童、青少年白皮書』等資料來看，…，未成年所犯下的事件並沒有增加。窮凶惡極的犯罪甚至還減少了），所以正確答案是3。

> 這一題問的是孩子所犯下的重大罪行實際情況，可以從第一段找出答案。

解題關鍵在第二段一開頭的「このように」（就像這樣），作用是承上啟下，暗示了這邊的「そう」指的是第一段提到的一般民眾觀感，特別是第一句：「最近、日本では、子どもによる恐ろしい犯罪が増える一方だといわれている」（最近在日本，有很多人說由未成年所犯下的重大犯罪一直在增加）。正確答案是1。

> 這一題考的是劃線部分的具體內容，不妨回到文章中找出劃線部分，解題線索通常就藏在上下文中。

> 「実際には子どもによる犯罪は増えていないのに」（未成年犯罪明明實際上並無增加）是陷阱，如果不知道「のに」是逆接，可能會以為「そう」是指「未成年犯罪實際上並無增加」，小心別被騙了。

文章第二段作者覺得媒體的過度報導會對民眾洗腦，可見作者並不支持這種詳盡的報導方式。選項1錯誤。

選項2錯誤。「マスコミの報道だけにもとづいて」（只憑媒體的報導）和文章最後一句「…正しい情報と知識にもとづいて判断することが重要である」（…根據正確的資訊及知識來判斷事物，這點是很重要的）正好相反。

作者覺得媒體讓我們有「越來越多未成年犯下重大罪行」的錯覺，並不代表這樣的事件是媒體害的。選項3錯誤。

> 建議用刪去法作答。題目問的是「この文章を書いた人の意見」（作者的意見），所以要站在作者的立場回答。

> 文章最後「印象だけによらず、正しい情報と知識にもとづいて判断することが重要である」（不光憑印象，而是根據正確的資訊及知識來判斷事物，這點是很重要的），像這種換句話說的寫法，常常是解題的關鍵。正確答案是4。

(2)

わたしはずっと、スポーツ選手はしゃべるのが苦手な人が多いと思っていた。彼らは口ではなくて体を動かすのが仕事だからだ。しかし最近、①中には言葉の表現力が非常に高い人もいることを知った。

先日NHKの番組で、野球選手のイチローさんが、コピーライター（注）の糸井重里さんと対談しているのを見た。わたしは、イチロー選手の言葉の表現力の豊かさに驚かされた。彼は、誰もが使うような安易な言葉を用いないで、「自分の言葉」で話していた。彼の表現力は、言葉のプロである糸井さんに全く負けていなかった。わたしは思わず夢中になって聞き入ってしまった。

イチロー選手のように、自分が②言いたいことを、「自分の言葉」で表現できるようになるためにはどうすればいいのだろう。たくさん本を読んだり人と話したりして知識を増やすことも、もちろん大切だ。だが、まず何よりも、いつも自分の言葉で話したいという意識を持っていることがいちばん重要なのではないか。イチロー選手は、きっとそういう人なのだと思う。

└文法詳見 P98

> 31題 關鍵句

> 32題 關鍵句

> 33題 關鍵句

（注）コピーライター：商品や企業を宣伝するため、広告などに使用する言葉を作る人

□ ずっと 一直以來
□ 選手 選手
□ しゃべる 説話；講話
□ 苦手 不擅長
□ 動かす 使…活動
□ 表現力 表達能力
□ 先日 日前，幾天前
□ 対談 交談，對話
□ 豊かさ 豊富
□ 安易 常有；簡單
□ プロ 專家
□ 全く 完全，絶對
□ 負ける 輸；失敗
□ 夢中 熱中，著迷
□ 増やす 増加
□ 意識 自覺；意識
□ きっと 一定

(2)

　　我一直覺得有很多運動選手都不擅言詞。因為他們的工作不是動口，而是動身體。不過，最近我發現①其中有些人的言語表達能力卻非常地好。前幾天我在 NHK 的節目上看到棒球選手鈴木一朗和文案寫手（注）糸井重里的對談。對於鈴木一朗選手豐富的表達能力我不由得感到驚訝。他不使用大家都在用的常見詞彙，而是用「自己的詞彙」。他的表達能力，完全不輸給文字專家糸井先生。我不禁聽得入迷。

　　到底要怎麼做才能像鈴木一朗選手一樣，②能把想講的事情，用「自己的詞彙」表達出來呢？當然，看很多的書、和很多人交談以增加自己的知識也是十分重要的。不過首先比起其他事物，最重要的應該是要先隨時提醒自己用自己的語彙說話吧？我覺得鈴木一朗選手一定是這樣的人。

（注）文案寫手：以寫廣告詞來宣傳商品或企業為職
　　　　　業的人

作者發現鈴木一朗雖然是運動選手，但是表達能力不輸給專家。

要用自己的詞彙來進行表達，最重要的是要時時存有這樣的意識。

翻譯與解題 ①

-- Answer 4

31 ①中にはとあるが、「中」は
何を指しているか。

1　ＮＨＫの番組

2　コピーライター

3　しゃべるのが苦手な人

4　スポーツ選手

31 文中提到①其中，「其」指的
是什麼呢？

1　NHK 的節目

2　文案寫手

3　不擅言詞的人

4　運動選手

-- Answer 1

32 この文章を書いた人は、イチ
ロー選手の言葉の表現力につ
いてどう考えているか。

1　言葉のプロと同じくらい高い
表現力がある。

2　人の話を夢中になって聞き入
るところがすばらしい。

3　「自分の言葉」で話すので、よ
く聞かないと何を言っている
のか分かりにくい。

4　言葉のプロよりもずっと優れている。

32 作者對於鈴木一朗選手的表
達能力有什麼看法呢？

1　他和文字專家有著相同的高度
表達能力。

2　他能入迷地傾聽別人講話，這
點很棒。

3　他用「自己的詞彙」說話，不
認真聽會不知道他在講什麼。

4　他比文字專家還優秀許多。

-- Answer 4

33 ②言いたいことを、「自分の言葉」
で表現できるようになるためには、
何が最も重要だといっているか。

1　ぴったりの言葉を辞書で調べ
ること

2　本を読んだり、人と話したり
して、知識を増やすこと

3　誰もが使うような安易な言葉
をたくさん覚えること

4　自分の言葉で伝えたいという
気持ちを常に持っていること

33 ②能把想講的事情，用「自己
的詞彙」表達出來，作者認為
最重要的是什麼呢？

1　查字典找出最恰當的語詞

2　看看書、和人交談來增加知識

3　大量地記住大家都在使用的簡
單詞彙

4　隨時謹記著用自己的詞彙來表
達

　「中には言葉の表現力が非常に高い人もいることを知った」（我發現其中有些人的言語表達能力卻非常地好）的「中」前面省略了「その」，可見「中」指的是前面提到的某個族群。

　再往前看第一句「わたしはずっと、スポーツ選手はしゃべるのが苦手な人が多いと思っていた」（我一直覺得有很多運動選手都不擅言詞），可知這個「中」指的就是「スポーツ選手」。

　選項3是陷阱。「しゃべるのが苦手な人」雖然也是人物，可是這句說的是"其中有些人的言語表達能力卻非常地好"，既然都說這群人不擅言詞了，又怎麼會說其中有人表達能力很好呢？看穿這點矛盾，就能知道正確答案不是3。

　文中提到「言葉のプロである糸井さんに全く負けていなかった」（完全不輸給文字專家糸井先生），既然糸井是「プロ」（專家），所以鈴木一朗的能力也不錯，正確答案是1。

　選項4錯誤，雖然鈴木一朗的表達能力令人驚艷，但是並沒有比專家還出色。

　選項3錯誤，文章中並沒有提到「よく聞かないと何を言っているのか分かりにくい」（不認真聽會不知道他在講什麼）。

　選項2是陷阱。文章中提到「わたしは思わず夢中になって聞き入ってしまった」（我不禁聽得入迷），主詞是「わたし」，不是「イチロー選手」，所以聽話聽得入迷的是作者，不是鈴木一朗。

　解題關鍵在「まず何よりも、いつも自分の言葉で話したいという意識を持っていることがいちばん重要なのではないか」（不過首先比起其他事物，最重要的應該是要先隨時提醒自己用自己的語彙說話吧），也就是選項4的「自分の言葉で伝えたいという気持ちを常に持っていること」（隨時謹記著用自己的詞彙來表達）。

　「いつも」≒「常に」，「話したい」≒「伝えたい」，「意識」≒「気持ち」。像這樣語詞的相互對應、換句話說是閱讀解題的重要手法，平時在背單字時不妨找出同義語、類義語、反義語一起記憶，可以迅速擴充字量。

　※「≒」是近似於之意

重要文法

【名詞】＋による。表示造成某種事態的原因。「～による」前接所引起的原因。

❶ による　　因…造成的…、由…引起的…

例句 不注意による大事故が起こった。

因為不小心，而引起重大事故。

【動詞辭書形】＋一方だ。表示某狀況一直朝著一個方向不斷發展，沒有停止。多用於消極的、不利的傾向，意思近於「～ばかりだ」。

❷ いっぽうだ

一直…、不斷地…、越來越…

例句 岩崎の予想以上の活躍ぶりに、周囲の期待も高まる一方だ。

岩崎出色的表現超乎預期，使得周圍人們對他的期望也愈來愈高。

【名詞】＋からいうと。表示判斷的依據及角度，指站在某一立場上來進行判斷。相當於「～から考えると」。

❸ からいうと

從…來說、從…來看、就…而言

例句 専門家の立場からいうと、この家の構造はよくない。

從專家的角度來看，這個房子的結構不好。

【名詞】＋に反して。接「期待（期待）」、「予想（預測）」等詞後面，表示後項的結果，跟前項所預料的相反，形成對比的關係。相當於「～とは反対に」、「～に背いて」。

❹ にはんして　　與…相反…

例句 期待に反して、収穫量は少なかった。

與預期的相反，收穫量少很多。

❺ うちに　在…之內、…趁…

例句　昼間は暑いから、朝のうちに散歩に行った。

白天很熱，所以趁早去散步。

【名詞の；形容動詞詞幹な；[形容詞・動詞]辭書形】＋うちに。表示在前面的環境、狀態持續的期間，做後面的動作，相當於「〜（している）間に」。

❻ にもとづいて　根據…、按照…、基於…

例句　違反者は法律に基づいて処罰されます。

違者依法究辦。

【名詞】＋に基づいて。表示以某事物為根據或基礎。相當於「〜をもとにして」。

❼ をとおして

透過…、通過…；在整個期間…、在整個範圍…

例句　マネージャーを通して、取材を申し込んだ。

透過經紀人申請了採訪。

【名詞】＋を通して。表示利用某種媒介（如人物、交易、物品等），來達到某目的（如物品、利益、事項等）。相當於「〜によって」。

❽ として

以…身份、作為…；如果是…的話、對…來説

例句　専門家として、一言意見を述べたいと思います。

我想以專家的身份，説一下我的意見。

【名詞】＋として。「として」接在名詞後面，表示身份、地位、資格、立場、種類、名目、作用等。有格助詞作用。

❾ ～べきだ　必須…、應當…

【動詞辭書形】＋べきだ。表示那樣做是應該的、正確的。常用在勸告、禁止及命令的場合。是一種比較客觀或原則的判斷，書面跟口語雙方都可以用，相當於「～するのが当然だ」。「べき」前面接サ行變格動詞時，「する」以外也常會使用「す」。「す」為文言的サ行變格動詞終止形。

例句　人間はみな平等であるべきだ。

人人應該平等。

❿ ～ように

如同…

【名詞の；動詞辭書形；動詞否定形】＋ように。表示以具體的人事物為例，來陳述某件事物的性質或內容等。

例句　私が発音するように、後について言ってください。

請模仿我的發音，跟著複誦一次。

✅ 小知識大補帖

▶ **關於溝通**

　　語言最根本的目的是「コミュニケーション」（溝通）。除了語言，人們也會透過動作來溝通，也就是「ボディーランゲージ」（肢體語言）。例如「挨拶」（問候），在日本，最具代表性的問候方式是「辞儀」（鞠躬），而西方社會則是「握手」（握手）。泰國是「両手を合わせる」（雙手合掌）放在胸前。而最特別的是玻里尼西亞人的傳統問候方式，他們會「お互いに鼻と鼻を触れ合わせる」（互相摩蹭彼此的鼻子）。

　　隨著語言的成熟，各國也逐漸發展出相應的問候句，隨著雙方見面的時間與場合的不同，問候的方式也經常不一樣。據説，日本人早上互道的「おはよう」（早）或「おはようございます」（早安），是從「お早くからご苦労様です」（一

早就辛苦您了）簡化而來的。而白天時段的「こんにちは」（您好）是「今日は<ruby>きょう<rp>(</rp><rt>きょう</rt><rp>)</rp></ruby>ご機嫌<ruby>きげん<rp>(</rp><rt>きげん</rt><rp>)</rp></ruby>いかがですか」（您今天感覺如何呢）的簡略說法。至於從黃昏到晚上的「こんばんは」（晚上好），則是將「今晚は良い晚ですね」（今晚是個美好的夜晚呢）縮短成簡短的問候語。

チャレンジ編　STEP 2　練習 ②

つぎの（1）と（2）の文章を読んで、質問に答えなさい。答えは、1・2・3・4から最もよいものを一つえらびなさい。

(1)

　日本料理は、お米を中心にして、野菜や魚、海草などさまざまな食材を用いる健康によい料理です。季節と関係が深いことも特徴の一つです。日本は季節の変化がはっきりしていますので、それぞれの季節で取れる食材も変わってきます。「旬」という言葉を聞いたことがありますか。「旬」とは、ある食材がもっとも多く取れ、もっともおいしく食べられる時期のことです。日本料理は、この「旬」を大切にしています。お店のメニューにも、「今が旬」や「旬の食材」と書いてあるのをよく見かけます。また、日本料理は味だけでなく、見た目（注1）の美しさも大切にしています。日本料理のお店で食事をする機会があったら、食べ始める前に、盛り付け（注2）にもちょっと気をつけてみてください。料理をきれいに見せるお皿の選び方や、料理ののせ方からも、料理人が料理に込めた心を感じられることでしょう。

（注1）見た目：外から見た様子
（注2）盛り付け：料理をお皿やお碗にのせること、またそののせ方

28 日本料理には、どんな特徴があると言っているか。

1　お米をたくさん食べるが、野菜、魚、海草などはあまり用いない。

2　季節に関係なく一年中同じ食材を使った料理が多い。

3　日本にしかない食材を使った料理が多い。

4　季節ごとの食材に合わせた料理が多い。

29 「旬」の説明として、正しいものはどれか。

1　その季節だけにとれる材料を使って、料理する方法のこと

2　季節と関係が深い材料を使った料理のこと

3　ある食材が、一年で一番おいしく食べられる期間のこと

4　お店で一番おすすめのメニューのこと

30 日本料理を作る料理人は、どのようなことに特に心を込めているといっているか。

1　味だけでなく、料理をきれいに見せること

2　野菜、魚、海草などをたくさん使った料理の方法を発達させること

3　世界中の人々に日本料理の美しさを知ってもらうようにすること

4　料理をきれいに見せるためのお皿を作ること

(2)

　マイホーム（注1）の購入は、多くの人にとって一生のうちでいちばん大きな買い物です。マイホームを購入することにどんな良い点と悪い点があるかについて、考えてみましょう。

　まず一番の良い点は、一生暮らせる自分の住まいを手に入れられる（注2）ことです。それに、一部を新しく作り変えたり、壁に釘を打ったりするのも自由ですし、財産としても高い価値があります。

　次に悪い点についても見てみましょう。まず言えることは、簡単に住む場所を変えられなくなることです。転勤することになって、新しい仕事場の近くに移りたいと思っても、簡単に引っ越すことはできません。また、多くの人は家を購入するためのお金が足りず、住宅ローン（注3）という長期間の借金を抱えることになります。マイホーム購入の際には、あせらず、家族でよく話し合ってから決めましょう。

（注1）マイホーム：自分の家
（注2）手に入れる：自分の物にする
（注3）住宅ローン：住宅を買うために、銀行などからお金を借りること。またその借りたお金のこと

31 マイホームを購入することの良い点はどんなところだと言っているか。

1 住宅ローンを利用する必要がなくなること

2 買ったときより高い値段で他の人に売れること

3 簡単に引っ越しができること

4 一生住める自分のうちを持てること

32 マイホームを購入することの悪い点はどんなところだと言っているか。

1 大きな買い物をする楽しみがなくなってしまうこと

2 簡単に引っ越しができなくなること

3 転勤することができなくなること

4 家族で話し合って決めなければならないこと

33 マイホームを購入する際には、どうするべきだと言っているか。

1 転勤するたびに、新しいマイホームを購入するべきだ。

2 良い家を見つけたら、できるだけ急いで買うべきだ。

3 良い点と悪い点についてよく考え、家族で話し合って決めるべきだ。

4 住宅ローンは利用するべきではない。

つぎの(1)と(2)の文章を読んで、質問に答えなさい。答えは、1・2・3・4から最も
よいものを一つえらびなさい。

(1)

日本料理は、お米を中心にして、野菜や魚、海草などさまざまな食材を用いる健康によい料理です。季節と関係が深いことも特徴の一つです。日本は季節の変化がはっきりしていますので、**それぞれの季節で取れる食材も変わってきます。**「旬」という言葉を聞いたことがありますか。**「旬」とは、ある食材がもっとも多く取れ、もっともおいしく食べられる時期のことです。**日本料理は、この「旬」を大切にしています。お店のメニューにも、「今が旬」や「旬の食材」と書いてあるのをよく見かけます。また、**日本料理は味だけでなく、見た目（注1）の美しさも大切にしています。**日本料理のお店で食事をする機会があったら、食べ始める前に、盛り付け（注2）にもちょっと気をつけてみてください。**料理をきれいに見せるお皿の選び方や、料理ののせ方からも、料理人が料理に込めた心を感じられることでしょう。**

> 28題 關鍵句
> 29題 關鍵句 └文法詳見 P112
> 30題 關鍵句
> 30題 關鍵句

（注1）見た目：外から見た様子
（注2）盛り付け：料理をお皿やお碗にのせること、またそののせ方

□ 海草 海草；海菜
□ 用いる 使用；採納
□ 特徴 特色，特徴
□ 変化 變化
□ はっきり 清楚地
□ それぞれ 各自，分別
□ 食材 食材
□ 味 味道
□ 美しさ 美麗
□ 機会 機會
□ お皿 盤子
□ 込める 包含在內；貫注
□ お碗 碗，木碗
□ のせる 放到…上
□ 材料 食材；材料
□ 発達 發達；擴展

請閱讀下列(1)和(2)的文章並回答問題。請從選項1‧2‧3‧4當中選出一個最恰當的答案。

(1)

　　日本料理以米飯為主食，採用蔬菜、魚或海草等各式各樣的食材，是有益健康的料理。和季節有著密不可分的關係是它的特色之一。日本的四季變化鮮明，不同的季節所取得的食材也都有所不同。請問您有聽過「當季」這個詞嗎？所謂的「當季」，就是指某樣食材盛產，也是最好吃的時節。日本料理相當重視這個「當季」。我們也常常可以看到餐廳菜單上寫著「現在是當季」、「當季食材」等字眼。此外，日本料理不光是注重味道，連外觀（注1）的美感也相當講究。如果有機會在日本料理店用餐，不妨在開動以前先看看擺盤（注2）。從美化料理的器皿選用到菜肴的擺盤，也都能感受到師傅對於料理的用心吧！

（注1）外觀：從外表看起來的樣子
（注2）擺盤：把料理放上碗盤，或是其置放方式

Answer 4

28 日本料理には、どんな特徴があると言っているか。

1 お米をたくさん食べるが、野菜、魚、海草などはあまり用いない。

2 季節に関係なく一年中同じ食材を使った料理が多い。

3 日本にしかない食材を使った料理が多い。

4 季節ごとの食材に合わせた料理が多い。

28 文章提到日本料理有什麼特色呢？

1 吃很多米飯，但是很少使用到蔬菜、魚、海草等。

2 和季節沒什麼關聯，一年到頭常常使用同樣的食材。

3 經常使用日本才有的食材。

4 料理經常會搭配各個季節的食材。

Answer 3

29 「旬」の説明として、正しいものはどれか。 └文法詳見 P112

1 その季節だけにとれる材料を使って、料理する方法のこと

2 季節と関係が深い材料を使った料理のこと

3 ある食材が、一年で一番おいしく食べられる期間のこと

4 お店で一番おすすめのメニューのこと

29 關於「當季」的説明，正確敘述為何？

1 使用只在該季節才能取得的食材製作料理的方式

2 使用和季節有著深厚關係的食材所製作的料理

3 某樣食材一年當中最好吃的時期

4 餐廳最推薦的菜色

Answer 1

30 日本料理を作る料理人は、どのようなことに特に心を込めているといっているか。

1 味だけでなく、料理をきれいに見せること

2 野菜、魚、海草などをたくさん使った料理の方法を発達させること

3 世界中の人々に日本料理の美しさを知ってもらうようにすること

4 料理をきれいに見せるためのお皿を作ること

30 製作日本料理的師傅，在什麼地方特別用心呢？

1 不僅是味道，還要讓料理看起來很美麗

2 讓大量使用蔬菜、魚、海草的料理方法更為進步

3 讓世界各地的人知道日本料理之美

4 製作盤子讓料理看起來更漂亮

只有選項4符合文章敘述，對應「それぞれの季節で取れる食材も変わってきます」（不同的季節所取得的食材也都有所不同）。

文章開頭提到「日本料理は、お米を中心にして、野菜や魚、海草などさまざまな食材を用いる…」（日本料理以米飯為主食，採用蔬菜、魚或海草等各式各樣的食材…），所以選項1錯誤。

下一句又提到「季節と関係が深いことも特徴の一つです。…それぞれの季節で取れる食材も変わってきます」（和季節有著密不可分的關係是它的特色之一。…不同的季節所取得的食材也都有所不同），所以選項2也錯誤。選項3的描述沒有出現在文章中。

文中提到「『旬』とは、ある食材がもっとも多く取れ、もっともおいしく食べられる時期のことです」（所謂的「當季」，就是指某樣食材盛產，也是最好吃的時節），由此可知「當季」其實是一個時間概念，不是像選項1説的「料理する方法」（烹飪方法），也不是選項2説的「料理」（料理），更不是選項4説的「メニュー」（菜單）。四個選項當中，只有選項3最接近這個描述。

正確答案是1。文中提到「料理をきれいに見せるお皿の選び方や、料理ののせ方からも、料理人が料理に込めた心を感じられることでしょう」（從美化料理的器皿選用到菜肴的擺盤，也都能感受到師傅對於料理的用心吧）。再加上選項的「味だけでなく」（不僅是味道）對應文章中「日本料理は味だけでなく、見た目の美しさも大切にしています」（不光是注重味道，連外觀的美感也相當講究）。

選項4是「お皿を作る」（製作盤子），但是原文是説「お皿の選び方」（器皿選用），小心別上當了。

問題的關鍵字在「日本料理を作る料理人」（日本料理的師傅）和「心を込めている」（特別用心）。

(2)

　　マイホーム（注1）の購入は、多くの人にとって一生のうちでいちばん大きな買い物です。マイホームを購入することにどんな良い点と悪い点があるかについて、考えてみましょう。

　　まず一番の良い点は、一生暮らせる自分の住まいを手に入れられる（注2）ことです。それに、一部を新しく作り変えたり、壁に釘を打ったりするのも自由ですし、財産としても高い価値があります。

31題 關鍵句

　　次に悪い点についても見てみましょう。まず言えることは、簡単に住む場所を変えられなくなることです。転勤することになって、新しい仕事場の近くに移りたいと思っても、簡単に引っ越すことはできません。また、多くの人は家を購入するためのお金が足りず、住宅ローン（注3）という長期間の借金を抱えることになります。マイホーム購入の際には、あせらず、家族でよく話し合ってから決めましょう。

32題 關鍵句

33題 關鍵句
└文法詳見 P112

□ 購入　購買
□ 一生　一輩子，終生
□ 暮らす　生活
□ 住まい　住宅
□ 釘　釘子
□ 打つ　打，敲
□ 財産　財産
□ 価値　價值
□ 変える　變更
□ 転勤　調職，調動工作
□ 移る　遷移；移動；推移
□ 引っ越す　搬家
□ 足りる　足夠
□ 抱える　負擔；（雙手）抱著
□ あせる　焦急，不耐煩

（注1）マイホーム：自分の家
（注2）手に入れる：自分の物にする
（注3）住宅ローン：住宅を買うために、銀行などからお金を借りること。またその借りたお金のこと

(2)

　購買 My home（注1）對於很多人而言是一生當中最昂貴的花費。我們來想想看買 My home 有哪些好處和壞處吧！

　　首先最大的好處是，擁有（注2）屬於自己可以住上一輩子的房子。不僅如此，將房子一部分翻新，或是在牆壁打釘子也都是個人自由，作為財產也有相當高的價值。

　　接著來看看壞處吧！首先提到的是，居住地點不能說換就換。即使面臨調職，想搬到新的工作地點附近，也不能說搬就搬。還有，很多人不夠錢買房子，就得背負房貸（注3）這個長期的債務。在購買 My home 時，不要焦急，和家人好好地討論再決定吧。

（注1）My home：自己的家
（注2）入手：把某物變成自己的東西
（注3）房貸：為了購買住宅，向銀行等機構借貸。
　　　　　或是指該筆借款

開門見山帶出My home這個話題。

説明My home的優點。

説明My home的缺點，並給予讀者購買時的建議。

Answer **4**

31 マイホームを購入することの良い点はどんなところだと言っているか。

1 住宅ローンを利用する必要がなくなること

2 買ったときより高い値段で他の人に売れること

3 簡単に引っ越しができること

4 一生住める自分のうちを持てること

31 本文提到購買My home有什麼好處呢？

1 不再需要背負房貸

2 可以以高於購買時的價格賣給別人

3 搬家可以説搬就搬

4 可以擁有住上一輩子的自己的家

Answer **2**

32 マイホームを購入することの悪い点はどんなところだと言っているか。

1 大きな買い物をする楽しみがなくなってしまうこと

2 簡単に引っ越しができなくなること

3 転勤することができなくなること

4 家族で話し合って決めなければならないこと

32 本文提到購買My home有什麼壞處呢？

1 無法再享受巨額消費的樂趣

2 搬家變得無法説搬就搬

3 不能調職

4 必須和家人討論過後再決定

Answer **3**

33 マイホームを購入する際には、どうするべきだと言っているか。
└文法詳見 P112

1 転勤するたびに、新しいマイホームを購入するべきだ。
└文法詳見 P113

2 良い家を見つけたら、できるだけ急いで買うべきだ。

3 良い点と悪い点についてよく考え、家族で話し合って決めるべきだ。

4 住宅ローンは利用するべきではない。

33 本文提到購買My home應該要怎麼做呢？

1 每次調職就應該買一棟新家。

2 找到好的房子就要盡快買下。

3 好好地思考好處及壞處，和家人討論過後再決定。

4 不應該申請房貸。

選項1、選項2和選項3都錯誤，文中針對購買My home的好處並沒有提到房貸，也沒有提到轉賣，更沒有提到搬家。再加上選項4的「一生住める」對應文中「一生暮らせる」、「自分のうち」對應「自分の住まい」、「持てる」對應「手に入れられる」，都是換句話說的句子。正確答案是4。

這篇文章整體是在探討 "My home" 的優缺點。對多數日本人來說，My home不僅是一棟屬於自己的房子，更是一個畢生的夢想。由於它具有這層特殊意義，所以在這邊刻意不翻譯成中文的「我的家」或「自己的家」。

這一題問的是購買My home的壞處，答案就在第三段。文中提到「簡単に住む場所を変えられなくなることです」（居住地點不能說換就換）、「多くの人は家を購入するためのお金が足りず、住宅ローンという長期間の借金を抱えることになります」（很多人不夠錢買房子，就得背負房貸），符合這兩項敘述的只有選項2。

表示先後順序的語詞像是「まず」（首先）、「また」（此外），這些接續詞、副詞在文章當中扮演了重要的角色，可以讓文章敘述起來有層次且條理分明，幫助理解。

這一題對應全文最後的建議。解題關鍵在「マイホーム購入の際には、あせらず、家族でよく話し合ってから決めましょう」（在購買My home時，不要焦急，和家人好好地討論再決定吧），最接近這個敘述的是選項3。

當問題出現「どうするべきだ」（應該怎麼做）的時候，不妨可以找找文章中出現「～てください」、「～ましょう」、「～ことだ」…等句型，通常這就是答案所在。

翻譯與解題 ②

📌 **重要文法**

> 【名詞】＋とは。表示主題，前項為接下來話題的主題內容，後面常接疑問、評價、解釋等表現。

❶ とは

所謂的……指的是；叫…的、是…、這個…。

例句 食べ放題とは、食べたいだけ食べてもいいということです。

所謂的吃到飽，意思就是想吃多少就可以吃多少。

> 【名詞】＋として。「として」接在名詞後面，表示身份、地位、資格、立場、種類、名目、作用等。有格助詞作用。

❷ として

以…身份、作為…；如果是…的話、對…來說

例句 責任者として、状況を説明してください。

請以負責人的身份，說明一下狀況。

> 【名詞の；動詞普通形】＋際には。表示動作、行為進行的時候。相當於「～ときに」。

❸ さいには

…的時候、在…時、當…之際

例句 パスポートを申請する際には写真が必要です。

申請護照時需要照片。

> 【動詞辭書形】＋べきだ。表示那樣做是應該的、正確的。常用在勸告、禁止及命令的場合。是比較客觀或原則的判斷，書面跟口語都可以用，相當於「～するのが当然だ」。「べき」前面接サ行變格動詞時，「する」也常會使用「す」。「す」為文言的サ行變格動詞終止形。

❹ べきだ　必須…、應當…

例句 自分の不始末は自分で解決すべきだ。

自己闖的禍應該要自己收拾。

---

❺ たび（に）　每次…、每當…就…

例句 あいつは、会うたびに皮肉を言う。

每次跟那傢伙碰面，他就冷嘲熱諷的。

【名詞の；動詞辭書形】＋たび（に）。表示前項的動作、行為都伴隨後項，相當於「～するときはいつも～」。或表示每當進行前項動作，後項事態也朝某個方向逐漸變化。

⚡ **小知識大補帖**

▶ **日本料理的要角－－壽司**

　　說到以「米」（米飯）為主食的「日本料理」（日本料理），就不得不說說「すし」（壽司）了。日本人喜歡吃壽司，從「チェーン店」（連鎖店）的「回転寿司屋」（迴轉壽司店）到銀座的高級餐廳，「値段」（價格）有高有低，「作り方」（製作方法）與美味程度也有差異。有些店是現切「刺身」（生魚片）捏製，有些則只是把在工廠裡切好的冷凍生魚片擺到用機器捏好的飯糰上而已。

　　若要分辨一家壽司店是否高級，可以看「イカ」（墨魚）的「表面」（表面）有沒有細細的割痕。因為「生のイカ」（生墨魚）的表面可能沾附著「寄生虫」（寄生蟲），只要經過「冷凍する」（冷凍）就能殺死寄生蟲。但是如果生食，就必須用刀子在表面劃出細痕，這樣不但「食べやすい」（方便嚼食），同時也能達到殺死那些寄生蟲的功效，這是「料理人」（廚師）的基本「常識」（常識）。所以如果一家店的墨魚表面沒有割痕，就表示這是沒有這種常識的廚師做的，或者這家店用的是冷凍墨魚。

つぎの（1）と（2）の文章を読んで、質問に答えなさい。答えは、1・2・3・4から最もよいものを一つえらびなさい。

（1）

　昨日、電車の中でちょっと①うれしい光景に出会った。車内は混んでいたが満員というほどでもなく、私は入り口の近くに立っていた。私の前の優先席には、派手な服装をした若い男が座っていた。私はまだ若いつもりだから、席を譲ってほしいとは思わないが、もし、そばにお年寄りや体の不自由な方が立っていたら、その若者に一言注意してやろうと思い、まわりを見まわしてみた。しかし、そばには席が必要そうな人は見当たらなかった（注）。次の駅で、一人のおじいさんが乗ってきて、私のとなりに立った。私が若者に向かって②口を開こうとしたその時、若者は自分から立ち上がり、おじいさんに「どうぞ」と言って席を譲った。③私は自分を恥ずかしく思った。だが、それと同時に、とてもさわやかな気持ちにもなった。よく最近の若者は礼儀を知らないという人がいるが、必ずしもそうではないのだ。

（注）見当たる：探していた物が見つかる

28 ①うれしい光景とあるが、どういうことか。

1 車内が混んでいたが、満員ではなかったこと

2 派手な服装をした若い男を見たこと

3 自分のそばに席が必要な人がいなかったこと

4 若者が自分から席を譲ったこと

29 ②口を開こうとしたとあるが、何をしようとしたのか。

1 あくびをする。

2 おじいさんに席を譲るように若者に言う。

3 自分に席を譲るように若者に言う。

4 電車が発車したことを若者に教える。

30 ③私は自分を恥ずかしく思ったとあるが、どうしてか。

1 服装だけで人を判断してしまったから

2 自分が注意する前に若者が立ち上がってしまったから

3 自分の服装が若者のように派手でなかったから

4 自分がおじいさんに席を譲ってあげなかったから

(2)

　以前、『分数ができない大学生』という本が話題になった
ことがあるが、本屋ではじめてこの本を見たとき、わたしは
自分の目を疑った（注）。大学生にもなって、分数のような簡
単な計算ができないなんて、とても信じられなかったのだ。
しかし、①これは本当のことらしかった。この本の出版は、
人々に大きな驚きを与えた。そして、このころから、「日本
の学生の学力低下」が心配されるようになった。

　私は、そのいちばんの原因としては、やはり国の教育政策
の失敗を挙げなければならないと思う。子どもの負担を軽く
しようと、授業時間を短くしたために、学校で教えられる量
まで減ってしまったのだ。私が子どものころと比べると、今
の教科書はだいぶ薄くなっている。特に、国語や算数などの
基礎的な科目の教科書はとても薄い。

　こう考えると、②「分数ができない大学生」たちが増えた
のは当然だといえる。学生だけの責任ではない。

（注）目を疑う：実際に見た事実を信じられない

31　①これはなにを指すか。

1　『分数ができない大学生』という本が出版されたこと

2　『分数ができない大学生』という本がとても話題になっ

たこと

3　分数の計算ができない大学生が存在すること

4　分数の計算ができない大学生が本を書いたこと

32　②「分数ができない大学生」たちが増えたのは当然だと

いえるとあるが、それはどうしてだと言っているか。

1　『分数ができない大学生』という本がとても売れたから

2　授業時間が短くなって、学校で教える量も減ったから

3　『分数ができない大学生』という本の内容をみんなが疑っ

たから

4　勉強が嫌いな学生が増えたから

33　この文章で「私」が最も言いたいことは何か

1　『分数ができない大学生』という本の内容はとてもすば

らしい。

2　日本の学生の学力が下がったのは、『分数ができない大

学生』という本に原因がある。

3　日本の学生の学力が下がったのは国の政策にも原因があ

る。

4　「分数ができない大学生」は、実際にはそれほど多くない。

つぎの(1)と(2)の文章を読んで、質問に答えなさい。答えは、1・2・3・4から最も
よいものを一つえらびなさい。

(1)

□ 光景 情景，畫面
□ 混む 擁擠，混雜
□ 満員 （船、車、會場等）滿座
□ ほど 表程度
□ 優先席 博愛座
□ 派手 華麗；鮮豔
□ 服装 服裝，服飾
□ 譲る 讓（出）
□ 不自由な方 行動不便者
□ 一言 幾句話；一句話
□ 見まわす 張望，環視
□ 立ち上がる 起身，起立
□ 恥ずかしい 羞恥，慚愧
□ さわやか （心情）爽快，爽朗
□ 必ずしも 不一定，未必（後接否定）
□ あくび 哈欠
□ 発車 發動，發車

昨日、電車の中でちょっと①うれしい光景に出会った。車内は混んでいたが満員というほどでもなく、私は入り口の近くに立っていた。**私の前の優先席には、派手な服装をした若い男が座っていた。**私 〔28題關鍵句〕
はまだ若いつもりだから、席を譲ってほしいとは思わないが、**もし、そばにお年寄りや体の不自由な方が立っていたら、その若者に一言注意してやろうと思い、**まわりを見まわしてみた。しかし、そばには 〔29題關鍵句〕
席が必要そうな人は見当たらなかった（注）。次の駅で、一人のおじいさんが乗ってきて、私のとなりに立った。**私が若者に向かって②口を開こうとしたその時、若者は自分から立ち上がり、おじいさんに** 〔30題關鍵句〕
「どうぞ」と言って席を譲った。③私は自分を恥ずかしく思った。だが、それと同時に、とてもさわやかな気持ちにもなった。よく最近の若者は礼儀を知らないという人がいるが、必ずしもそうではないのだ。

（注）見当たる：探していた物が見つかる

請閱讀下列(1)和(2)的文章並回答問題。請從選項１・２・３・４當中選出一個最恰當的答案。

(1)

　　昨天在電車中我遇見了一個有些①令人高興的畫面。車廂裡面雖然人擠人，但還不到客滿的程度。我站在靠近出口的地方。我前方的博愛座上坐了一個穿著搶眼的年輕男子。我覺得我還年輕，不需要他讓位給我。可是我心想，如果旁邊有老年人或是殘障人士站著的話，我一定要説他個幾句，所以我就張望一下四周。不過，四周並沒有看到看起來需要座位的人（注）。在下一站時，一位老爺爺上了車，站在我旁邊。我②正準備要開口向年輕人説話時，他就自己站起來，説句「請坐」並讓位。③我自己覺得羞愧。同時地，卻也有種舒爽的感覺。有很多人都説最近的年輕人沒有禮貌，可是也不全然是這麼一回事。

（注）看到：發現正在尋找的東西

Answer **4**

28 ①うれしい光景とあるが、どういうことか。

1 車内が混んでいたが、満員ではなかったこと

2 派手な服装をした若い男を見たこと

3 自分のそばに席が必要な人がいなかったこと

4 若者が自分から席を譲ったこと

28 文中提到①令人高興的畫面，這是指什麼呢？

1 車內雖然人擠人，但是沒有客滿

2 看到一個穿著搶眼的年輕男子

3 自己身邊沒有需要座位的人

4 年輕人自動讓座

Answer **2**

29 ②口を開こうとしたとあるが、何をしようとしたのか。

1 あくびをする。

2 おじいさんに席を譲るように若者に言う。

3 自分に席を譲るように若者に言う。

4 電車が発車したことを若者に教える。

29 文中提到②正準備要開口，他是要做什麼呢？

1 打呵欠。

2 叫年輕人讓座給老爺爺。

3 叫年輕人讓座給自己。

4 告訴年輕人電車開了。

Answer **1**

30 ③私は自分を恥ずかしく思ったとあるが、どうしてか。

1 服装だけで人を判断してしまったから

2 自分が注意する前に若者が立ち上がってしまったから

3 自分の服装が若者のように派手でなかったから

4 自分がおじいさんに席を譲ってあげなかったから

30 文中提到③我自己覺得很羞愧，這是為什麼呢？

1 因為只憑服裝就判斷一個人

2 因為在自己提醒之前年輕人就自己站了起來

3 因為自己的服裝不如年輕人那樣搶眼

4 因為自己沒讓座給老爺爺

解題關鍵在「だが、それと同時に、とてもさわやかな気持ちにもなった」（同時地，卻也有種舒爽的感覺），原因就在「若者は自分から立ち上がり、おじいさんに『どうぞ』と言って席を譲った」（他就自己站起來，說句「請坐」並讓位），也就是說，看到年輕人讓座，讓作者的心情很不錯。

這一題考的是劃線部分，通常劃線部分的解題關鍵就在上下文，所以要從上下文當中找出讓作者覺得很高興的事情。特別是這一句是位在文章開頭，暗示接下來文章要針對這句話進行解釋，所以要從下文來找答案。

解題關鍵在「私はまだ若いつもりだから、席を譲ってほしいとは思わないが、もし、そばにお年寄りや体の不自由な方が立っていたら、その若者に一言注意してやろうと思い」（我覺得我還年輕，不需要他讓位給我。可是我心想，如果旁邊有老年人或是殘障人士站著的話，我一定要說他個幾句），作者開口就是準備要講這件事情，正確答案是 2。

「口を開く」意思是開口說話，所以選項 1 錯誤。

選項 4 的「発車」在文中也沒提到。

「おじいさん」對應「お年寄り」。

解題關鍵在「私が若者に向かって口を開こうとしたその時、若者は自分から立ち上がり、おじいさんに『どうぞ』と言って席を譲った」（我正準備要開口向年輕人說話時，他就自己站起來，說句「請坐」並讓位）。所以作者才會感到羞愧。四個選項當中，選項 1 最符合這個情境。因為文章前面提到「派手な服装をした若い男」（穿著搶眼的年輕男子），原本心裡就想說這個年輕人不會讓座，可見作者只憑外表就斷定一個人。

選項 2 是陷阱。「自分が注意する前に若者が立ち上がってしまったから」（因為在自己提醒之前年輕人就自己站了起來）指的其實是在開口前年輕人就自己站了起來，讓作者錯失說教的機會，覺得很糗。但其實說教並不是作者的本意，所以選項 2 錯誤。

(2)

以前、『分数ができない大学生』という本が話題になったことがあるが、本屋ではじめてこの本を見たとき、わたしは自分の目を疑った（注）。**大学生にもなって、分数のような簡単な計算ができないなんて**、とても信じられなかったのだ。しかし、①これは本当のことらしかった。この本の出版は、人々に大きな驚きを与えた。そして、このころから、「日本の学生の学力低下」が心配されるようになった。

私は、そのいちばんの原因としては、**やはり国の教育政策の失敗を挙げなければならないと思う。子どもの負担を軽くしようと、授業時間を短くしたために、学校で教えられる量まで減ってしまったのだ。** 私が子どものころと比べると、今の教科書はだいぶ薄くなっている。特に、国語や算数などの基礎的な科目の教科書はとても薄い。

こう考えると、②「分数ができない大学生」たちが増えたのは当然だといえる。学生だけの責任ではない。

31題
關鍵句
└文法詳見 P126

33題
關鍵句
└文法詳見 P126

32題
關鍵句

（注）目を疑う：実際に見た事実を信じられない

□ 分数 （數學結構的）分數
□ 話題になる 引起話題
□ 出版 出版，發行
□ 驚き 震驚，吃驚
□ 与える 給予；使蒙受
□ 学力 學習力
□ 低下 低落，下降
□ やはり 果然；依然
□ 政策 政策
□ 挙げる 舉出，列舉
□ 負担 負擔，承擔
□ だいぶ 頗，很，相當
□ 基礎的 基礎的，根基的
□ 科目 科目
□ 存在 存在
□ それほど （表程度）那麼，那樣

(2)

　　以前曾經有本名叫『不會分數的大學生』的書造成話題，我第一次在書店看到這本書時，一度懷疑自己的眼睛（注）。都已經是大學生了，居然不會算分數這麼簡單的東西，真是讓人難以置信。不過，①這件事似乎是真有其事。這本書的出版帶給眾人很大的震撼。從此之後，大家也就開始擔心起「日本學生學力下降」。

　　我認為最大的原因應該在於國家教育政策的失敗。為了減輕孩子們的負擔、減少上課時間，連學校教授的事物都跟著減量。比起我小時候，現在的教科書都變薄許多。特別是國語、數學等基礎科目的教科書薄到不行。

　　一這麼想，②「不會分數的大學生」們增加也是理所當然的。這不僅僅是學生的責任。

（注）懷疑自己的眼睛；不相信實際上看到的事實

> 『不會分數的大學生』這本書點出了日本學生學力下降的事實。

> 作者認為造成這個現象的原因在於國家的教育政策失敗。

> 作者認為不會分數的大學生人數增加，不完全是學生的問題。

Answer **3**

31 ①これはなにを指すか。

1 『分数ができない大学生』という本が出版されたこと

2 『分数ができない大学生』という本がとても話題になったこと

3 分数の計算ができない大学生が存在すること

4 分数の計算ができない大学生が本を書いたこと

31 文中提到①這件事，是指什麼呢？

1 『不會分數的大學生』這本書出版問世

2 『不會分數的大學生』這本書造成話題

3 不會分數的大學生實際上真的存在

4 不會分數的大學生寫書

Answer **2**

32 ②「分数ができない大学生」たちが増えたのは当然だといえるとあるが、それはどうしてだと言っているか。

1 『分数ができない大学生』という本がとても売れたから

2 授業時間が短くなって、学校で教える量も減ったから

3 『分数ができない大学生』という本の内容をみんなが疑ったから

4 勉強が嫌いな学生が増えたから

32 文中提到②「不會分數的大學生」們之所以增加也是理所當然的，作者為什麼這樣説呢？

1 因為『不會分數的大學生』這本書十分熱賣

2 因為上課時間縮短，學校教授的事物也減量

3 因為大家都懷疑『不會分數的大學生』這本書的內容

4 因為討厭讀書的學生增加了

Answer **3**

33 この文章で「私」が最も言いたいことは何か

1 『分数ができない大学生』という本の内容はとてもすばらしい。

2 日本の学生の学力が下がったのは、『分数ができない大学生』という本に原因がある。

3 日本の学生の学力が下がったのは国の政策にも原因がある。

4 「分数ができない大学生」は、実際にはそれほど多くない。

33 在這篇文章中「我」最想説的是什麼？

1 『不會分數的大學生』這本書內容非常精彩。

2 日本學生學力之所以下降，是因為『不會分數的大學生』這本書。

3 日本學生學力之所以下降也是因為國家政策。

4 「不會分數的大學生」其實沒有那麼多。

解題關鍵在「大学生にもなって、分数のような簡単な計算ができないなんて、とても信じられなかったのだ」（都已經是大學生了，居然不會算分數這麼簡單的東西，真是讓人難以置信），下一句即是劃線部分「これは本当のことらしかった」（這件事似乎是真有其事）。所以「これ」的內容就是「大学生にもなって、分数のような簡単な計算ができない」這件事情，選項3是正確答案。

通常文章中出現「こ」開頭的指示詞，指的一定是不久前提到的人事物，是上一個提到的主題概念，或是上一句。

這一題問的是劃線部分的原因，可以回劃線部分的上一段找答案。解題關鍵在「私は、そのいちばんの原因としては、やはり国の教育政策の失敗を挙げなければならないと思う。子どもの負担を軽くしようと、授業時間を短くしたために、学校で教えられる量まで減ってしまったのだ」（我認為最大的原因應該在於國家教育政策的失敗。為了減輕孩子們的負擔、減少上課時間，連學校教授的事物都跟著減量）。「日本の学生の学力低下」和「『分数ができない大学生』たちが増えた」意思相近，所以這個解釋就是答案。

選項1錯誤。作者有提到『分數ができない大学生』這本書，但沒有對這本書做任何評價。

選項2也錯誤，從「…原因としては、やはり国の教育政策の失敗…」（…原因應該在於國家教育政策的失敗…）可知，作者認為日本學生學力下降的問題出在國家政策，而不是這本書。

文章裡並沒有提到「不會分數的大學生」的實際人數多寡，選項4錯誤。

這一題問的是作者最主要的意見。像這樣半開放式作答的題目就可以用刪去法來作答，比較節省時間。

選項3用「も」表示原因不僅如此，也可以呼應最後一句「学生だけの責任ではない」（這不僅僅是學生的責任），暗示學生們也要負點責任，選項3正確。

IIII

翻譯與解題 ③

重要文法

【［名詞・形容詞・形容動詞・動詞］普通形】＋なんて。表示對所提到的事物，帶有輕視的態度。

❶ なんて …之類的、…什麼的。

例句 いい年して、嫌いだからって無視するなんて、子どもみたいですね。

都已經是這麼大歲數的人了，只因為不喜歡就當做視而不見，實在太孩子氣了耶！

【名詞】＋として。「として」接在名詞後面，表示身份、地位、資格、立場、種類、名目、作用等。有格助詞作用。

❷ として

以…身份、作為…；如果是…的話、對…來說

例句 本の著者として、内容について話してください。

請以本書作者的身份，談一下本書的內容。

小知識大補帖

▶ 電車趣事

說到「電車」（電車），應該很多人都有把東西忘在車上的經驗吧？根據 JR 東日本統計，最常見的「忘れ物」（遺失物）是「マフラー」（圍巾）、「帽子」（帽子）、「手袋」（手套）等衣物，接著是「傘」（傘）。每年大約有多達三十萬支傘被忘在車上。儘管下雨天時候車廂內的「アナウンス」（廣播）總是一再播放「傘をお忘れになりませんように」（請記得帶走您的傘），只可惜「効果が薄い」（效果有限）。

順帶一提，由於日本人有進入房屋時脫下鞋子的「習慣」（習慣），因此在電車剛開始營運的明治時代，很多人會在「列車に乗る」（搭乘電車）前「靴を脱ぐ」（脫下鞋子），結果到站下車後，才發現沒有鞋子可穿。

▶「～なんて」、「～なんか」補充說明

「～なんて」是由「～など」＋「と」變化而來的，「～など」用於加強否定的語氣，也表示不值得一提、無聊、不屑等輕視的心情。

例：「私の気持ちが、君などに分かるものか。」（我的感受你怎麼會了解！）

另一個和「～なんて」相似的用法是「～なんか」。「～なんか」是由「なに」＋「か」變化而來，和「～なんて」一樣有輕視之意。

例：「あいつが言うことなんか、信じるもんか。」

（我才不相信那傢伙說的話呢！）

「～なんか」可用於舉例，從各種事物中例舉其一，是比「など」還隨便的說法。

例：「庭に、芝生なんかあるといいですね。」

（如果庭院有個草坪之類的東西就好了。）

另外，如果用「なんか～ない」的形式，則表示「連…都不…」之意。

例：「ラテン語なんか、興味ない。」（拉丁語那種的我沒興趣。）

「なんか」也可以表示"不知為何但有這種感覺"的心情，可譯作"總覺得"。

例：「なんか悲しい。」（總覺得好悲傷。）

つぎの (1) と (2) の文章を読んで、質問に答えなさい。答えは、1・2・3・4から最もよいものを一つえらびなさい。

(1)

　「楽は苦の種、苦は楽の種」という言葉があります。「今、楽をすれば後で苦労することになり、今、苦労をしておけば後で楽ができる」という意味です。

　子どものころの夏休みの宿題を思い出してみてください。休みが終わるころになってから、あわててやっていた人が多いのではないでしょうか。先に宿題を終わらせてしまえば、後は遊んで過ごせることは分かっているのに、夏休みになったとたんに遊びに夢中になってしまった経験を、多くの人が持っていると思います。

　人は誰でも、嫌なことは後回し（注）にしたくなるものです。しかし、たとえ①そのときは楽ができたとしても、それで嫌なことを②やらなくてもよくなったわけではありません。

　苦しいことは、誰だっていやなものです。しかし、今の苦労はきっとよい経験となり、将来幸せを運んでくれると信じて乗り越えてください。

（注）後回し：順番を変えてあとにすること

28 ①そのときとあるが、ここではどんなときのことを言っているか。

1 子どものとき

2 夏休み

3 自分の好きなことをしているとき

4 宿題をしているとき

29 ②やらなくてもよくなったわけではありませんとあるが、どういうことか。

1 やってもやらなくてもよい。

2 やりたくなったら、やればよい。

3 やらなくてもかまわない。

4 いつかは、やらないわけにはいかない。

30 「楽は苦の種、苦は楽の種」の例として、正しいのはどれか。

1 家が貧しかったので、学生時代は夜、工場で働きながら学んだが、今ではその経験をもとに、大企業の経営者になった。

2 ストレスがたまったので、お酒をたくさん飲んだら楽しい気分になった。

3 悲しいことがあったので下を向いて歩いていたら、お金が落ちているのに気がついた。

4 家が金持ちなので、一度も働いたことがないのに、いつもぜいたくな生活をしている。

31 この文章で一番言いたいことは何か。

1 楽しみと苦しみは同じ量あるので、どちらを先にしても変わらない。

2 今の苦労は将来の役に立つのだから、嫌なことでも我慢してやる方がよい。

3 夏休みの宿題は、先にする方がよい。

4 楽しみや苦しみは、その人の感じ方の問題である。

(2)

　「ばか（注）とはさみは使いよう」という言葉があります。「使いよう」は、「使い方」のことです。これは、「古くて切れにくくなったはさみでも、うまく使えば切れないことはない。それと同様に、たとえ頭の良くない人でも、使い方によっては役に立つ」という意味です。

　どんな人にも、できることとできないこと、得意なことと苦手なことがあります。人を使うときには、その人の能力や性格に合った使い方をすることが大切です。会社であなたの部下が、あなたの期待したとおりに仕事をすることができなかったとしても、それはその人がまじめにやらなかったからとか、頭が悪いからとは限りません。一番の責任は、その人に合った仕事を与えなかったあなたにあるのです。

（注）ばか：頭が悪い人

32 期待したとおりに仕事をすることができなかったときは、誰の責任が一番大きいと言っているか。

1　その人にその仕事をさせた人

2　その仕事をした人

3　その仕事をした人とさせた人の両方

4　誰の責任でもない

33 この文章を書いた人の考えに、もっとも近いのはどれか。

1　人を使うときには、期待したとおりに仕事ができなくても当然だと思うほうがいい。

2　頭の良くない人でも、うまくはさみを使うことができる。

3　人を使う地位にいる人は、部下の能力や性格をよく知らなければならない。

4　人を使うときには、まず、はさみをうまく使えるかどうかを確かめるほうがいい。

つぎの(1)と(2)の文章を読んで、質問に答えなさい。答えは、1・2・3・4から最も
よいものを一つえらびなさい。

(1)

「楽は苦の種、苦は楽の種」という言葉があり
ます。「今、楽をすれば後で苦労することになり、
今、苦労をしておけば後で楽ができる」という意味
です。

> 30題
> 關鍵句

子どものころの夏休みの宿題を思い出してみて
ください。休みが終わるころになってから、あわて
てやっていた人が多いのではないでしょうか。先に
宿題を終わらせてしまえば、後は遊んで過ごせるこ
とは分かっているのに、夏休みになったとたんに遊
びに夢中になってしまった経験を、多くの人が持っ
ていると思います。

└文法詳見 P142

人は誰でも、嫌なことは後回し（注）にしたく
なるものです。しかし、たとえ①そのときは楽がで
きたとしても、それで嫌なことを②やらなくてもよ
くなったわけではありません。

> 28題
> 關鍵句

> 29題
> 關鍵句

└文法詳見 P142

苦しいことは、誰だっていやなものです。しか
し、今の苦労はきっとよい経験となり、将来幸せを
運んでくれると信じて乗り越えてください。

> 31題
> 關鍵句

（注）後回し：順番を変えてあとにすること

□ 楽 輕鬆
□ 苦労 辛苦，辛勞
□ 過ごす 過日子，過
生活
□ 夢中になる 沉溺
□ だって 即使…也
（不）…
□ 幸せ 幸福
□ 乗り越える 克服
□ 貧しい 貧窮的
□ 大企業 大企業，
大公司
□ 経営者 經營人
□ ストレスがたまる
累積壓力
□ ぜいたく 奢侈
□ 楽しみ 享樂
□ 苦しみ 吃苦，辛苦
□ 役に立つ 對…有幫
助

請閱讀下列(1)和(2)的文章並回答問題。請從選項1‧2‧3‧4當中選出一個最恰當的答案。

(1)

　　有句話叫「先甘後苦，先苦後甘」。意思是「現在輕鬆的話之後就會辛苦。現在辛苦的話之後就可以輕鬆」。

　　請回想一下小時候的暑假作業。有很多人都是等到假期快結束了，才急急忙忙寫作業。明知道先把作業寫完，之後就可以遊玩過日子了，但是暑假一到就完全沉迷於玩樂之中，相信大家都有這樣的經驗。

　　每個人都想把討厭的事物拖到最後（注）。可是，即使①當時是輕鬆快樂的，②也不代表就可以不用做討厭的事情。

　　辛苦的事物誰都不喜歡。但請相信現在的辛勞一定會成為良好的經驗，且將來會為自己帶來幸福，克服它吧！

（注）拖到最後：改變順序延到後面

以諺語來破題，點出主題「先苦後甘」。

以暑假作業為例子，幫助讀者理解。

話題轉到「先甘後苦」上。

作者勉勵大家要有「先苦後甘」的精神。

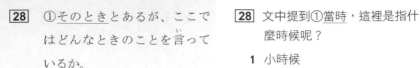

Answer **3**

28 ①そのときとあるが、ここではどんなときのことを言っているか。

1　子どものとき
2　夏休み
3　自分の好きなことをしているとき
4　宿題をしているとき

28 文中提到①當時，這裡是指什麼時候呢？

1　小時候
2　暑假
3　做自己喜歡做的事的時候
4　做作業的時候

Answer **4**

29 ②やらなくてもよくなったわけではありませんとあるが、どういうことか。

1　やってもやらなくてもよい。
2　やりたくなったら、やればよい。
3　やらなくてもかまわない。
4　いつかは、やらないわけにはいかない。
└文法詳見 P142

29 文中提到②也不代表就可以不用做，這是指什麼呢？

1　可以做也可以不做。
2　想做的時候再做。
3　不用做也沒關係。
4　總有一天必須要做。

這邊的「そのとき」（當時）指的就是前一句提到的「嫌なことは後回しにする」（把討厭的事物拖到最後）。選項當中只有選項 3 最接近「嫌なことは後回しにする」這個敘述。

從「そのとき」（當時）後面的假設「楽ができたとしても」（即使是輕鬆快樂的）可以推測「そのとき」應該是「輕鬆快樂」的一段時間。

劃線部分的原句是「しかし、たとえそのときは楽ができたとしても、それで嫌なことをやらなくてもよくなったわけではありません」。想知道這句話在說什麼，就要知道「たとえ～としても」和「～わけではない」分別是什麼意思。

整句話的意思是「即使當時是輕鬆快樂的，也不代表就可以不用做討厭的事情」。「やらなくてもよくなったわけではありません」表示最終結果還是必須做這件事。

選項 1、2、3 都表示「可以選擇不做」，所以是不正確的。正確答案是 4。

「たとえ～としても」（就算…也…）是假定用法，表示前項就算成立了也不會影響到後項的發展。「～わけではない」（並不是說…）是一種語帶保留的講法，針對某種情況、心情、理由、推測來進行委婉否定。

Answer **1**

30 「楽は苦の種、苦は楽の種」の例として、正しいのはどれか。

1 家が貧しかったので、学生時代は夜、工場で働きながら学んだが、今ではその経験をもとに、大企業の経営者になった。L文法詳見 P142

2 ストレスがたまったので、お酒をたくさん飲んだら楽しい気分になった。

3 悲しいことがあったので下を向いて歩いていたら、お金が落ちているのに気がついた。

4 家が金持ちなので、一度も働いたことがないのに、いつもぜいたくな生活をしている。

30 下列選項當中哪一個是「先甘後苦，先苦後甘」的例子？

1 以前家裡很窮，所以學生時代，晚上在工廠邊工作邊學習，現在以當時的經驗為基礎，成為大公司的老闆。

2 累積壓力後喝了很多酒，感覺很開心。

3 發生了難過的事情，所以臉朝下走路，結果發現地上有人掉了錢。

4 家裡很有錢，從來沒工作過，卻可以一直過著奢侈的生活。

Answer **2**

31 この文章で一番言いたいことは何か。

1 楽しみと苦しみは同じ量あるので、どちらを先にしても変わらない。

2 今の苦労は将来の役に立つのだから、嫌なことでも我慢してやる方がよい。

3 夏休みの宿題は、先にする方がよい。

4 楽しみや苦しみは、その人の感じ方の問題である。

31 這篇文章當中作者最想表達的是什麼？

1 享樂和辛苦都是同量的，不管哪個先做都不會有所改變。

2 現在的辛勞對將來有益，所以再討厭的事情都要忍耐地做。

3 暑假作業先做比較好。

4 享樂和辛苦都是個人的觀感。

　　選項 1 是正確的。學生時代因為貧窮而辛苦過，現在成為了大公司的老闆。這正是「先苦後甘」的寫照。

　　選項 2、3 乍看之下好像也是「先苦後甘」。不過從文章最後一句「今の苦労はきっとよい経験となり、将来幸せを運んでくれると信じて乗り越えてください」（現在的辛勞一定會成為良好的經驗，且將來會為自己帶來幸福，克服它吧）可以知道，「先苦後甘」應該是要經過一番努力和忍耐才能獲得甜美的果實。可是選項 2 是紓壓，選項 3 是在壞事發生後有了意想不到的好事，不適合用「先苦後甘」解釋。

　　選項 4 的敘述當中完全沒有「苦」的成分，既是「金持ち」（有錢人），又是「ぜいたくな生活をしている」（過著奢侈的生活），當然沒辦法當例子。

　　遇到「正しいのはどれか」（選出正確的選項）這種題型就要用刪去法作答。

　　「ストレスがたまる」意思是「累積壓力」。另外，「ストレス」是指內心有的壓力，是一種心理狀態，也就是英文的 "stress"，如果是外在的精神壓力，那就是「プレッシャー」（pressure），「施壓」就是「プレッシャーをかける」。

　　文章最後一句「しかし、今の苦労はきっとよい経験となり…」（但現在的辛勞一定會成為良好的經驗…）是在勉勵讀者先吃苦，將來就能獲得幸福。所以選項 1 錯誤。

　　選項 2 正確。「今の苦労は将来の役に立つ」（現在的辛勞對將來有益）對應文中「今の苦労はきっとよい経験となり」（現在的辛勞一定會成為良好的經驗）。

　　選項 3 錯誤。作者只是拿暑假作業出來當「先甘後苦」的例子，並沒有建議大家要先把暑假作業做完。

　　選項 4 錯誤，整篇文章都沒有提到苦與樂只是個人的感受。

　　這一題要問的是整篇文章的主旨，主旨也就是文章的重點，通常會放在文章的最後。

(2)

「ばか（注）とはさみは使いよう」という言葉があります。「使いよう」は、「使い方」のことです。これは、「古くて切れにくくなったはさみでも、うまく使えば切れないことはない。それと同様に、たとえ頭の良くない人でも、使い方によっては役に立つ」という意味です。

└文法詳見 P143┘　└文法詳見 P143┘

どんな人にも、できることとできないこと、得意なことと苦手なことがあります。人を使うときには、その人の能力や性格に合った使い方をすることが大切です。会社であなたの部下が、あなたの期待したとおりに仕事をすることができなかったとしても、それはその人がまじめにやらなかったからとか、頭が悪いからとは限りません。一番の責任は、その人に合った仕事を与えなかったあなたにあるのです。

└文法詳見 P143┘　└文法詳見 P143┘

> 33題
> 關鍵句

> 32題
> 關鍵句

（注）ばか：頭が悪い人

□ はさみ　剪刀
□ 得意　擅長
□ 苦手　不擅長
□ 部下　部屬，屬下
□ 期待　期待，期望
□ まじめ　認真
□ 責任　責任
□ 両方　兩者，雙方
□ 当然　理所當然
□ 地位　位子，地位
□ 確かめる　確定，確認

(2)

　有句話叫「笨蛋（注）和剪刀端看使用方式」。「使用方式」指的是「用法」。意思是説，「用舊的鈍剪刀只要使用得巧，沒有剪不斷的東西。同樣地，頭腦再怎麼不好的人，依據用人方式不同也能有用武之地」。

説明「笨蛋和剪刀端看使用方式」這句話。

　不管是什麼樣的人，都有辦得到的事和辦不到的事，也有擅長的事和不擅長的事。用人時最重要的就是要針對那個人的能力和個性。即使公司屬下無法依照你的期望來做事，也有可能是因為他做事不認真，不一定是因為他頭腦不好。最大的責任在無法給那個人適合的工作的你身上。

探討如何管理人員，並説明上位者用人當因才施用。

（注）笨蛋：頭腦不好的人

翻譯與解題 ④

Answer 1

32 期待したとおりに仕事をすることができなかったときは、誰の責任が一番大きいと言っているか。

1 その人にその仕事をさせた人
2 その仕事をした人
3 その仕事をした人とさせた人の両方
4 誰の責任でもない

32 作者認為無法依照你的期望來做事的時候，誰的責任最大？

1 給那個人那項工作的人
2 做那項工作的人
3 給工作的人和做工作的人，兩者皆是
4 沒有人應該負責

Answer 3

33 この文章を書いた人の考えに、もっとも近いのはどれか。

1 人を使うときには、期待したとおりに仕事ができなくても当然だと思うほうがいい。
2 頭の良くない人でも、うまくはさみを使うことができる。
3 人を使う地位にいる人は、部下の能力や性格をよく知らなければならない。
4 人を使うときには、まず、はさみをうまく使えるかどうかを確かめるほうがいい。

33 下列選項當中哪一個最接近這篇文章作者的想法？

1 用人時最好要知道無法順應期待工作是理所當然的事情。
2 即使是頭腦不好的人都能夠巧妙地使用剪刀。
3 位居上位用人的人，一定要熟知下屬的能力和個性。
4 用人時首先要先確定對方能不能巧妙地使用剪刀。

　　題目用「誰」來問人物。題目中的「責任が
一番大きい」（責任最大）對應文中最後一句
「一番の責任は、その人に合った仕事を与えな
かったあなたにあるのです」（最大的責任在無
法給那個人適合的工作的你身上），主詞是「あ
なた」，前面用「その人に合った仕事を与えな
かった」來修飾「あなた」，所以最應負責的是
「無法給那個人適合他的工作的你」。和這個敘
述最吻合的是選項1。

這篇文章整體是在探討用人的
方式，作者認為一定要考慮到對
方的能力和個性再交辦工作。

　　選項1錯誤。文章提到「会社であなたの部
下が、あなたの期待したとおりに仕事をするこ
とができなかったとしても、それはその人がま
じめにやらなかったからとか、頭が悪いからと
は限りません」（即使公司屬下無法依照你的期
望來做事，也有可能是因為他做事不認真，不一
定是因為他頭腦不好）。「としても」帶有假設
語氣，由此可知作者沒有覺得屬下無法達成期望
是理所當然的事，自然不會建議讀者抱持這種想
法。

　　剪刀只是比喻，和「用人」沒有實際關聯，
所以選項2和4錯誤。

　　選項3對應「人を使うときには、その人
の能力や性格に合った使い方をすることが大
切です」（用人時最重要的就是要針對那個人
的能力和個性）。「その人」指的就是被使用
的這個「人」，也就是「部下」。正確答案是
3。

這一題問的是作者的想法，
所以要抓住整篇文章的重點。全
文環繞「ばかとはさみは使いよ
う」（笨蛋和剪刀端看使用方
式），並且文章一直在針對「用
人」進行說明，可見這篇文章的
主旨是在討論如何管理人員。

❶ 重要文法

【動詞た形】＋とたん(に)。表示前項動作和變化完成的一瞬間，發生了後項的動作和變化。由於說話人當場看到後項的動作和變化，因此伴有意外的語感，相當於「～したら、その瞬間に」。

❶ たとたん (に)

剛…就…、剎那就…

例句 二人は、出会ったとたんに恋に落ちた。

兩人一見鍾情。

【形容動詞詞幹な；[形容詞・動詞]普通形】＋わけではない、わけでもない。表示不能簡單地對現在的狀況下某種結論，也有其它情況。常表示部分否定或委婉的否定。

❷ わけではない

並不是…、並非…

例句 食事をたっぷり食べても、必ず太るというわけではない。

吃得多不一定會胖。

【動詞否定形】＋ないわけにはいかない。表示根據社會的理念、情理、一般常識或自己過去的經驗，不能不做某事，有做某事的義務。

❸ ないわけにはいかない

不能不…、必須…

例句 どんなに嫌でも、税金を納めないわけにはいかない。

任憑百般不願，也非得繳納稅金不可。

【名詞】＋をもとに。表示將某事物做為啟示、根據、材料、基礎等。後項的行為、動作是根據或參考前項來進行的。相當於「～に基づいて」、「～を根拠にして」。

❹ をもとに

以…為根據、以…為參考、在…基礎上

例句 彼女のデザインをもとに、青いワンピースを作った。

以她的設計為基礎，裁製了藍色的連身裙。

❺ たとえ〜ても（でも）

即使…也…、無論…也…

例句 たとえ明日雨が降っても、試合
は行われます。

明天即使下雨，比賽還是照常舉行。

たとえ＋【動詞て形；形容
詞く形】＋ても；たとえ＋
【名詞；形容動詞詞幹】＋
でも。表示讓步關係，即使
是在前項極端的條件下，後
項結果仍然成立。相當於「も
し〜だとしても」。

---

❻ によって

因為…；根據…；由；依照…

例句 価値観は人によって違う。

價值觀因人而異。

【名詞】＋によって。表示
事態的因果關係，或事態
所依據的方法、方式、手
段。也表示後項結果會對
應前項事態的不同而有所
變動或調整。

---

❼ とおり（に）

按照…、按照…那樣

例句 説明書の通りに、本棚を組み立
てた。

按照説明書的指示把書櫃組合起來
了。

【名詞の；動詞辭書形；動
詞た形】＋とおり（に）。
表示按照前項的方式或要
求，進行後項的行為、動
作。

---

❽ としても

即使…也…、就算…也…

例句 みんなで力を合わせたとして
も、彼に勝つことはできない。

就算大家聯手，也沒辦法贏他。

【名詞だ；形容動詞詞幹だ；
［形容詞・動詞］た形】＋
としても。表示假設前項
是事實或成立，後項也不
會起有效的作用，或者後
項的結果，與前項的預期
相反。相當於「その場合
でも」。

▶ **自我重要感**

　　前面的文章中提到用人應因材施用，那麼要如何讓下屬一心一意的跟隨自己呢？人類在滿足了本能、安全等「基本的」（基本）需求後，會產生"自我重要感的需求"，也就是希望「周りから尊敬される」（被他人尊敬）、「他人に才能を買われる」（獲得他人賞識）。因此，只要滿足他人的自我重要感，對方就會自然而然對你產生「親しみ」（親近感）。

　　據說希爾頓飯店的創始人康拉德・希爾頓對待下屬一向寬容尊重。如果在他的「ホテル」（飯店）裡有人「ミスを犯す」（犯錯），他會先「がっかりしている部下を励ます」（為頹喪的下屬打氣），然後再和對方一起「解決方法を探る」（找尋解決的辦法）。

　　另外，他願意「新人を引き立てる」（提拔新人），並且不吝於在和員工「顔を合わせる」（碰面）時「激励する」（給予激勵）。對員工們而言，「社長」（社長）如此看重自己，「感動する」（受到感動）後就很容易產生"我要成為社長的助力"這樣的想法。

　　由此可見只要好好利用人類心理中"自我重要感的需求"，「人心収攬」（收攬人心）其實並不是一件難事。

▶ 餐廳用餐

駅前に新しいレストランができた。
車站前開了一家新的餐廳。

どこかいいレストラン知らない？
你知不知道哪裡有不錯的餐廳？

駅前の安くておいしいレストランを教えてあげましょう。
我告訴你一家開在車站前、便宜又好吃的餐廳。

あそこのレストランは高くておいしくない。
那邊那家餐廳既貴又難吃。

この店は味はおいしいが、サービスが悪い。
那家餐廳的餐點雖然好吃，但服務很差。

予約したいのですが。
我想預約。

窓側の席をお願いします。
請給我靠窗的座位。

ただいま、満席なのですが。
目前已經客滿了。

お席は喫煙席と禁煙席、どちらになさいますか。
請問您要坐在吸菸區還是非吸菸區呢？

担当の者が参りますので少々お待ちください。
為您服務的服務生很快就來，請稍候。

食事の前に何かお飲みになりますか。
請問用餐前需要喝點什麼嗎？

ワインリストを見せてください。
請讓我看一下酒單。

こちらが本日のお薦めのメニューでございます。
這是今日的推薦菜單。

お飲み物は食事と一緒ですか。食後ですか。
飲料跟餐點一起上，還是飯後上？

ミルクと砂糖はつけますか。
要附牛奶和砂糖嗎？

お勘定をお願いします。
麻煩結帳。

カードでお願いします。
我要刷卡。

一緒でお願いします。
請一起算。

別々でお願いします。
我們各付各的。

▶ 搭車的規則和意外

１号車は禁煙です。
一號車廂是禁菸車廂。

電車の窓から手や顔を出してはいけません。
不可將頭、手伸出電車的窗外。

電車の中で足を広げてはいけません。
坐電車時不可以雙腿大張。

電車の中で男の人が大きな口をあけて寝ています。
一位男人正在電車裡，張大嘴巴地呼呼大睡。

電車の中に傘を忘れる人が多い。
很多人都會把傘忘在電車上。

電車が15分遅れています。
電車已經遲了十五分鐘。

雪のため電車は30分遅くついた。
由於大雪的緣故，電車晚了三十分鐘才抵達。

道が混んでいたので遅くなってすみません。
由於交通壅塞而遲到了，真是非常抱歉。

大阪で電車を降りなくてはいけないのに新大阪まで行ってしまいました。
明明在大阪站就該下車，卻搭過站而到新大阪站去了。

地下鉄は速くて安全です。
搭乘地下鐵既快捷又安全。

三田駅で地下鉄に乗り換える。
在三田站轉搭了地下鐵。

今朝の地下鉄はとても混んでいました。
今天早晨的地下鐵車廂極為擁擠。

東京の地下鉄は200キロ以上あります。
東京地下鐵的總長超過兩百公里。

千葉にはまだ地下鉄がない。
千葉縣還沒有地下鐵。

新しい地下鉄ができて便利になりました。
新的地下鐵路開通後交通便利多了。

この地下鉄は梅田を通りますか。
請問這條地下鐵路會通往梅田嗎？

梅田へ行くなら本町で御堂筋線に乗り換えてください。
如果要去梅田的話，請在本町轉搭御堂筋線。

挑戰篇
チャレンジ編

STEP

3

チャレンジ編　STEP 3　練習　①

つぎの文章を読んで、質問に答えなさい。答えは、1・2・3・4から最もよいものを一つえらびなさい。

　先月、父が病気で入院した。私にとってはとてもショック（注1）な出来事だった。私はこれまで重い病気をしたことが一度もなく、家族もみんな丈夫だった。健康でいられることを、ずっと当たり前のように思っていた。だが、青白い顔をして病院のベッドに横になっている父を見て、決して①そうではなかったのだと、初めて気がついた。幸い、父は順調に回復し、今では元気に元通りの生活をしている。

　父の入院という初めての経験をして、私が健康について真剣に考え始めたころ、あるテレビ番組で、100歳の元気なおばあさんを紹介しているのを見た。おばあさんによると、早寝早起きをして体をよく動かすことが長生きの秘訣（注2）だそうだ。なんと毎朝5時に起きて、庭の草花の世話をしたり、家の掃除をしたりするという。その一方で、自分が100歳になっても元気でいられるのは、何よりも②まわりの人のおかげだとも言っていた。明るい笑顔で答えるこのおばあさんを見て、私は、感謝の気持ちを忘れず、腹を立てたり、つまらないことで悩んだりしないことも、健康の秘訣なのではないかと思った。

　私も最近、健康のために、なるべく体を動かすようにしている。まずは会社からの帰り、一駅分歩くことから始めてみた。まだ始めたばかりで、効果は特に感じないが、しばらく続けてみようと思う。そして、あのおばあさんのように、感謝の気持ちと明るい心を忘れずに生活しようと思う。

（注1）ショック：予想しなかったことに出あって、おどろくこと

（注2）秘訣：あることを行うのにもっとも良い方法

34 　①そうではなかったのだとあるが、「そう」は何を指しているか。

　1　父が入院したこと

　2　父が病院のベッドに横になっていたこと

　3　健康なことが当然であること

　4　自分がこれまで一度も病気をしなかったこと

35 　②まわりの人のおかげだとあるが、どういうことか。

　1　暑いときに他の人が自分のまわりに立ってかげを作ってくれること

　2　家族や近所の人が助けてくれること

　3　おまわりさんが助けてくれること

　4　近所の人がいつも自分の家のまわりを歩き回ってくれること

36 　この人は、健康のためにどんなことを始めたか。

　1　電車が来るまでのあいだ、駅の中を歩いて待っている。

　2　電車が駅に着くまでのあいだ、電車の中でずっと歩いている。

　3　自分の家からいちばん近い駅のひとつ前で降りて、家まで歩く。

　4　会社から家まで歩いて帰る。

37 　この文章全体のテーマは、何か。

　1　100歳の元気なおばあさん

　2　父の入院

　3　テレビ番組

　4　健康のためにできること

つぎの文章を読んで、質問に答えなさい。答えは、1・2・3・4から最もよいものを一つえらびなさい。

先月、父が病気で入院した。私にとってはとてもショック（注1）な出来事だった。私はこれまで重い病気をしたことが一度もなく、家族もみんな丈夫だった、**健康でいられることを、ずっと当たり前のように思っていた。**だが、青白い顔をして病院のベッドに横になっている父を見て、決して①そうではなかったのだと、初めて気がついた。幸い、父は順調に回復し、今では元気に元通りの生活をしている。

父の入院という初めての経験をして、**私が健康について真剣に考え始めた**ころ、あるテレビ番組で、100歳の元気なおばあさんを紹介しているのを見た。おばあさんによると、早寝早起きをして体をよく動かすことが長生きの秘訣（注2）だそうだ。なんと毎朝5時に起きて、庭の草花の世話をしたり、家の掃除をしたりするという。その一方で、自分が100歳になっても元気でいられるのは、**何よりも②まわりの人のおかげだとも言っていた。**明るい笑顔で答えるこのおばあさんを見て、私は、感謝の気持ちを忘れず、腹を立てたり、つまらないことで悩んだりしないことも、健康の秘訣なのではないかと思った。

私も最近、健康のために、なるべく体を動かすようにしている。まずは会社からの帰り、一駅分歩くことから始めてみた。まだ始めたばかりで、効果は特に感じないが、しばらく続けてみようと思う。そして、あのおばあさんのように、感謝の気持ちと明るい心を忘れずに生活しようと思う。

（注1）ショック：予想しなかったことに出あって、おどろくこと

（注2）秘訣：あることを行うのにもっとも良い方法

□ 出来事 偶發事件，變故
□ 健康 健康
□ 当たり前 理所當然
□ 青白い （臉色）慘白的；青白色的
□ 横になる 橫躺；睡覺
□ 気がつく 注意到，意識到
□ 幸い 幸虧，好在
□ 順調 （病情等）良好；順利
□ 回復 復原，康復
□ 元通り 原様，以前的樣子
□ 真剣 認真，正經
□ 世話 照顧
□ 笑顔 笑臉，笑容
□ 感謝 感謝
□ 腹を立てる 生氣，憤怒
□ 悩む 煩惱
□ 効果 效果，功效
□ しばらく 暫且，暫時
□ 予想 預想
□ 出あう 碰到，遇見

34題 關鍵句

37題 關鍵句

35題 關鍵句

36題 關鍵句

請閱讀下列文章並回答問題。請從選項 1・2・3・4 當中選出一個最恰當的答案。

　　上個月我的父親因病入院。這對我來說是一件打擊（注1）很大的事。到目前為止我一次也沒有生過重病，家人也都很健康，所以一直以來，我把身體健康當成是理所當然的事。可是，看到臉色發青躺在醫院病床上的父親，我第一次發現到①事情並非如此。幸好父親順利康復，現在生活作息也都恢復往常一樣正常、健康。

作者表示父親生病一事讓他第一次知道原來健康不是理所當然的。

　　有了父親住院的初次體驗，我開始認真地思考健康這件事。這時剛好看到某個電視節目在介紹一位 100 歲的健康老奶奶。老奶奶表示，她長壽的祕訣（注2）就是早睡早起活動身體，沒想到她每天都早上 5 點起床，照料庭院的花草，打掃家裡。另一方面，她也說自己長命百歲都是②託眾人之福。看到老奶奶用開朗的笑容回答問題，我想，也許健康的秘訣還有不忘感謝、不生氣、不為了小事煩惱吧？

作者在電視上看到某位老奶奶，發現健康秘訣不只是早睡早起多活動，還有不忘感謝、不生氣和不為小事煩惱。

　　最近為了健康，我也盡可能地活動筋骨。首先從下班回家時，走一個車站的距離開始。雖然我才剛開始進行，沒特別感受到什麼效果，但我想再持續一陣子。還有，就像那位老奶奶一樣，謹記著感謝的心情及開朗的一顆心過活。

作者為了健康也開始培養運動的習慣，並打算懷著感謝與開朗的心過日子。

（注1）受到打擊：碰到預料之外的事情而驚嚇

（注2）秘訣：進行某件事情時最好的方法

Answer **3**

34 ①そうではなかったのだとあるが、「そう」は何を指しているか。

1 父が入院したこと
2 父が病院のベッドに横になっていたこと
3 健康なことが当然であること
4 自分がこれまで一度も病気をしなかったこと

34 文中提到①事情並非如此，「如此」指的是什麼？

1 父親住院
2 父親躺在醫院病床上
3 健康是理所當然的
4 自己到目前為止都沒生病過

Answer **2**

35 ②まわりの人のおかげだとあるが、どういうことか。

1 暑いときに他の人が自分のまわりに立ってかげを作ってくれること
2 家族や近所の人が助けてくれること
3 おまわりさんが助けてくれること
4 近所の人がいつも自分の家のまわりを歩き回ってくれること

35 文中提到②託眾人之福，這是什麼意思？

1 炎熱的時候，其他人站在自己的四周幫忙擋太陽
2 受到家人或鄰居的幫助
3 受到警察的幫助
4 鄰居總是幫忙在自家附近走來走去

　　劃線部分的原句是「だが、青白い顔をして病院のベッドに横になっている父を見て、決してそうではなかったのだと、初めて気がついた」（可是，看到臉色發青躺在醫院病床上的父親，我第一次發現到事情並非如此）。這裡的「だが」是逆接用法，暗示這一句和前面所説的事物相反，所以這一句前面的句子就是我們要的答案，裡面勢必藏了原先的説詞。

　　解題關鍵在「健康でいられることを、ずっと当たり前のように思っていた」（所以一直以來，我把身體健康當成是理所當然的事），表示作者原本認為健康是很理所當然的事情。這個「思っていた」暗示了作者有好一段時間都抱持這種想法。所以這個想法就是原先説詞，也就是「そう」的具體內容。「当然」和「当たり前」意思相同，正確答案是3。

　　這一題問的是「そうではなかったのだ」（事情並非如此），這是一種推翻原先説詞的用法，只要找出原先説詞，就能破解這道題目。「そう」這種「そ」開頭的指示詞一出現，就要從前文去找出答案。另外，通常「そう」指的是一個狀況或想法，所以必須弄清楚前文整體的概念。

　　這一題劃線部分的原句是「その一方で、自分が100歳になっても元気でいられるのは、何よりもまわりの人のおかげだとも言っていた」（另一方面，她也説自己長命百歲都是託眾人之福）。這個「〜のは」意思是「之所以…」，下面説明前項的理由原因。所以劃線部分就是老奶奶健康活到100歲的理由。

　　四個選項當中最接近劃線部分的只有選項3。要小心選項3這個陷阱，「おまわりさん」（警察）雖然也有「まわり」，但指的其實是「警察」。

　　「まわりの人」，指的是「週遭的人」。「〜おかげだ」表示蒙受外來的幫助、恩惠、影響，可以翻譯成「託…的福」、「多虧了…」，通常用在正面的事物，用在負面的事物表示諷刺、故意説反話。「まわりの人のおかげだ」也就是「託眾人之福」。

Answer 3

36 この人は、健康のためにどんなことを始めたか。

1 電車が来るまでのあいだ、駅の中を歩いて待っている。

2 電車が駅に着くまでのあいだ、電車の中でずっと歩いている。

3 自分の家からいちばん近い駅のひとつ前で降りて、家まで歩く。

4 会社から家まで歩いて帰る。

36 這個人為了健康開始進行什麼事情呢？

1 在等電車的這段時間，在車站中邊走動邊等。

2 在電車抵達車站的這段時間，不停地在電車裡走動。

3 提前在離自己家最近的一站下車走回家。

4 從公司走回家。

Answer 4

37 この文章全体のテーマは、何か。

1 100歳の元気なおばあさん

2 父の入院

3 テレビ番組

4 健康のためにできること

37 這篇文章整體的主旨是什麼呢？

1 100歲的健康老奶奶

2 父親住院

3 電視節目

4 為了健康著想所能做的事

　　問題問的是「健康のためにどんなことを始め
たか」（為了健康開始進行什麼事情），剛好對
應第三段「私も最近、健康のために、なるべく
体を動かすようにしている。まずは会社からの
帰り、一駅分歩くことから始めてみた」（最近
為了健康，我也盡可能地活動筋骨。首先從下班
回家時，走一個車站的距離開始）。

　　「会社からの帰り、一駅分歩く」是什麼意
思呢？「一駅」是「一個車站」，「分」接在
名詞下面，表示相當於該名詞的事物、數量。
從後面的「歩く」可以推知這裡指的是走「一
個車站的距離」。「会社からの帰り」意思是
「下班回家」，所以整句就是説下班時，走一站
的路程回家。正確答案是 3 。

　　通常一篇文章的構成，最重要的部分會放在
最後一段的結論。另外也可以從反覆出現的關
鍵字來抓出要點，尤其是在每一段都會出現的
單字。

　　這篇文章當中，最常出現的單字是「私」（5
次），其次是「健康」（健康）和「おばあさ
ん」（老奶奶），各出現 4 次，不過比起「お
ばあさん」，「健康」平均出現在各段落裡
面，可以説這整篇文章都圍繞著這個主題在打
轉。再加上第二段提到了健康的秘訣，第三段
總結時又寫到健康的實踐行動。所以答案應該
是「健康のためにできること」（為了健康著
想所能做的事）沒錯。

> 　　這一題問的是整篇文章的主
> 旨。回答這種題目時，要把整
> 篇文章看熟並融會貫通。

翻譯與解題 ①

✏ 重要文法

> 【名詞】＋にとっては。表示站在前面接的那個詞的立場，來進行後面的判斷或評價，相當於「～の立場から見て」。

❶ にとっては　　對於…來說

例句 たった1,000円でも、子どもにとっては大金です。

雖然只有一千日圓，但對孩子而言可是個大數字。

> 【名詞の；形容動詞詞幹な；形容詞普通形；動詞た形】＋おかげだ。由於受到某種恩惠，導致後面好的結果，與「から」、「ので」作用相似，但感情色彩更濃，常帶有感謝的語氣。後句如果是消極的結果時，一般帶有諷刺的意味，相當於「～のせいで」。

❷ おかげだ　　多虧…、托您的福、因為…

例句 就職できたのは、山本先生が推薦状を書いてくださったおかげです。

能夠順利找到工作，一切多虧山本老師幫忙寫的推薦函。

✏ 小知識大補帖

▶ 健康的秘訣

　　現代人總是很忙碌，各種病痛也在不知不覺中找上身了。像是每餐都「外食する」（吃外食）造成的「栄養バランスの悪い」（營養不均衡）、坐辦公室缺乏運動導致肥胖，工作忙不完、「ストレスがたまる」（累積壓力）導致精神緊張…。

　　有些人選擇犧牲睡眠來解決前幾項問題。如果不睡覺，多出來的時間就可以用來「弁当を作る」（做便當）、「スポーツジムに通う」（上健身房），或是好好處理忙不完的工作。然而，若是「睡眠時間が不足する」（睡眠不足），隔天就會「だるい」（全身無力），腦子也會不清楚。工作「効率」（效率）變差，也會變得「病気がち」（容易生病）。

經常「夜更かし」（熬夜），到了假日才「寢だめ」（補眠）的人也很多。雖説假日補眠是為了彌補平時的睡眠不足，但每個人一天所需的睡眠時間是固定的，多睡的時間無法補回先前的不足，只會越睡越累。如果真的需要補充睡眠，上限是平常的睡眠時間再「プラス」（加）兩個小時。

　　平日就應該確保平均且充足的睡眠，若是真的需要熬夜，就利用「通勤する」（通勤）的時間或是「昼休み」（午睡）來彌補吧！今天該有的睡眠盡量不要拖到明天，這就是保持「健康」（健康）的「秘訣」（秘訣）。

チャレンジ編　STEP 3　練習 ②

つぎの文章を読んで、質問に答えなさい。答えは、1・2・3・4から最もよいものを一つえらびなさい。

　多くの日本人にとって、お茶は生活に欠かせないもの（注1）です。しかし、お茶はもともと日本にあったわけではなく、中国から伝わったものです。

　お茶が最初に日本に伝わったのは、奈良時代（710–784年）と考えられています。しかし、広く飲まれるようになったのは、それからずいぶん後の鎌倉時代（1185–1333年）からです。中国に仏教を学びに行った栄西という僧が、お茶は健康と長寿に効果があることを知り、日本に帰国したのち、①それを本に書いたことから広まったと言われています。そのため、お茶ははじめ、高価な薬として、地位の高い人たちの間で飲まれていましたが、その後、時がたつにつれて一般の人も②楽しめるようになりました。

　お茶にはいろいろな種類があります。日本でもっとも多く飲まれているのは「緑茶」です。日本の緑茶は、お茶の葉を蒸して作るのが特徴ですが、それに対して、中国の緑茶は炒って（注2）作ります。この作り方の違いが、お湯をついだあとの色や味にも影響します。「緑茶」という名前は、もともとはお茶の葉の色が緑色であることから来ていますが、日本の緑茶は、いれた（注3）あとのお湯の色も、美しい緑色をしています。一方、中国の緑茶は、いれると黄色っぽい色になります。また一般的に、日本の緑茶はやや甘く、中国の緑茶は香りがさわやか（注4）です。どちらもそれぞれにおいしいものですので、あなたもぜひ、飲み比べてみてください。

（注1）欠かせないもの：ないと困るもの

（注2）炒る：鍋などに材料を入れて加熱し、水分を減らすこと

（注3）いれる：お湯をついで飲み物を作ること

（注4）さわやか：さっぱりとして気持ちがいい様子

34 お茶は、いつから日本にあると考えられているか。

1 奈良時代より前

2 奈良時代

3 鎌倉時代

4 わからない

35 ①それは、何を指しているか。

1 お茶に薬としての効果があること

2 自分が日本に帰国したこと

3 中国で仏教を学んだこと

4 お茶が奈良時代に日本に伝わったこと

36 ②楽しめるようになりましたとあるが、どういうことか。

1 一般の人も簡単にお茶を作れるようになった。

2 一般の人もみんな地位が高くなり、生活が楽になった。

3 一般の人も簡単に高価な薬を買えるようになった。

4 一般の人も簡単にお茶を飲めるようになった。

37 日本と中国の緑茶の説明として、正しくないのはどれか。

1 日本の緑茶はお茶の葉を蒸して作るが、中国の緑茶は炒って作る。

2 お湯をつぐ前のお茶の葉の色はどちらも緑色である。

3 日本の緑茶は中国の緑茶より、甘くておいしい。

4 いれたあとのお湯の色が日本の緑茶と中国の緑茶と異なる。

つぎの文章を読んで、質問に答えなさい。答えは、1・2・3・4から最もよいものを一つえらびなさい。

多くの日本人にとって、お茶は生活に欠かせないもの（注1）です。 _{文法詳見P168} しかし、お茶はもともと日本にあったわけではなく、中国から伝わったものです。 _{文法詳見P168}

お茶が最初に日本に伝わったのは、奈良時代（710－784年）と考えられています。 しかし、広く飲まれるようになったのは、それからずいぶん後の鎌倉時代（1185−1333年）からです。中国に仏教を学びに行った栄西という僧が、お茶は健康と長寿に効果があることを知り、日本に帰国したのち、①それを本に書いたことから広まったと言われています。そのため、お茶ははじめ、高価な薬として、地位の高い人たちの間で飲まれていましたが、その後、時がたつにつれて一般の人も②楽しめるようになりました。 _{文法詳見P168}

> 34題 關鍵句
> 35題 關鍵句
> 36題 關鍵句

お茶にはいろいろな種類があります。日本でもっとも多く飲まれているのは「緑茶」です。日本の緑茶は、お茶の葉を蒸して作るのが特徴ですが、それに対して、中国の緑茶は炒って（注2）作ります。この作り方の違いが、お湯をついだあとの色や味にも影響します。「緑茶」という名前は、もともとはお茶の葉の色が緑色であることから来ていますが、日本の緑茶は、いれた（注3）あとのお湯の色も、美しい緑色をしています。一方、中国の緑茶は、いれると黄色っぽい色になります。また一般的に、日本の緑茶はやや甘く、中国の緑茶は香りがさわやか（注4）です。どちらもそれぞれにおいしいものですので、あなたもぜひ、飲み比べてみてください。

> 文法詳見P169
> 文法詳見P169
> 37題 關鍵句

（注1）欠かせないもの：ないと困るもの
（注2）炒る：鍋などに材料を入れて加熱し、水分を減らすこと
（注3）いれる：お湯をついで飲み物を作ること
（注4）さわやか：さっぱりとして気持ちがいい様子

□ もともと　原本
□ ずいぶん　很；非常
□ 仏教　佛教
□ 学ぶ　學習
□ 高価　昂貴，高價
□ 地位　地位
□ 一般　一般，普通
□ 種類　品種，種類
□ 蒸す　蒸熱
□ つぐ　倒入，注入
□ やや　些許，稍微
□ 香り　香味，香氣
□ 飲み比べる　喝來比較
□ 鍋　鍋子
□ 加熱　加熱
□ 減らす　使…減少
□ さっぱり　清爽地
□ 異なる　相異，不同

請閱讀下列文章並回答問題。請從選項１・２・３・４當中選出一個最恰當的答案。

對於多數日本人而言，茶是生活中不可或缺（注1）的飲料。不過茶不是日本固有的東西，而是從中國傳來的。

> 點出茶其實是從中國傳到日本的。

茶最早傳入日本大約是在奈良時代（710 － 784年）。然而，被廣為飲用則是多年以後，從鎌倉時代（1185 － 1333 年）開始的事情。據說有位去中國學習佛教的僧侶名為榮西，他知道茶具有健康和長壽的效用，回到日本之後，就把①這點寫進書裡，所以才廣為人知。因此，地位崇高的人們開始把茶葉當成昂貴的藥品飲用，之後隨著時代的推移，一般民眾也②開始可以享用。

> 敘述茶在日本的歷史。

茶有許多種類。在日本最常喝的是「綠茶」。日本的綠茶，特色在於茶葉是用蒸的。相對的，中國綠茶則是用煎焙（注2）的。作法的不同也影響到注入熱水後的顏色和味道。「綠茶」這個名稱的由來，原本就是因為茶葉是綠色的，日本的綠茶沖泡（注3）後的湯色，仍是美麗的綠色。不過，中國的綠茶在沖泡後會略呈黃色。此外，一般而言日本的綠茶帶有些許甘甜，中國綠茶則是香氣清新（注4）。兩者都各有千秋，也請您務必喝喝看比較一下。

> 介紹日本綠茶和中國綠茶的不同。

（注１）不可或缺：沒有的話會很困擾的事物
（注２）煎焙：將材料放入鍋子等容器加熱，使其水
　　　　　　　分減少
（注３）沖泡：倒入熱開水製作飲品
（注４）清新：清淡舒爽的樣子

-- Answer **2**

| 34 | お茶は、いつから日本にあると考えられているか。 | 34 | 一般認為茶是從什麼時候開始出現在日本的呢？ |

34 お茶は、いつから日本にあると考えられているか。

1 奈良時代より前
2 奈良時代
3 鎌倉時代
4 わからない

34 一般認為茶是從什麼時候開始出現在日本的呢？

1 奈良時代以前
2 奈良時代
3 鎌倉時代
4 不清楚

-- Answer **1**

35 ①それは、何を指しているか。

1 お茶に薬としての効果があること
2 自分が日本に帰国したこと
3 中国で仏教を学んだこと
4 お茶が奈良時代に日本に伝わったこと

35 ①這點是指什麼呢？

1 茶有藥效
2 自己回到日本
3 在中國學習佛教
4 茶在奈良時代傳入日本

解題關鍵在「お茶が最初に日本に伝わったのは、奈良時代（710—784年）と考えられています」（茶最早傳入日本大約是在奈良時代〈710—784年〉），「最早傳入日本的時間」＝「開始出現在日本的時間」，所以答案應該是選項2「奈良時代」。

選項3是個陷阱。文章提到「鎌倉時代」的部分是「広く飲まれるようになったのは、それからずいぶん後の鎌倉時代（1185—1333年）からです」（被廣為飲用則是多年以後，從鎌倉時代〈1185—1333年〉開始的事情），由此可知茶到了鎌倉時代開始普及，也就是説在鎌倉時代之前就已經存在於日本。所以選項3是錯的。

「いつ」用來問時間，從選項當中可以發現這個時間指的是時代，關於時代的情報在第二段。

劃線部分的原句是「中国に仏教を学びに行った栄西という僧が、お茶は健康と長寿に効果があることを知り、日本に帰国したのち、それを本に書いたことから広まったと言われています」（據説有位去中國學習佛教的僧侶名為榮西，他知道茶具有健康和長壽的效用，回到日本之後，就把這點寫進書裡，所以才廣為人知）。因為後面有「～から広まった」，表示茶是因此而普及的，所以「それ」指的一定是和茶有關的事物，選項2、3都不正確。

這一題問的是「それ」的內容，遇到「そ」開頭的指示詞，就要從前文找出答案。

這一句當中和茶有關係的部分是「お茶は健康と長寿に効果があること」（茶具有健康和長壽的效用），所以「それ」指的是「茶有健康和長壽的效用」。

Answer **4**

36 ②楽しめるようになりました とあるが、どういうことか。

1 一般の人も簡単にお茶を作れ るようになった。

2 一般の人もみんな地位が高く なり、生活が楽になった。

3 一般の人も簡単に高価な薬を 買えるようになった。

4 一般の人も簡単にお茶を飲め るようになった。

36 文中提到②開始可以享用，是 指什麼呢？

1 一般人也能輕易地製作茶葉。

2 所有人的地位提高，生活變得 輕鬆許多。

3 一般人也能輕鬆買到高價的藥 品。

4 一般人也能輕易地就喝到茶。

Answer **3**

37 日本と中国の緑茶の説明とし て、正しくないのはどれか。

1 日本の緑茶はお茶の葉を蒸し て作るが、中国の緑茶は炒っ て作る。

2 お湯をつぐ前のお茶の葉の色 はどちらも緑色である。

3 日本の緑茶は中国の緑茶よ り、甘くておいしい。

4 いれたあとのお湯の色が日本の 緑茶と中国の緑茶と異なる。

37 關於日本和中國的綠茶說明，不正確的選項為何？

1 日本綠茶是把茶葉蒸過再製 作，中國綠茶是煎焙製作。

2 加入熱開水前兩者的茶葉顏色 都是綠色。

3 日本綠茶比中國綠茶甘甜美 味。

4 日本綠茶和中國綠茶沖泡後的 湯色不一樣。

劃線部分的原句是「そのため、お茶ははじめ、高価な薬として、地位の高い人たちの間で飲まれていましたが、その後、時がたつにつれて一般の人も楽しめるようになりました」（因此，地位崇高的人們開始把茶葉當成昂貴的藥品飲用，之後隨著時代的推移，一般民眾也開始可以享用）。重點在於這一句用「が」寫出有身分地位的人和小老百姓的對比，茶本來是只有身分地位較高的才能喝，不過隨著時代演進，一般人也開始可以享用。可見這個劃線部分應該是和茶有關，所以選項 2、3 是錯的。

既然是對比句，再加上「も」暗示了老百姓「也能」做一樣的事，從這邊就可以知道選項 4 才是正確的，老百姓也可以和地位較高的人一樣喝茶。

> 這一題考的是劃線部分。應該要回到文章找出劃線部分，通常它的上下文就是解題關鍵。

文中提到「日本の緑茶は、お茶の葉を蒸して作るのが特徴ですが、それに対して、中国の緑茶は炒って作ります」（日本的綠茶，特色在於茶葉是用蒸的。相對的，中國綠茶則是用煎焙的），由此可知選項 1 符合敘述。

文中提到「…、もともとはお茶の葉の色が緑色であることから来ています」（…，原本就是因為茶葉是綠色的），所以選項 2 也符合敘述。

全文最後提到「どちらもそれぞれにおいしいものです」（兩者各有千秋），作者沒有要把日本綠茶和中國綠茶分個高下。所以選項 3 不符合敘述，答案是 3。

文中提到「日本の緑茶は、いれたあとのお湯の色も、美しい緑色をしています。一方、中国の緑茶は、いれると黄色っぽい色になります」（日本的綠茶沖泡後的湯色，仍是美麗的綠色。不過，中國的綠茶在沖泡後會略呈黃色），可知選項 4 符合敘述。

> 遇到「正しくないのはどれか」（不正確的選項為何）這種題型，就要用刪去法來作答。

> 「それぞれにおいしい」的「それぞれに」意思是「各有各的…」，在這邊如果只用「それぞれ」（各自）會有點不自然，「に」才能帶出「日本綠茶和中國綠茶各有好喝的地方」的感覺，「それぞれ」的語感是「兩者都很好喝」。

重要文法

【名詞】＋にとって。表示站在前面接的那個詞的立場，來進行後面的判斷或評價，相當於「〜の立場から見て」。

❶ にとって　　對於…來説

例句 僕たちにとって、明日の試合は重要です。

對我們來説，明天的比賽至關重要。

【形容動詞詞幹な；[形容詞・動詞]普通形】＋わけではない。表示不能簡單地對現在的狀況下某種結論，也有其它情況。常表示部分否定或委婉的否定。

❷ わけではない（なく）

並不是…、並非…

例句 人生は不幸なことばかりあるわけではないだろう。

人生總不會老是發生不幸的事吧！

【名詞】＋という＋【名詞】。表示提示事物的名稱。

❸ という　　叫…的、是…、這個…。

例句 村上春樹という作家、知ってる？

你知道村上春樹這個作家嗎？

【名詞；動詞辭書形】＋につれ（て）。表示隨著前項的進展，同時後項也隨之發生相應的進展，相當於「〜にしたがって」。

❹ につれ（て）　　伴隨…、隨著…、越…越…

例句 一緒に活動するにつれて、みんな仲良くなりました。

隨著共同參與活動，大家感情變得很融洽。

❹ にたいして　　向…、對(於)…

例句 この問題に対して、意見を述べてください。

請針對這問題提出意見。

> 【名詞】＋に対して。表示動作、感情施予的對象，有時候可以置換成「に」。或用於表示對立，指出相較於某個事態，有另一種不同的情況。

❺ っぽい　　看起來好像…、感覺像…

例句 彼は短気で、怒りっぽい性格だ。

他的個性急躁又易怒。

> 【名詞；動詞ます形】＋っぽい。接在名詞跟動詞連用形後面作形容詞，表示有這種感覺或有這種傾向。與語氣具肯定評價的「らしい」相比，「っぽい」較常帶有否定評價的意味。

✐ 小知識大補帖

▶ 保特瓶 vs. 現沏茶

　　相信大家或多或少都有拜訪他人的經驗吧！在繁忙的現代，對方通常都是端出「ペットボトル」（保特瓶）飲料來招待，因為保特瓶飲料「清潔な感じがする」（讓人感覺潔淨），招待方準備起來「手間がいらない」（不費功夫），對於忙碌的現代人來說非常「便利」（便利）。

　　不過，偶爾也會在拜訪別人時喝到現沏茶。「茶葉」（茶葉）的「香り」（香氣）與「おいしさ」（甘醇），有著保特瓶飲料所沒有的「魅力」（魅力）。

　　下回有客人來訪時，不妨也「丁寧に入れたお茶をお客に出す」（為客人送上用心沏的茶）吧！

つぎの文章を読んで、質問に答えなさい。答えは、1・2・3・4から最もよいものを一つえらびなさい。

　　妻と子供を連れてドイツに留学して3年、日常生活のドイツ語には不自由しなくなった頃、首をかしげた（注）ものだが、野菜でも何でも、私が買ってくるものは、あまりよくないのである。①それに比べて、同じアパートに住む日本人が買い物をすると、いいものを買ってくる。彼のドイツ語は私より全然上手ではない。しかし、彼が買い物をすると、八百屋のおばさんが私よりずっといい野菜や果物を袋にいれてくれるようなのである。

　　②う〜ん、なぜだろうと不思議に思ったが、よくよく考えてみれば、その理由がわかるような気がした。

　　私が留学したばかりで、買い物のドイツ語にも不自由していた頃、どの店にいっても、店の人は皆、親切だった。家族を連れて買い物に出て、欲しいものをお店の人に苦労して伝えると、③お店の人から、「たいへんだねえ、どこから来たの、学生？」などと聞かれたものだった。お金を払って横を見ると、娘は店の人からもらった果物やハムなどを喜んで食べていた。

　　その後、ドイツ語力に自信がつき、買い物をする時に、品物についていろいろと注文をつけたり、ドイツの生活や政治について、自分の意見を言うようになった。その頃から、お店からあまり親切な対応をされなくなったのである。私はドイツ人にとって「生意気な外国人」になったのだ。「生意気」ということは、あまり「かわいくない」外国人になったということだ。

（関口一郎『「学ぶ」から「使う」外国語へ——
慶応義塾藤沢キャンパスの実践』より一部改変）

（注）首をかしげる：不思議に思う

34 ①それは、何を指しているか。

1　自分のドイツ語がうまくなったこと

2　自分の日常生活が不自由なこと

3　自分が買ってくるものはあまりよくないこと

4　ドイツに留学したこと

35 ②う〜ん、なぜだろうと不思議に思ったとあるが、それはなぜか。

1　別の日本人が自分よりドイツ語が下手な理由が分からなかったから

2　別の日本人が自分よりいいものを買ってくる理由が分からなかったから

3　別の日本人が自分よりドイツ語が上手な理由が分からなかったから

4　別の日本人が自分よりドイツ語も買い物も上手な理由が分からなかったから

36 ③お店の人から、「たいへんだねえ、どこから来たの、学生？」などと聞かれたものだったとあるが、この時のお店の人の気持ちは次のどれだと考えられるか。

1　悲しんでいる。　　　　2　よろこんでいる。

3　かわいそうに思っている。　　4　つまらないと思っている。

37 筆者は、自分がドイツ語が上手になってから、お店から親切にされなくなったのはなぜだと考えているか。

1　筆者がドイツ人の話すドイツ語を注意して、嫌われたから

2　筆者がドイツ人よりドイツ語が上手になり、生意気だと思われるようになったから

3　筆者がドイツについてドイツ語で話すことは、ドイツ人にとって不思議なことだから

4　筆者がドイツ語で不満や意見を言うようになり、生意気だと思われるようになったから

つぎの文章を読んで、質問に答えなさい。答えは、1・2・3・4から最もよいものを一つえらびなさい。

　妻と子供を連れてドイツに留学して３年、日常生活のドイツ語には不自由しなくなった頃、首をかしげた（注）ものだが、野菜でも何でも、**私が買ってくるものは、あまりよくないのである。①それに比べて、同じアパートに住む日本人が買い物をすると、いいものを買ってくる。**彼のドイツ語は私より全然上手ではない。しかし、彼が買い物をすると、八百屋のおばさんが私よりずっといい野菜や果物を袋にいれてくれるようなのである。

　②う～ん、なぜだろうと不思議に思ったが、よくよく考えてみれば、その理由がわかるような気がした。私が留学したばかりで、買い物のドイツ語にも不自由していた頃、どの店にいっても、店の人は皆、親切だった。家族を連れて買い物に出て、欲しいものをお店の人に苦労して伝えると、③お店の人から、**「たいへんだねえ、どこから来たの、学生？」**などと聞かれたものだった。お金を払って横を見ると、娘は店の人からもらった果物やハムなどを喜んで食べていた。

　その後、ドイツ語力に自信がつき、買い物をする時に、品物についていろいろと注文をつけたり、**ドイツの生活や政治について、自分の意見を言うようになった。**その頃から、お店からあまり親切な対応をされなくなったのである。**私はドイツ人にとって**〔文法詳見 P178〕**「生意気な外国人」になったのだ。**「生意気」ということは、あまり「かわいくない」外国人になったということだ。
〔文法詳見 P178〕

（関口一郎『「学ぶ」から「使う」外国語へ──慶応義塾大学藤沢キャンパスの実践』より一部改変）

（注）首をかしげる：不思議に思う

34題 關鍵句
35題 關鍵句
36題 關鍵句
37題 關鍵句
37題 關鍵句

□ 連れる　帶，領

□ ドイツ【（荷）Duitch】德國

□ 日常生活　日常生活

□ 不自由　不方便

□ 比べる　比較

□ 不思議　不可思議

□ よくよく　仔細地；好好地

□ 気がする　發現到

□ 伝える　告訴

□ 払う　支付，付錢

□ 娘　女兒

□ ハム【ham】火腿

□ 自信がつく　有了自信

□ 品物　物品；東西

□ 注文をつける　訂購

□ 政治　政治

□ 対応　應對

□ 生意気　自大，狂妄

請閱讀下列文章並回答問題。請從選項 1・2・3・4 當中選出一個最恰當的答案。

　　我帶著妻兒到德國留學 3 年，在我能掌握日常生活所用的德語時，有一點我想不透（注），那就是不管是蔬菜還是別的，我買回來的東西都不怎麼好。比起①這件事，和我住在同一間公寓的日本人，買東西都會買到好貨。他的德語比我差多了。可是只要是他去買東西，蔬菜店的老闆娘似乎就會把比我好上許多的蔬菜和水果裝袋給他。

　　②嗯～這是為什麼呢？真是不可思議。我仔細地思考，好像找到了理由。

　　我剛去留學的時候，連購物用的德語也不太會說，不管去哪家店，店員都非常親切。帶著家人去買東西，花了好大的力氣才把想要的東西告訴店員，③店員總是會問「很辛苦吧？你從哪裡來的？是學生嗎？」。付了錢往旁邊一看，女兒正滿心歡喜地吃店員所給的水果或火腿。

　　之後我對自己的德語有了自信，買東西時也能訂購各式各樣的商品，針對德國的生活和政治，也變得能發表自己的意見。從那個時候開始，店家就不再對我親切了。對於德國人來說，我變成一個「自大的外國人」。所謂的「自大」，就是指變成「不太可愛」的外國人。

　　（節選自關口一郎『從「學習」到「運用」的外語──
　　　　　　慶應義塾藤澤校園的實踐』，部分修改）

（注）想不透：覺得不可思議

作者的德語不錯，但在德國買東西總是買到不好的；相反地，其他日本人德語沒他好，卻總能買到好貨。

承接上一段。對此作者很納悶，但他似乎終於知道原因出在哪裡。

作者表示剛到德國時德語不好，店家都會體恤他的辛苦。

當作者德語進步，不僅能購物，還能發表意見後，在德國人眼中就成了自大的外國人，店家也就不再對他親切。

34 ①それは、何を指しているか。

1 自分のドイツ語がうまくなったこと

2 自分の日常生活が不自由なこと

3 自分が買ってくるものはあまりよくないこと

4 ドイツに留学したこと

34 ①這件事，指的是什麼呢？

1 自己的德語變好了

2 自己的日常生活變得不便

3 自己所買的東西不太好

4 在德國留學

35 ②う〜ん、なぜだろうと不思議に思ったとあるが、それはなぜか。

1 別の日本人が自分よりドイツ語が下手な理由が分からなかったから

2 別の日本人が自分よりいいものを買ってくる理由が分からなかったから

3 別の日本人が自分よりドイツ語が上手な理由が分からなかったから

4 別の日本人が自分よりドイツ語も買い物も上手な理由が分からなかったから

35 文中提到②嗯〜這是為什麼呢？真是不可思議，這是為什麼呢？

1 不懂為什麼別的日本人德語比自己還差

2 不懂為什麼別的日本人可以買到比自己還好的東西

3 不懂為什麼別的日本人德語比自己還好

4 不懂為什麼別的日本人不管是德語還是購物都比自己在行

這一題劃線部分的原句在「それに比べて、同じアパートに住む日本人が買い物をすると、いいものを買ってくる」（比起這件事，和我住同一間公寓的日本人，買東西都會買到好貨）。當句子裡面出現「それ」時，就要從前文找出答案。「～に比べて」暗示後項和前項有所不同，甚至是相反的情況。所以，這裡的「それ」指的一定是和購物有關的事物。

解題關鍵在「野菜でも何でも、私が買ってくるものは、あまりよくないのである」（那就是不管是蔬菜還是別的，我買回來的東西都不怎麼好），「それ」指的就是這個。選項當中和購物有關的只有選項 3。

這篇文章整體是在描述作者在德國隨著語言能力的進步，周圍對他的觀感也跟著不同。

解題關鍵在「首をかしげたものだが」（有一點我想不透），表示作者有件覺得不可思議的事情。後面就是重點了：「野菜でも何でも、私が買ってくるものは、あまりよくないのである。それに比べて、同じアパートに住む日本人が買い物をすると、いいものを買ってくる」（那就是不管是蔬菜還是別的，我買回來的東西都不怎麼好。比起這件事，和我住在同一間公寓的日本人，買東西都會買到好貨）。作者覺得不可思議的就是這件事。

Answer 3

36 ③お店の人から、「たいへんだねえ、どこから来たの、学生?」などと聞かれたものだったとあるが、この時のお店の人の気持ちは次のどれだと考えられるか。

1 悲しんでいる。
2 よろこんでいる。
3 かわいそうに思っている。
4 つまらないと思っている。

36 文中提到③店員總是會問「很辛苦吧?你從哪裡來的?是學生嗎?」,當時店員的心情是下列何者呢?

1 很悲傷。
2 很開心。
3 覺得很可憐。
4 覺得很無聊。

Answer 4

37 筆者は、自分がドイツ語が上手になってから、お店から親切にされなくなったのはなぜだと考えているか。

1 筆者がドイツ人の話すドイツ語を注意して、嫌われたから
2 筆者がドイツ人よりドイツ語が上手になり、生意気だと思われるようになったから
3 筆者がドイツについてドイツ語で話すことは、ドイツ人にとって不思議なことだから
4 筆者がドイツ語で不満や意見を言うようになり、生意気だと思われるようになったから

37 筆者覺得自從德語變得流利以後,店家就對自己不再親切的原因為何?

1 因為筆者會糾正德國人的德語,而被討厭
2 因為筆者的德語變得比德國人還好,所以人家覺得他自大了起來
3 因為筆者用德語評論德國,對德國人來說很不可思議
4 因為筆者開始用德語表達不滿或意見,所以人家覺得他自大了起來

解題關鍵在「たいへんだね」（很辛苦吧）。

四個選項中最接近的答案是選項 3。「かわいそう」的意思是「可憐」。文中提到「買い物のドイツ語にも不自由していた」（連購物用的德語也不太會說），表示作者當時買東西有溝通障礙，所以讓店員產生了憐憫的感覺。

「たいへん」有「辛苦」、「糟糕」、「嚴重」…等意思（在本文是「辛苦」的意思），句尾的「ねえ」是「ね」拉長拍數的表示方法，有更強調的感覺。「ね」是終助詞，表示輕微的感嘆或用來主張自己的想法，帶有期待對方回應的語感。「たいへんだねえ」意思是「很辛苦吧」，當看到別人發生了不好的事情或是過得不好時，就可以用這句話來表達同情、關心或安慰。

「その頃」指的是第四段開頭提到的「ドイツ語力に自信がつき、買い物をする時に、品物についていろいろと注文をつけたり、ドイツの生活や政治について、自分の意見を言うようになった」（之後我對自己的德語有了自信，買東西時也能訂購各式各樣的商品，針對德國的生活和政治，也變得能發表自己的意見），這就是作者認為店家不再對他親切的原因。

文章最後加以解釋道：「私はドイツ人にとって『生意気な外国人』になったのだ。『生意気』ということは、あまり『かわいくない』外国人になったということだ」（對於德國人來說，我變成一個「自大的外國人」。所謂的「自大」，就是指變成「不太可愛」的外國人），表示作者變得會對德國進行評論，才讓德國人覺得他很狂妄自大。正確答案是 4。

這一題問題對應到本文第四段「その頃から、お店からあまり親切な対応をされなくなったのである」（從那個時候開始，店家就不再對我親切了）。

⊘ 重要文法

【形容動詞詞幹な；形容詞辭書形；動詞普通形】＋ものだ。表示説話者對於過去常做某件事情的感慨、回憶。

❶ ものだ　過去…經常、以前…常常

例句　この町もすっかり変わったものだ。

這小鎮變化也真夠大的。

【名詞】＋にとって。表示站在前面接的那個詞的立場，來進行後面的判斷或評價，相當於「～の立場から見て」。

❷ にとって　對於…來説

例句　そのニュースは、川崎さんにとってショックだったに違いない。

那個消息必定讓川崎先生深受打擊。

【簡體句】＋ということだ。明確地表示自己的意見、想法之意，也就是對前面的內容加以解釋，或根據前項得到的某種結論。

❸ ということだ　…也就是説…、這就是…

例句　芸能人に夢中になるなんて、君もまだまだ若いということだ。

竟然會迷戀藝人，表示你還年輕啦！

⊘ 小知識大補帖

▶在日本討生活

　　相信多人都有在日本生活的經驗吧？可能是「短期留学」（遊學）、「留学」（留學）、長期度假或是時下流行的「ワーキング・ホリデー」（打工度假）。打工度假名字裡雖有個打工，但和日本職場還是有很大的差距。對日本人而言，打工度假者就是外國人，他們也不會太嚴格。

　　正式進入日本職場可就不一樣了，一旦成為「正社員」（正式職員），一切都會被用日本人的標準檢視，也不會再因為是外國人而被體諒了。尤其日本的職場文化和台灣大不相同，「先輩」（前輩）、「後輩」（後輩）階級分明，無論後輩有多重要的事情要「休みを取る」（請假），前輩絕對都會「顔色を変える」（沉下臉），然後不斷「ぶつぶつ言う」（發牢騷）。

到日本工作如果沒有「覚悟できる」（做好覺悟），可是會「ひどい目にあう」（吃苦頭）的哦！

つぎの文章を読んで、質問に答えなさい。答えは、1・2・3・4から最もよいものを一つえらびなさい。

　今、皆さんは、①「光より速いものはない」と教わっているはずですが、これも仮説（注1）でしかないのです。明日、新たな大発見によってその考えが全て変わる可能性があるのです。

　しかし、私たちの常識が仮説でしかない、と自覚（注2）している人はあまりいません。目の前で起きる事件や現象（注3）を全て疑っていると、疲れてしまいます。

　事件や現象については他の人が説明してくれます。それを信じるほうが楽なのです。だから②大部分の人は、他人から教わったことをそのまま納得（注4）しているのです。常識は正しいに決まっている……そんなふうに思っているのです。

　でも、実際は、われわれの頭の中は仮説だらけなのです。そして、昔も今も、それから将来も、そういった仮説はつぎつぎと崩れて修正される運命なのです。そして、③それこそが科学なのです。

　常識が常に正しいと思いこむ（注5）こと、つまり、頭のなかにあるものが仮説だと気がつかないこと、それが「頭が固い」ということなのです。頭が固ければ、ただ皆の意見に従うだけです。逆に、常に常識を疑う癖をつけて、頭の中にあるのは仮説の集合なのだと思うこと、それが「頭が柔らかい」ということなのです。

　　　　　（竹内薫『99.9％は仮説　思いこみで判断しないための考え方』
　　　　　　　　　　　　　　　　　　　　　　　より一部改変）

（注1）仮説：ある物事をうまく説明するための一時的な説
（注2）自覚：自分の状態や能力が自分ではっきりと分かること
（注3）現象：人間が見たり聞いたりできるすべてのできごと
（注4）納得：人の考えや説明を正しいと考えて受け入れること
（注5）思いこむ：固く信じる

34 この文章を書いた人は、①「光より速いものはない」という説について、どう考えているか。

1 今は正しいと考えられているが、将来は間違いになる。

2 今は正しいと考えられているが、将来は変わる可能性がある。

3 今は正しいかどうか分からないが、将来は正しいことが証明されるだろう。

4 今は正しいかどうか分からないが、将来は常識になるだろう。

35 ②大部分の人は、他人から教わったことをそのまま納得しているのですとあるが、それはなぜだと言っているか。

1 皆が正しいと思っていることを疑うのは良くないことだから。

2 他人から教わったことを疑うのは、人の心を傷つけてしまうから。

3 目の前の事件や現象を全部疑うのは、疲れることだから。

4 目の前の事件や現象を疑うことは禁止されているから。

36 ③それこそが科学なのですとあるが、科学とはどういうものだと言っているか。

1 ある現象についての仮説が、新しい発見によって修正されること

2 ある現象についての仮説が、常に正しいと信じること

3 ある現象についての仮説が、常に正しいと皆に信じさせること

4 ある現象についての仮説が、常に間違っていることを新しい発見によって証明すること

37 「頭が固い」と「頭が柔らかい」は、どう違うと言っているか。

1 「頭が固い」は、常識が常に正しいと信じていることで、「頭が柔らかい」は、常識でも疑う気持ちを持っていること

2 「頭が固い」は、皆の意見に従うことで、「頭が柔らかい」は、皆の意見に反対すること

3 「頭が固い」は、常識が常に正しいと信じていることで、「頭が柔らかい」は、常識が常に間違っていると信じていること

4 「頭が固い」は、頭の中にあるものが仮説だと気がつかないことで、「頭が柔らかい」は、頭の中にあるものが常識だと気がつかないこと

つぎの文章を読んで、質問に答えなさい。答えは、1・2・3・4から最もよいものを一つえらびなさい。

今、皆さんは、①「光より速いものはない」と教わっているはずですが、これも仮説（注1）でしかないのです。明日、新たな大発見によってその考えが全て変わる可能性があるのです。 **34題 關鍵句**

しかし、私たちの常識が仮説でしかない、と自覚（注2）している人はあまりいません。目の前で起きる事件や現象（注3）を全て疑っていると、疲れてしまいます。 **35題 關鍵句**

事件や現象については他の人が説明してくれます。それを信じるほうが楽なのです。だから②大部分の人は、他人から教わったことをそのまま納得（注4）しているのです。常識は正しいに決まっている……そんなふうに思っているのです。 └文法詳見 P188

でも、実際は、われわれの頭の中は仮説だらけなのです。そして、昔も今も、それから将来も、そういった仮説はつぎつぎと崩れて修正される運命なのです。そして、③それこそが科学なのです。 └文法詳見 P188 **36題 關鍵句**

└文法詳見 P188

常識が常に正しいと思いこむ（注5）こと、つまり、頭のなかにあるものが仮説だと気がつかないこと、それが「頭が固い」ということなのです。頭が固ければ、ただ皆の意見に従うだけです。逆に、常に常識を疑う癖をつけて、頭の中にあるのは仮説の集合なのだと思うこと、それが「頭が柔らかい」ということなのです。 **37題 關鍵句**

（竹内薫『99.9%は仮説 思いこみで判断しないための考え方』より一部改変）

（注1）仮説：ある物事をうまく説明するための一時的な説
（注2）自覚：自分の状態や能力が自分ではっきりと分かること
（注3）現象：人間が見たり聞いたりできるすべてのできごと
（注4）納得：人の考えや説明を正しいと考えて受け入れること
（注5）思いこむ：固く信じる

□ 光 光・光線
□ 教わる 學習，受教
□ 新た 全新的，嶄新的
□ 発見 發現
□ 可能性 可能性
□ 常識 常識，常理
□ 疑う 懷疑
□ つぎつぎ 接二連三地
□ 崩れる 崩毀，破滅
□ 修正 修正，改正
□ 運命 命運
□ 科学 科學
□ 従う 跟隨，順從
□ 癖 習慣
□ 集合 集合
□ 説 說法
□ 証明 證明，驗證

請閱讀下列文章並回答問題。請從選項 1・2・3・4 當中選出一個最恰當的答案。

現在大家應該都是學到①「沒有比光更快的東西」，不過這也只是一種假説（注1）。這個想法搞不好明天會根據某個全新大發現而全面更改。

> 我們學到的東西其實只是一種假説，隨時都有可能會被推翻。

不過，很少人能自覺（注2）自己的常識只是一種假説。全盤懷疑眼前發生的事件或現象（注3）是非常累人的。

> 承接上一段，幾乎很少人能意識到這種情形。

事件或是現象都有別人來為我們説明。負責相信它的人比較輕鬆。所以②大部分的人都是別人怎麼教就怎麼接受（注4）。常識肯定是正確的……大家都是這麼覺得。

> 作者指出大部分的人都把學到的東西照單全收，以為那就是正確的常識。

然而，我們腦中的其實淨是些假説。不管是過去還是現在，甚至是未來，這些假説的命運都是一一地破滅並被修正。而③這就是科學。

> 其實我們的常識都是假説而已。所謂的科學就是假説不斷地被推翻修正。

深信（注5）常識總是正確的，也就是説沒注意到腦中的東西是假説，這就是所謂的「頭腦僵硬」。頭腦一旦僵硬，就只會順從眾人的意見。反之，如果培養時時懷疑常識的習慣，認定頭腦裡面的東西都是假説，這就是所謂的「頭腦柔軟」。

> 沒有意識到腦中知識只是假説，就是頭腦僵硬。懷疑腦中知識的正確性，就是頭腦柔軟。

（節選自竹內薫『99.9%是假説 不靠固執念頭來下判斷的思考方式』，部分修改）

（注1）假説：為了能圓滿解釋某件事物的一時説法
（注2）自覺：自己清楚地明白自己的狀態或能力
（注3）現象：人類能看見、聽見的所有事情
（注4）接受：覺得別人的想法或説明是正確的而接納
（注5）深信：堅定地相信

---

34 この文章を書いた人は、①「光より速いものはない」という説について、どう考えているか。

1 今は正しいと考えられているが、将来は間違いになる。

2 今は正しいと考えられているが、将来は変わる可能性がある。

3 今は正しいかどうか分からないが、将来は正しいことが証明されるだろう。

4 今は正しいかどうか分からないが、将来は常識になるだろう。

34 這篇文章的作者對於①「沒有比光更快的東西」這種說法，覺得如何呢？

1 現在覺得是正確的，但將來會是錯的。

2 現在覺得是正確的，但將來有可能會改變。

3 現在不知道是否正確，但將來會被證明是正確。

4 現在不知道是否正確，但將來會成為常識。

---

35 ②大部分の人は、他人から教わったことをそのまま納得しているのですとあるが、それはなぜだと言っているか。

1 皆が正しいと思っていることを疑うのは良くないことだから。

2 他人から教わったことを疑うのは、人の心を傷つけてしまうから。

3 目の前の事件や現象を全部疑うのは、疲れることだから。

4 目の前の事件や現象を疑うことは禁止されているから。

35 文中提到②大部分的人都是別人怎麼教就怎麼接受，請問作者認為原因為何呢？

1 因為懷疑大家覺得是正確的事物，不是件好事。

2 因為懷疑別人教導的事物，會傷害別人的心。

3 因為懷疑眼前所有的事件和現象會很累。

4 因為懷疑眼前的事件和現象是被禁止的。

作者對「光より速いものはない」（沒有比光更快的東西）這個假說的看法在下一句：「明日、新たな大発見によってその考えが全て変わる可能性があるのです」（這個想法搞不好明天會根據某個全新大發現而全面更改）。也就是說，這一句是針對「為什麼這件事情是假說」在進行解釋。

四個選項當中，只有選項２最接近作者這種想法。

チャレンジ編　STEP 1　STEP 2　STEP 3　応用編

這篇文章整體是在探討僵硬的思考模式和柔軟的思考模式有什麼不同。

這一題用「なぜ」（為何）來詢問劃線部分的理由。劃線部分的原句是「だから大部分の人は、他人から教わったことをそのまま納得しているのです」（所以大部分的人都是別人怎麼教就怎麼接受）。這個「だから」（所以）就是解題關鍵，可見前面的事項一定是導致後面這句結果的原因。

解題關鍵在「事件や現象については他の人が説明してくれます。それを信じるほうが楽なのです」（事件或是現象都別人來為我們說明。負責相信它的人比較輕鬆）。四個選項當中，只有選項３比較接近這個敘述。而且選項３剛好呼應文中「目の前で起きる事件や現象を全て疑っていると、疲れてしまいます」（全盤懷疑眼前發生的事件或現象是非常累人的）。

---

36 ③それこそが科学なのですとあるが、科学とはどういうものだと言っているか。

1 ある現象についての仮説が、新しい発見によって修正されること

2 ある現象についての仮説が、常に正しいと信じること

3 ある現象についての仮説が、常に正しいと皆に信じさせること

4 ある現象についての仮説が、常に間違っていることを新しい発見によって証明すること

36 文中提到③這就是科學，作者認為科學是什麼呢？

1 某個現象的假説透過新發現而被修正

2 相信某個現象的假説永遠是正確的

3 讓所有人相信某個現象的假説永遠是正確的

4 利用新發現來證明某個現象的假説永遠是錯誤的

---

37 「頭が固い」と「頭が柔らかい」は、どう違うと言っているか。

1 「頭が固い」は、常識が常に正しいと信じていることで、「頭が柔らかい」は、常識でも疑う気持ちを持っていること

2 「頭が固い」は、皆の意見に従うことで、「頭が柔らかい」は、皆の意見に反対すること

3 「頭が固い」は、常識が常に正しいと信じていることで、「頭が柔らかい」は、常識が常に間違っていると信じていること

4 「頭が固い」は、頭の中にあるものが仮説だと気がつかないことで、「頭が柔らかい」は、頭の中にあるものが常識だと気がつかないこと

37 「頭腦僵硬」和「頭腦柔軟」有什麼不同呢？

1 「頭腦僵硬」是指相信常識永遠是正確的，「頭腦柔軟」是指對常識抱持懷疑

2 「頭腦僵硬」是指順從眾人意見，「頭腦柔軟」是指反對眾人意見

3 「頭腦僵硬」是指堅信常識一直都是正確的，「頭腦柔軟」是指堅信常識一直都是錯誤的

4 「頭腦僵硬」是指沒發現腦中事物是假説，「頭腦柔軟」是指沒發現腦中事物是常識

　這一題問的是劃線部分的具體內容。劃線部分的原句「そして、それこそが科学なのです」（而這就是科學），解題重點就在「そして」和「それ」上。

　解題關鍵在「昔も今も、それから将来も、そういった仮説はつぎつぎと崩れて修正される運命なのです」（不管是過去還是現在，甚至是未來，這些假説的命運都是一一地破滅並被修正），由此可知正確答案是１。

　　出現「そ」開頭的指示詞，就要從前文找答案。這個「そして」（而）就是幫助我們找「それ」內容的好幫手，因為接續詞「そして」的功能是承接前面的內容再進行補充，所以這個「それ」的真面目應該就藏在前一句話。

　關於「頭が固い」（頭腦僵硬）的説明在「頭のなかにあるものが仮説だと気がつかないこと、それが『頭が固い』ということなのです」（沒注意到腦中的東西是假説，這就是所謂的「頭腦僵硬」）。

　後面又接著提到「常に常識を疑う癖をつけて、頭の中にあるのは仮説の集合なのだと思うこと、それが『頭が柔らかい』ということなのです」（如果培養時時懷疑常識的習慣，認定頭腦裡面的東西都是假説，這就是所謂的「頭腦柔軟」）。和這兩段敘述最吻合的是選項１。

重要文法

【名詞；［形容詞・動詞］普通形】＋に決まっている。表示説話人根據事物的規律，覺得一定是這樣，不會例外，是種充滿自信的推測，語氣比「きっと～だ」還要有自信。或表示説話人根據社會常識，認為理所當然的事。

❶ にきまっている

肯定是…、一定是…

例句「きゃ～、おばけ～！」「おばけのわけない。風の音に決まってるだろう。」

「媽呀～有鬼～！」「怎麼可能有鬼，一定是風聲啦！」

【名詞】＋だらけ。表示數量過多，到處都是的樣子，相當於「～がいっぱい」。常伴有「不好」、「骯髒」等貶意。

❷ だらけ　全是…、滿是…、到處是…

例句 子どもは泥だらけになるまで遊んでいた。

孩子們玩到全身都是泥巴。

【名詞】＋こそ。表示特別強調某事物。【動詞て形】＋こそ。表示只有當具備前項條件時，後面的事態才會成立。

❸ こそ　正是…、オ(是)…；唯有…オ…。

例句 私には、この愛こそ生きる全てです。

對我而言，這份愛就是生命的一切。

小知識大補帖

▶ 以光速飛行的時光機

　　隨著「科学技術」（科學技術）的「発達」（進步），人類已經達成了各式各樣的目標。比方人類已經可以飛上天空，也能夠到「海底」（海底）及「地底」（地底）的「奥」（深處），甚至能上「宇宙」（外太空）了。

　　科技已經突破「空間」（空間）的限制，能讓人類飛天遁地了。那麼「時間」（時間）呢？文中提到了 "沒有比光還更快的東西" 的「仮説」（假説），

根據物理學家史蒂芬‧霍金的理論，如果能夠建造速度接近「光速度」（光速）的「宇宙船」（太空船），那麼這艘太空船就會因為"沒有比光還更快的東西"，導致船艙內的時間變慢，如此一來太空船內外的時間不一致，這艘太空船就成了「タイムマシン」（時光機）。

　　因此若"沒有比光更快的東西"這個假說是正確的，人類真的可能穿越時空。可惜的是，雖然理論上可行，只是以目前的科學技術而言，似乎仍是「できないこと」（沒有辦法實現的事）。

▶健康生活

タバコかお酒かどちらかをやめた方がいいですよ。
看是要戒菸還是戒酒，挑一樣戒掉比較好哦。

いくらうるさくても眠れる。
無論有多麼吵雜，都能夠入睡。

散歩しながらその日の予定を考えます。
我一邊散步一邊思考當天的工作行程。

散歩しないと体が硬くなって気持ちが悪い。
如果不散步，身體就會變得僵硬，感覺很不舒服。

にぎやかな町より静かな田舎に住みたい。
比起熱鬧的城鎮，我比較想住在僻靜的鄉村。

赤ちゃんに小さな白い歯が２本生えてきました。
小寶寶長出了兩顆小小的雪白牙齒。

カロリーを減らします。
減少熱量。

ご飯や麺など炭水化物の量は減らした。
減少了米飯和麵食類的碳水化合物攝取量。

サプリメントや野菜ジュースもいいです。
吃些補充營養劑或蔬果汁也不錯。

ビタミン類を意識して取ったほうがいいです。
最好要留意攝取富含維他命的食物。

お肉はなるべく脂の部分を取りました。
吃肉的時候，盡量去掉肥肉部分。

食事をしっかり取るようにしてた。
我確實做到三餐規律進食。

栄養はバランスよく取るようにしています。
我很注意營養均衡攝食。

運動によって筋肉をつけています。
以做運動而使肌肉變得更結實。

週末には1時間ほどのウォーキングをしています。
每逢週末就會去健走莫約一個小時。

いくら体によくても同じ物ばかり食べていたら病気になってしまう。
雖說有益健康，但老是吃同樣的食物還是會生病。

長く歩いた後は横になって足を上げると疲れが取れます。
在走了很久以後，躺下來把腳抬高可以消除疲勞。

眠くて目が開かない。
睏得眼睛都睜不開了。

小さな字を見ていて目が疲れました。
一直盯著小字看，眼睛已經疲了。

病気のときはゆっくり寝るのが一番の薬だ。
生病時好好睡上一覺是最有效的是治病良方。

お酒は少しだけなら薬になる。
少量的酒可以當作良藥。

薬を間違って飲んだら体に悪い。
要是吃錯藥的話會對身體有害。

お見舞いには果物などがいいと思います。
我覺得去探病時，帶水果比較好。

退院できるまでそんなに長くないですよ。
再不久就能出院囉。

▶ 住所

来年、引越しすることになりました。
決定了明年要搬家。

駅に近いマンションを探しています。
正在找位於車站附近的住宅大廈。

アパートを一月7万円で貸しています。
我的公寓以每個月七萬圓的租金出租。

使わない部屋を貸そう。
把沒在使用的房間出租吧。

部屋が狭いのでベッドは一つしか置けません。
由於房間太小了，所以只能放得下一張床。

私の部屋は南を向いていてとても明るいです。
我的房間向南，所以採光非常好。

狭い庭ですが、いろいろな木や花が植えてあります。
雖然庭院很小，但種有各種花草樹木。

テレビを1階から2階へ上げた。
把電視機從一樓搬到了二樓。

エアコン以外は、自分で買わないといけません。
除了空調設備以外，其他都得自己添購。

カーテンを変えるつもりです。
我想要換窗簾。

リビングにソファーを置くつもりです。
打算在客廳裡放沙發。

本棚はこっち側の壁のところに置こう。
把書架靠這片牆放置吧！

應用篇

応用編

右のページは、「宝くじ」の案内である。これを読んで、下の質問に答えなさい。
答えは、1・2・3・4から最もよいものを一つえらびなさい。

38　宝くじ50はいつ買うことができるか。

1　毎日

2　毎週金曜日

3　毎週抽せんの日

4　抽せんの日の翌日

39　私は今週、01、07、12、22、32、40を申し込んだ。抽せ
んで決まった数は02、17、38、12、41、22だった。結果
はどうだったか。

1　4等で、100,000円もらえる。

2　5等で、1,000円もらえる。

3　2等で、50,000,000円もらえる。

4　一つも当たらなかった。

宝くじ50

　宝くじ50は、1から50までの中からお客様が選んだ六つの数と、毎週一回抽せん（注）で決められる六つの数が、いくつ一致しているかによって当選金額が決まる宝くじです。全国の宝くじ売場で毎日販売されています。

申し込み方法

　宝くじ50の申し込みカードに、1から50までの中から好きな数を六つ（05、13、28、37、42、49など）選んで記入し、売場で申し込んでください。数の並ぶ順番はばらばらでもかまいません。

名称	宝くじ50
販売場所	全国の宝くじ売場
販売日	毎日
販売単価	申し込みカード一枚200円
抽せん日	毎週金曜日（19：00〜）
賞金の支払い期間	抽せん日の翌日から1年間。
抽せん結果案内	結果はホームページまたは携帯電話で！抽せん日当日に結果が分かります。

等級	当選条件	金額
1等	申し込んだ数が抽せんで出た数6個と全て同じ	100,000,000円
2等	申し込んだ数が抽せんで出た数5個と同じ	50,000,000円
3等	申し込んだ数が抽せんで出た数4個と同じ	500,000円
4等	申し込んだ数が抽せんで出た数3個と同じ	100,000円
5等	申し込んだ数が抽せんで出た数2個と同じ	1,000円

（注）抽せん：人の意思に影響されない公平なやり方で、たくさんある中からいくつかを選ぶこと

右のページは、「宝くじ」の案内である。これを読んで、下の質問に答えなさい。答え
は、1・2・3・4から最もよいものを一つえらびなさい。

宝くじ50

　宝くじ50は、1から50までの中からお客様が選んだ六つの数と、毎週一回抽せん（注）で決められる六つの数が、いくつ一致しているかによって当選金額が決まる宝くじです。全国の宝くじ売場で毎日販売されています。

申し込み方法

　宝くじ50の申し込みカードに、1から50までの中から好きな数を六つ（05、13、28、37、42、49など）選んで記入し、売場で申し込んでください。数の並ぶ順番はばらばらでもかまいません。

名称	宝くじ50
販売場所	全国の宝くじ売場
販売日	毎日
販売単価	申し込みカード一枚200円
抽せん日	毎週金曜日（19：00〜）
賞金の支払い期間	抽せん日の翌日から1年間。
抽せん結果案内	結果はホームページまたは携帯電話で！抽せん日当日に結果が分かります。

38題
關鍵句

等級	当選条件	金額
1等	申し込んだ数が抽せんで出た数6個と全て同じ	100,000,000円
2等	申し込んだ数が抽せんで出た数5個と同じ	50,000,000円
3等	申し込んだ数が抽せんで出た数4個と同じ	500,000円
4等	申し込んだ数が抽せんで出た数3個と同じ	100,000円
5等	申し込んだ数が抽せんで出た数2個と同じ	1,000円

39題
關鍵句

（注）抽せん：人の意思に影響されない公平なやり方で、たくさんある中からいくつかを選ぶこと

右頁是「彩券」的介紹。請在閱讀後回答下列問題。請從選項１・２・３・４當中選出一個最恰當的答案。

彩券50

彩券50的玩法是玩家從1～50當中選出六個號碼，和每週一次開獎（注）的六個號碼相互對照，並依照相同號碼的數量來決定獲獎金額。全國的彩券行每天均有發售。

投注方式

請於彩券50的投注卡上，從1～50當中隨意選出六個數字下注（例如05、13、28、37、42、49），在彩券行進行投注。號碼若無依序排列也不要緊。

名稱	彩券50
銷售點	全國彩券行
銷售日	每天
銷售單價	投注卡一張200圓
開獎日	每週五（19：00～）
領獎期限	自開獎日隔天算起一年內。
開獎結果	開獎結果請上網站或利用手機查詢！開獎日當天即可得知結果。

獎項	中獎方式	金額
頭獎	投注號碼和開獎號碼6碼全部相同	100,000,000圓
二獎	投注號碼和開獎號碼5碼相同	50,000,000圓
三獎	投注號碼和開獎號碼4碼相同	500,000圓
四獎	投注號碼和開獎號碼3碼相同	100,000圓
五獎	投注號碼和開獎號碼2碼相同	1,000圓

（注）開獎：是不受人為意志影響的公平做法，從眾多事項當中選出幾個

宝くじ50

　宝くじ50は、1から50までの中からお客様が選んだ六つの数と、毎週一回抽せん（注）で決められる六つの数が、いくつ一致しているかによって当選金額が決まる宝くじです。全国の宝くじ売場で毎日販売されています。

申し込み方法

　宝くじ50の申し込みカードに、1から50までの中から好きな数を六つ（05、13、28、37、42、49など）選んで記入し、売場で申し込んでください。数の並ぶ順番はばらばらでもかまいません。

名称	宝くじ50
販売場所	全国の宝くじ売場
販売日	毎日
販売単価	申し込みカード一枚200円
抽せん日	毎週金曜日（19：00～）
賞金の支払い期間	抽せん日の翌日から1年間。
抽せん結果案内	結果はホームページまたは携帯電話で！抽せん日当日に結果が分かります。

◁ 關鍵句

□ 宝くじ　彩券
□ 翌日　隔天
□ 申し込む　投注；報名
□ 一致　一致，符合
□ 記入　填寫，記上
□ 順番　順序
□ ばらばら　未照順序分散貌；凌亂
□ 名称　名稱
□ 賞金　獎金
□ 支払い　支付，付款

38　宝くじ50はいつ買うことができるか。

1　毎日

2　毎週金曜日

3　毎週抽せんの日

4　抽せんの日の翌日

彩券50

彩券50的玩法是玩家從1～50當中選出六個號碼，和每週一次開獎（注）的六個號碼相互對照，並依照相同號碼的數量來決定獲獎金額。全國的彩券行每天均有發售。

投注方式

請於彩券50的投注卡上，從1～50當中隨意選出六個數字下注（例如05、13、28、37、42、49），在彩券行進行投注。號碼若無依序排列也不要緊。

名稱	彩券50
銷售點	全國彩券行
銷售日	每天
銷售單價	投注卡一張200圓
開獎日	每週五（19：00～）
領獎期限	自開獎日隔天算起一年內。
開獎結果	開獎結果請上網站或利用手機查詢！開獎日當天即可得知結果。

Answer 1

38 什麼時候能購買彩券50？

1 每天

2 每週五

3 每週抽選日

4 開獎日的隔天

> 這一題用「いつ」來詢問時間日期，只要掌握和時間有關的資訊就好。至於是什麼的時間呢？問題中的「買うことができる」（能購買）正好對應海報中的「販売日」（銷售日），而銷售日是「毎日」（每天），所以每天都能購買彩券50。

等級 とうきゅう	当選条件 とうせんじょうけん	金額 きんがく
1等 とう	申し込んだ数が抽せんで出た数6個と全て同じ	100,000,000円 えん
2等 とう	申し込んだ数が抽せんで出た数5個と同じ	50,000,000円 えん
3等 とう	申し込んだ数が抽せんで出た数4個と同じ	500,000円 えん
4等 とう	申し込んだ数が抽せんで出た数3個と同じ	100,000円 えん
5等 とう	申し込んだ数が抽せんで出た数2個と同じ	1,000円 えん

＜ 關鍵句

□ 等級（とうきゅう） 等級
□ 影響（えいきょう） 影響
□ 当たる（あ） 中（獎）

39 私（わたし）は今週（こんしゅう）、01、07、12、22、32、40を申（もう）し込（こ）んだ。抽（ちゅう）せんで決（き）まった数（かず）は02、17、38、12、41、22だった。結果（けっか）はどうだったか。

1　4等（とう）で、100,000円（えん）もらえる。

2　5等（とう）で、1,000円（えん）もらえる。

3　2等（とう）で、50,000,000円（えん）もらえる。

4　一（ひと）つも当（あ）たらなかった。

獎項	中獎方式	金額
頭獎	投注號碼和開獎號碼 6碼全部相同	100,000,000圓
二獎	投注號碼和開獎號碼 5碼相同	50,000,000圓
三獎	投注號碼和開獎號碼 4碼相同	500,000圓
四獎	投注號碼和開獎號碼 3碼相同	100,000圓
五獎	投注號碼和開獎號碼 2碼相同	1,000圓

首先要知道彩券50的玩法，再配合第二個表格的獎項說明來選出答案。

Answer **2**

39 我這個禮拜投注了01、07、12、22、32、40號。抽選出的號碼是02、17、38、12、41、22。請問結果如何？

1 中4獎，可得到 100,000 圓。

2 中5獎，可得到 1,000 圓。

3 中2獎，可得到 50,000,000 圓。

4 什麼獎也沒中。

「私」(我) 選出的數字當中，只有12和22這兩個數字和開獎號碼一樣。從第二個表格來看，對中兩碼是「5等」（5獎），可以得到1,000圓。

つぎのページは、バスツアーのパンフレットである。これを読んで、下の質問に答えなさい。答えは、1・2・3・4から最もよいものを一つえらびなさい。

38　ツアーの内容として、正しいのはどれか。

1　いちご食べ放題のほか、昼食か夕食を選ぶことができる。

2　参加する人数が25名未満の場合は、申し込んでも行けないかもしれない。

3　参加する人は、中伊豆までは自分で行かなければならない。

4　家族や友達と一緒でないと、申し込むことができない。

39　さゆりさんは友達と二人でツアーに参加したい。2月の予定によると、今申し込めば必ず行くことができるのは何日のツアーか。

1　13日、14日、24日、26日

2　19日、20日、21日、27日、28日

3　20日、27日

4　19日、21日、28日

「いちご食べ放題！」伊豆日帰りバスツアーのご案内

☆お勧めのポイント☆

新宿発2食付きの日帰りバスツアーです。家族やお友達同士の方にお勧めです。

旅行の条件

最少人数：25名（申し込み人数が25名に達しない場合、ツアーは中止になることがあります）

最大人数：40名（満席になり次第、受付を終了します）

食事：昼食1回、夕食1回

ツアー日程

新宿（8：00発）- 🚌 -中伊豆（いちご食べ放題1時間）- 🚌 -河津（うなぎ弁当50分）- 🚌 -三津浜（海鮮鍋と寿司の夕食1時間）- 🚌 -新宿着（19：30〜20：40予定）

2月の予定

月	火	水	木	金	土	日
1	2	3	4	5	6	7
8	9	10	11	12	13☆ □受付中	14☆ □受付中
15	16	17	18	19☆ ◎出発決定	20 ●受付終了	21☆ ◎出発決定
22	23	24☆ □受付中	25	26☆ □受付中	27 ●受付終了	28☆ ◎出発決定

カレンダーの見方

□ 受付中：ただいま受付中です。まだ出発決定の25名に達していません。

◎ 出発決定：出発が決定していますが、現在も受付中です。まだお席に余裕がございます。

● 受付終了：出発が決定していますが、現在満席のため、受付を終了しました。

お申し込み方法

　インターネットからのお申し込みは、カレンダー中の☆印をクリックしてください。お申し込み画面へ進みます。

　電話でもご予約を受付けています。各旅行センターまでお問い合わせください。

　お申し込みいただいても、25名に達しない場合、ツアーは中止になることがありますので、ご了承ください。

つぎのページは、バスツアーのパンフレットである。これを読んで、下の質問に答え
なさい。答えは、1・2・3・4から最もよいものを一つえらびなさい。

「いちご食べ放題！」伊豆日帰りバスツアーのご案内

☆お勧めのポイント☆

新宿発2食付きの日帰りバスツアーです。家族やお友達同士の方にお勧めです。

旅行の条件

最少人数：25名（申し込み人数が25名に達しない場合、ツアーは中止になる
ことがあります）

最大人数：40名（満席になり次第、受付を終了します） ｜ 38題關鍵句 ｜

食事：昼食1回、夕食1回

ツアー日程

新宿（8：00発）-🚌-中伊豆（いちご食べ放題1時間）-🚌-河津（うなぎ弁
当50分）-🚌-三津浜（海鮮鍋と寿司の夕食1時間）-🚌-新宿着（19：30〜
20：40予定）

2月の予定

月	火	水	木	金	土	日
1	2	3	4	5	6	7
8	9	10	11	12	13☆ □受付中	14☆ □受付中
15	16	17	18	19☆ ◎出発決定	20 ●受付終了	21☆ ◎出発決定
22	23	24☆ □受付中	25	26☆ □受付中	27 ●受付終了	28☆ ◎出発決定

｜ 39題關鍵句 ｜

カレンダーの見方

□ 受付中：ただいま受付中です。まだ出発決定の25名に達していません。

◎ 出発決定：出発が決定していますが、現在も受付中です。まだお席に余裕
がございます。

● 受付終了：出発が決定していますが、現在満席のため、受付を終了しました。

お申し込み方法

インターネットからのお申し込みは、カレンダー中の☆印をクリックしてく
ださい。お申し込み画面へ進みます。

電話でもご予約を受付けています。各旅行センターまでお問い合わせください。

お申し込みいただいても、25名に達しない場合、ツアーは中止になることが
ありますので、ご了承ください。

下頁是巴士旅遊導覽手冊。請在閱讀後回答下列問題。請從選項１・２・３・４當中選出一個最恰當的答案。

「草莓任你吃！」伊豆一日巴士旅遊

☆推薦重點☆

這是從新宿出發，附贈兩餐的一日巴士旅遊。推薦各位和家人或朋友一起參加。

成行條件

最少人數：25位（報名人數如未達25位，活動可能取消）
最多人數：40位（只要額滿報名就截止）
餐點：中餐一餐、晚餐一餐

旅遊行程

新宿（８：00出發）-🚌-中伊豆（草莓任你吃１個鐘頭）-🚌-河津（鰻魚便當50分鐘）-🚌-三津濱（晚餐海鮮鍋及壽司１個鐘頭）-🚌-抵達新宿（預計19：30～20：40）

２月的行程

一	二	三	四	五	六	日
1	2	3	4	5	6	7
8	9	10	11	12	13☆ □開放報名中	14☆ □開放報名中
15	16	17	18	19☆ ◎確定成行	20 ●報名截止	21☆ ◎確定成行
22	23	24☆ □開放報名中	25	26☆ □開放報名中	27 ●報名截止	28☆ ◎確定成行

月曆說明

□開放報名中：現正接受報名中。目前人數未滿25位，尚未確定成行與否。
◎確定成行：確定能成行，不過也還在開放報名中。尚有空位。
●報名截止：確定能成行，不過報名人數額滿，無法接受報名。

報名方法

利用網路報名者，請點選月曆中的☆記號，即可前往報名畫面。
也可以利用電話預約。詳情請洽各旅遊中心。
報名後如該行程未滿25人，活動可能取消，敬請見諒。

「いちご食べ放題！」伊豆日帰りバスツアーのご案内

☆お勧めのポイント☆

新宿発２食付きの日帰りバスツアーです。家族やお友達同士の方にお勧めです。

旅行の条件

最少人数：25名（申し込み人数が25名に達しない場合、ツアーは中止になることがあります）   <　**關鍵句**

最大人数：40名（満席になり次第、受付を終了します）

食事：昼食１回、夕食１回

ツアー日程

新宿（８：００発）-🚌-中伊豆（いちご食べ放題１時間）-🚌-河津（うなぎ弁当50分）-🚌-三津浜（海鮮鍋と寿司の夕食１時間）-🚌-新宿着（19：30〜20：40予定）

□ 食べ放題　吃到飽
□ 日帰り　當天來回
□ 同士　同伴；同好
□ お勧め　推薦
□ 申し込み　申請，報名；訂購
□ 中止　中斷，中止

38 ツアーの内容として、正しいのはどれか。

1　いちご食べ放題のほか、昼食か夕食を選ぶことができる。

2　参加する人数が25名未満の場合は、申し込んでも行けないかもしれない。

3　参加する人は、中伊豆までは自分で行かなければならない。

4　家族や友達と一緒でないと、申し込むことができない。

「草莓任你吃！」伊豆一日巴士旅遊

☆推薦重點☆

這是從新宿出發，附贈兩餐的一日巴士旅遊。推薦各位和家人或朋友一起參加。

成行條件

最少人數：25位（報名人數如未達25位，活動可能取消）
最多人數：40位（只要額滿報名就截止）
餐點：中餐一餐、晚餐一餐

旅遊行程

新宿（8：00出發）- 🚌 -中伊豆（草莓任你吃1個鐘頭）- 🚌 -河津（鰻魚便當50分鐘）- 🚌 -三津濱（晚餐海鮮鍋及壽司1個鐘頭）- 🚌 -抵達新宿（預計19：30～20：40）

導覽手冊的上半部是行程説明，下半部是報名方法。建議先從選項中抓出關鍵字後回到內文去找資訊，再用刪去法作答。

Answer 2

38 關於旅遊的內容，下列何者正確？

1 除了草莓任你吃，還可以選擇要吃中餐或晚餐。
2 參加人數如未滿25人，報名後可能無法成行。
3 參加的人必須自行前往中伊豆。
4 如果不是和家人或朋友同行，就無法報名參加。

選項1從「昼食か夕食」（中餐或晚餐）可以知道是和餐點有關的敘述。導覽手冊上寫道「食事：昼食1回、夕食1回」（餐點：中餐一餐、晚餐一餐），可知中餐和晚餐不必擇一選用。所以選項1是錯的。

選項3對應「ツアー日程」（旅遊行程）的部分，從路線可知行程第一站是新宿，然後再搭乘巴士前往中伊豆，因此要自行前往的地點是新宿。所以選項3錯誤。

選項4錯誤。導覽手冊寫道「家族やお友達同士の方にお勧めです」（推薦各位和家人或朋友一起參加），並沒有強制規定要和家人或朋友一起報名參加。

選項2對應導覽手冊上「申し込み人数が25名に達しない場合、ツアーは中止になることがあります」（報名人數如未達25位，活動將會取消）。所以選項2正確。

2月(がつ)の予定(よてい)

月(げつ)	火(か)	水(すい)	木(もく)	金(きん)	土(ど)	日(にち)
1	2	3	4	5	6	7
8	9	10	11	12	13☆ □受付中(うけつけちゅう)	14☆ □受付中(うけつけちゅう)
15	16	17	18	19☆ ◎出発決定(しゅっぱつけってい)	20 ●受付終了(うけつけしゅうりょう)	21☆ ◎出発決定(しゅっぱつけってい)
22	23	24☆ □受付中(うけつけちゅう)	25	26☆ □受付中(うけつけちゅう)	27 ●受付終了(うけつけしゅうりょう)	28☆ ◎出発決定(しゅっぱつけってい)

カレンダーの見方(みかた)

□ 受付中(うけつけちゅう)：ただいま受付中です。まだ出発決定(しゅっぱつけってい)の25名(めい)に達(たっ)していません。

◎ 出発決定(しゅっぱつけってい)：出発(しゅっぱつ)が決定(けってい)していますが、現在(げんざい)も受付中(うけつけちゅう)です。まだお席(せき)に余裕(よゆう)がござ・います。 [關鍵句]

● 受付終了(うけつけしゅうりょう)：出発(しゅっぱつ)が決定(けってい)していますが、現在満席(げんざいまんせき)のため、受付(うけつけ)を終了(しゅうりょう)しました。

お申(もう)し込(こ)み方法(ほうほう)

　インターネットからのお申(もう)し込(こ)みは、カレンダー中(ちゅう)の☆印(ほしじるし)をクリックしてください。お申(もう)し込(こ)み画面(がめん)へ進(すす)みます。

　電話(でんわ)でもご予約(よやく)を受付(うけつ)けています。各旅行(かくりょこう)センターまでお問(と)い合(あ)わせください。

　お申(もう)し込(こ)みいただいても、25名(めい)に達(たっ)しない場合(ばあい)、ツアーは中止(ちゅうし)になることがありますので、ご了承(りょうしょう)ください。

□ 受付(うけつけ) 受理，接受
□ 終了(しゅうりょう) 結束
□ ただいま 現在；剛剛；立刻
□ 印(しるし) 記號
□ 受付(うけつ)ける 受理，接受
□ 問(と)い合(あ)わせる 詢問；查詢

39 さゆりさんは友達(ともだち)と二人(ふたり)でツアーに参加(さんか)したい。2月(がつ)の予定(よてい)によると、今申(いまもう)し込(こ)めば必(かなら)ず行(い)くことができるのは何日(なんにち)のツアーか。　文法詳見 P226

1　13日(にち)、14日(じゅうよっか)、24日(にじゅうよっか)、26日(にち)
2　19日(にち)、20日(はつか)、21日(にち)、27日(にち)、28日(にち)
3　20日(はつか)、27日(にち)
4　19日(にち)、21日(にち)、28日(にち)

2 月的行程

一	二	三	四	五	六	日
1	2	3	4	5	6	7
8	9	10	11	12	13☆ □開放 報名中	14☆ □開放報 名中
15	16	17	18	19☆ ◎確定 成行	20 ●報名 截止	21☆ ◎確定 成行
22	23	24☆ □開放報 名中	25	26☆ □開放 報名中	27 ●報名 截止	28☆ ◎確定 成行

月曆說明

□開放報名中：現正接受報名中。目前人數未
　滿25位，尚未確定成行與否。

◎確定成行：確定能成行，不過也還在開放報
　名中。尚有空位。

●報名截止：確定能成行，不過報名人數額
　滿，無法接受報名。

報名方法

利用網路報名者，請點選月曆中的☆記號，即
可前往報名畫面。

也可以利用電話預約。詳情請洽各旅遊中心。

報名後如該行程未滿25人，活動可能取消，
敬請見諒。

這是關於報名日期的
問題，要從「2月の予
定」（2月的行程）找
答案，別忘了配合「カ
レンダーの見方」（月
曆説明）一起看。

Answer 4

39 小百合想和朋友兩個人一起參加旅遊。根
據2月的行程，現在報名的話就一定能成
行的是哪幾天的旅遊呢？

1　13 日、14 日、24 日、26 日

2　19 日、20 日、21 日、27 日、28 日

3　20 日、27 日

4　19 日、21 日、28 日

題目問的是現在報名
的話就一定能成行，所
以要看「出発決定」
（確定成行），也就是
已經滿25人確定能成
行，又還在開放報名的
日期。答案就是19日、
21日、28日。

右のページは、初めて病院に来た人への問診票である。これを読んで、下の質問に答えなさい。答えは、1・2・3・4から最もよいものを一つえらびなさい。

38 張さんは、熱が高いので、今日初めてこの病院に来た。問診票に書かなくてもいいことは、つぎのどれか。

1 今、何も食べたくないこと

2 前に骨折して入院したこと

3 今、熱があること

4 病院に来た日にち

39 張さんは、子供のころから卵を食べると気分が悪くなる。このことは、何番の質問に書けばいいか。

1 （1）

2 （2）

3 （3）

4 （4）

問診票
初めて診察を受ける方へ

下記の質問にお答えください

診察を受けた日：平成＿＿＿年＿＿＿月＿＿＿日

【基本資料】
- 名　前＿＿＿＿＿＿＿＿＿＿＿＿＿＿＿＿（男・女）
- 生年月日＿＿＿＿年＿＿＿＿月＿＿＿＿日（＿＿＿＿歳）
- 住　所＿＿＿＿＿＿＿＿＿＿＿＿＿＿＿＿＿＿＿＿
- 電話番号（＿＿＿＿）＿＿＿＿＿＿＿＿＿＿（家）
　　　　　　　　　　　　＿＿＿＿＿＿＿＿＿＿（携帯）

〰〰〰〰〰〰〰〰〰〰〰〰〰〰〰〰〰〰〰〰〰〰〰〰〰〰〰〰〰〰

【質問】
（１）今日はどのような症状でいらっしゃいましたか。できるだけ具体的にお書きください。

（例）熱がある、頭が痛い

（　　　　　　　　　　　　　　　　　　　　）

（２）食欲はありますか。

□はい　　□いいえ

（３）これまでに薬や食べ物でアレルギー症状を起こしたことがありますか。

□はい　　□いいえ

「はい」と答えた方、もし分かれば薬・食べ物の名前をお書きください。

（薬の名前　　　　　　　　　　　　）
（食べ物の名前　　　　　　　　　　）

（４）今まで大きな病気にかかったことがありますか。

□はい（病気の名前　　　　　　　　　）　　□いいえ

＊ご協力ありがとうございました。
　順番が来ましたら、お呼びいたしますので、お待ちください。

右のページは、初<ruby>初<rt>はじ</rt></ruby>めて病<ruby>病院<rt>びょういん</rt></ruby>に<ruby>来<rt>き</rt></ruby>た<ruby>人<rt>ひと</rt></ruby>への<ruby>問診票<rt>もんしんひょう</rt></ruby>である。これを読んで、下の質問に答えなさい。答えは、1・2・3・4から最もよいものを一つえらびなさい。

〈右頁是一張初診單。請在閱讀後回答下列問題。請從選項 1・2・3・4 當中選出一個最恰當的答案。〉

問診票〈問診單〉

初めて診察を受ける方へ
〈初診病患填用〉

下記の質問にお答えください
〈請回答下列問題〉

診察を受けた日：平成＿＿年＿＿月＿＿日 ◁ 關鍵句
〈看診日：平成＿＿年＿＿月＿＿日〉

【基本資料】〈基本資料〉
● 名　前〈姓名〉　　　　　　　　　　　　　（男・女）〈男・女〉
● 生年月日〈出生年月日〉＿＿年〈年〉＿＿月〈月〉＿＿日〈日〉（＿＿歳〈歲〉）
● 住所〈住址〉＿＿＿＿＿＿＿＿＿＿＿＿＿＿＿＿＿
● 電話番号〈電話號碼〉　（＿＿＿）＿＿＿＿＿＿＿＿（家）〈家〉
　　　　　　　　　　　　　＿＿＿＿＿＿＿＿（携帯）〈手機〉

〰〰〰〰〰〰〰〰〰〰〰〰〰〰〰〰〰〰〰〰〰〰〰〰〰〰〰〰〰〰

【質問】〈問題〉
（1）今日はどのような症状でいらっしゃいましたか。できるだけ具体的にお書き ◁ 關鍵句
　　　ください。〈請問您今天是因為什麼症狀前來看病？請盡可能地詳細描述。〉
　　　（例）熱がある、頭が痛い〈《例》發燒、頭痛〉
　　　（　　　　　　　　　　　　　　　　　　　　）

（2）食欲はありますか。〈請問您有食欲嗎？〉 ◁ 關鍵句
　　　□はい〈有〉　　□いいえ〈無〉

（3）これまでに薬や食べ物でアレルギー症状を起こしたことがありますか。
　　　〈請問您有藥物或食物所引起的過敏病史嗎？〉
　　　□はい〈有〉　　□いいえ〈無〉
　　　「はい」と答えた方、もし分かれば薬・食べ物の名前をお書きください。
　　　〈回答「有」的病患，如有確定的藥物、食物請寫下。〉
　　　（薬の名前〈藥物名稱〉　　　　　　　　）
　　　（食べ物の名前〈食物名稱〉　　　　　　）

　（4）今まで大きな病気にかかったことがありますか。
　　　〈請問您至今有罹患過重大疾病嗎？〉
　　　□はい〈有〉（病気の名前〈疾病名稱〉　　　　　　　）
　　　□いいえ〈無〉

＊ご協力ありがとうございました。〈感謝您的填寫。〉
　順番が来ましたら、お呼びいたしますので、お待ちください。
　〈輪到您看病時，我們會通知您，敬請稍候。〉

38 張さんは、熱が高いので、今日初めてこの病院に来た。問診票に<u>書かなくてもいいこと</u>は、つぎのどれか。

1　今、何も食べたくないこと

2　前に骨折して入院したこと

3　今、熱があること

4　病院に来た日にち

38 張先生發了高燒，今天第一次來這家醫院。請問下列哪個選項<u>不一定要寫</u>在問診單上呢？

1　現在什麼也不想吃

2　之前曾經骨折住院

3　現在在發燒

4　來看病的日期

□ 初めて　第一次・初次
□ 診察　診斷
□ 受ける　接受
□ 基本　基本；基礎
□ 症状　症狀
□ 食欲　食欲

解題攻略

　請注意題目是問 "不用填寫的項目"。從初診單的「下記の質問にお答えください」（請回答下列問題）這句話以下的題目都要回答。內容包括：「看病日期」、「姓名」、「性別」、「出生年月日」、「年齡」、「住址」、「電話號碼」、「症狀」、「有無食慾」、「過敏病史」、「重大病史」。

　選項1對應「食欲はありますか」（請問您有食欲嗎），所以是要填寫的項目。

　答案是選項2。雖然骨折感覺可以填在「今まで大きな病気にかかったことがありますか」（請問您至今有罹患過重大疾病嗎），但是骨折屬於受傷，並非生病，所以可以不用寫上。

　選項3有「今」（今天），表示現在的狀態，正好對應「今日はどのような症状でいらっしゃいましたか」（請問您今天是因為什麼症狀前來看病），所以要填寫。

　選項4「病院に来た日にち」（來看病的日期）對應初診單上的「診察を受けた日」（看診日），所以是必填項目。

問診票〈問診單〉

初めて診察を受ける方へ
〈初診病患填用〉

下記の質問にお答えください
〈請回答下列問題〉

診察を受けた日：平成＿＿年＿＿月＿＿日
〈看診日：平成＿＿年＿＿月＿＿日〉

【基本資料】〈基本資料〉
● 名　前〈姓名〉　　　　　　　　　　　（男・女）〈男・女〉
● 生年月日〈出生年月日〉＿＿年〈年〉＿＿月〈月〉＿＿日〈日〉（＿＿歳〈歲〉）
● 住所〈住址〉＿＿＿＿＿＿＿＿＿＿＿＿＿＿＿＿＿＿＿＿＿＿
● 電話番号〈電話號碼〉　（＿＿＿）＿＿＿＿＿＿＿＿＿＿（家）〈家〉
　　　　　　　　　　　　　　　　　＿＿＿＿＿＿＿＿＿＿（携帯）〈手機〉

【質問】〈問題〉
（１）今日はどのような症状でいらっしゃいましたか。できるだけ具体的にお書き
　　　ください。〈請問您今天是因為什麼症狀前來看病？請盡可能地詳細描述。〉
　　　（例）熱がある、頭が痛い〈《例》發燒、頭痛〉
　　　（　　　　　　　　　　　　　　　　　　　　　　　）
（２）食欲はありますか。〈請問您有食欲嗎？〉
　　　□はい〈有〉　　　□いいえ〈無〉
（３）これまでに薬や食べ物でアレルギー症状を起こしたことがありますか。◁ 關鍵句
　　　〈請問您有藥物或食物所引起的過敏病史嗎？〉
　　　□はい〈有〉　　　□いいえ〈無〉
　　　「はい」と答えた方、もし分かれば薬・食べ物の名前をお書きください。
　　　〈回答「有」的病患，如有確定的藥物、食物請寫下。〉
　　　（薬の名前〈藥物名稱〉　　　　　　　　　）
　　　（食べ物の名前〈食物名稱〉　　　　　　　）
（４）今まで大きな病気にかかったことがありますか。
　　　〈請問您至今有罹患過重大疾病嗎？〉
　　　□はい〈有〉（病気の名前〈疾病名稱〉　　　　　　　）
　　　□いいえ〈無〉

＊ご協力ありがとうございました。〈感謝您的填寫。〉
　　順番が来ましたら、お呼びいたしますので、お待ちください。
　　〈輪到您看病時，我們會通知您，敬請稍候。〉

39 張さんは、子供のころから卵を食べると気分が悪くなる。このことは、何番の質問に書けばいいか。

1　（1）

2　（2）

3　（3）

4　（4）

39 張先生從小吃雞蛋就感到身體不適。這件事要寫在第幾個問題才好呢？

1　（1）

2　（2）

3　（3）

4　（4）

□ アレルギー【allergie】
　過敏
□ 起こす　引起；發生

□ 協力　協助；幫忙
□ 順番　順序

□ 骨折　骨折
□ 気分が悪い　不舒服

解題攻略

　這一題要知道「子供のころから卵を食べると気分が悪くなる」（張先生從小吃雞蛋就感到身體不適）和哪個項目有關。張先生從小吃雞蛋就會感到不舒服，表示他的身體不適合吃這項食物，也就是會引發過敏反應。而過敏史是第三個問題。正確答案是 3。

　如果不知道「アレルギー」是過敏，應該也能看出選項 1、4 和食物沒有關係。另外，從「これまでに薬や食べ物でアレルギー症状を起こしたことがありますか」（請問您有藥物或食物所引起的過敏病史嗎）也能猜到是因為藥物或食物而產生某種症狀。「卵」＝「食べ物」，「気分が悪くなる」＝一種「症状」，所以「アレルギー」（過敏）可能是指「気分が悪くなる」（身體不適），從這裡也能知道和選項 2 的「食欲」無關。

右のページは、さくら市スポーツ教室の案内である。これを読んで、下の質問に答えなさい。答えは、1・2・3・4から最もよいものを一つえらびなさい。

38 田中さんは土曜日に、中学生の娘と一緒にスポーツ教室に行きたいと思っている。田中さん親子が二人いっしょに参加できるのはどれか。

1　バスケットボールとバドミントンと初級水泳

2　バスケットボールとバドミントンと中級水泳

3　バレーボールとバドミントンと中級水泳

4　バスケットボールと中級水泳と自由水泳

39 田中さんは、さくら市のとなりのみなみ市に住んでいる。田中さん親子が、水泳教室に参加した場合、二人でいくら払わなければならないか。

1　500円

2　600円

3　800円

4　900円

さくら市スポーツ教室のご案内

場所	種目	時間	対象	注意事項
体育館	バレーボール	火・木 18：00〜20：00	中学生以上の方	
	バスケットボール	月・水 18：00〜19：30 土 10：00〜12：00	中学生以上の方	土曜日だけでも参加できます。
	バドミントン	土・日 14：00〜16：00	小学生以上の方	土・日どちらかだけでも参加できます。
プール	初級水泳	月〜木 19：00〜21：00	小学生以上の方	週に何回でも参加できます。
	中級水泳	金・土 18：00〜20：00	中学生以上の方	金・土どちらかだけでも参加できます。
	自由水泳	月〜土 10：00〜17：00 の中の2時間	高校生以上の方	左の時間の中のご都合のよい時間にどうぞ。

・自由水泳以外は、どの種目も専門の指導員がついてご指導いたします。

・料金：体育館　大人（大学生以上）　　　350円（400円）

　　　　　　　　中学・高校生　　　　　　150円（200円）

　　　　　　　　小学生　　　　　　　　　100円（150円）

　　　　　プール　大人（大学生以上）　　　500円（550円）

　　　　　　　　中学・高校生　　　　　　300円（350円）

　　　　　　　　小学生　　　　　　　　　150円（200円）

　　　　＊（　　）内は、さくら市民以外の方の料金です。

・プールでは必ず水着と水泳帽を着用してください。

右のページは、さくら市スポーツ教室の案内である。これを読んで、下の質問に答えなさい。答えは、1・2・3・4から最もよいものを一つえらびなさい。

さくら市スポーツ教室のご案内

場所	種目	時間	対象	注意事項
体育館	バレーボール	火・木 18：00～20：00	中学生以上の方	
	バスケットボール	月・水 18：00～19：30 土 10：00～12：00	中学生以上の方	土曜日だけでも参加できます。
	バドミントン	土・日 14：00～16：00	小学生以上の方	土・日どちらかだけでも参加できます。
プール	初級水泳	月～木 19：00～21：00	小学生以上の方	週に何回でも参加できます。
	中級水泳	金・土 18：00～20：00	中学生以上の方	金・土どちらかだけでも参加できます。
	自由水泳	月～土 10：00～17：00 の中の2時間	高校生以上の方	左の時間の中のご都合のよい時間にどうぞ。

38題
關鍵句

・自由水泳以外は、どの種目も専門の指導員がついてご指導いたします。

・料金：体育館　大人（大学生以上）　　　350円（400円）
　　　　　　　中学・高校生　　　　　　150円（200円）
　　　　　　　小学生　　　　　　　　　100円（150円）

　　　　プール　大人（大学生以上）　　　500円（550円）
　　　　　　　中学・高校生　　　　　　300円（350円）
　　　　　　　小学生　　　　　　　　　150円（200円）

39題
關鍵句

　　　＊（　　）内は、さくら市民以外の方の料金です。

・プールでは必ず水着と水泳帽を着用してください。

右頁是櫻花市運動教室的簡章。請在閱讀後回答下列問題。請從選項1・2・3・4當中選出一個最恰當的答案。

櫻花市運動教室簡章

地點	種類	時間	對象	注意事項
體育館	排球	二・四 18：00～20：00	國中以上	
	籃球	一・三 18：00～19：30 六 10：00～12：00	國中以上	也可以只參加禮拜六的課程。
	羽球	六・日 14：00～16：00	國小以上	六、日可擇一參加。
游泳池	初級游泳	一～四 19：00～21：00	國小以上	一週內不限上課次數。
	中級游泳	五・六 18：00～20：00	國中以上	五、六可擇一參加。
	自由游泳	一～六 10：00～17：00 之間兩小時	高中以上	左列時段皆可任意使用。

・除了自由游泳以外，每個種類都有專門指導員教導。

・費用：體育館　大人（大學生以上）　　350圓（400圓）
　　　　　　　　國、高中生　　　　　　150圓（200圓）
　　　　　　　　小學生　　　　　　　　100圓（150圓）
　　　　游泳池　大人（大學生以上）　　500圓（550圓）
　　　　　　　　國、高中生　　　　　　300圓（350圓）
　　　　　　　　小學生　　　　　　　　150圓（200圓）
　　　　＊（　　　）內是非櫻花市市民的費用。

・游泳池內請務必穿著泳裝、戴泳帽。

さくら市スポーツ教室のご案内

場所	種目	時間	対象	注意事項
体育館	バレーボール	火・木 18：00～20：00	中学生以上の方	
	バスケットボール	月・水 18：00～19：30 土 10：00～12：00	中学生以上の方	土曜日だけでも参加できます。
	バドミントン	土・日 14：00～16：00	小学生以上の方	土・日どちらかだけでも参加できます。
プール	初級水泳	月～木 19：00～21：00	小学生以上の方	週に何回でも参加できます。
	中級水泳	金・土 18：00～20：00	中学生以上の方	金・土どちらかだけでも参加できます。
	自由水泳	月～土 10：00～17：00 の中の2時間	高校生以上の方	左の時間の中のご都合のよい時間にどうぞ。

關鍵句

□ 親子　親子，父母與孩子
□ バスケットボール
　【basketball】 籃球
□ バドミントン
　【badminton】 羽毛球
□ 初級　初級
□ 中級　中級，中等

38 田中さんは土曜日に、中学生の娘と一緒にスポーツ教室に行きたいと思っている。田中さん親子が二人いっしょに参加できるのはどれか。

1 バスケットボールとバドミントンと初級水泳

2 バスケットボールとバドミントンと中級水泳

3 バレーボールとバドミントンと中級水泳

4 バスケットボールと中級水泳と自由水泳

櫻花市運動教室簡章

地點	種類	時間	對象	注意事項
體育館	排球	二・四 18：00～20：00	國中以上	
	籃球	一・三 18：00～19：30 六 10：00～12：00	國中以上	也可以只參加禮拜六的課程。
	羽球	六・日 14：00～16：00	國小以上	六、日可擇一參加。
游泳池	初級游泳	一～四 19：00～21：00	國小以上	一週內不限上課次數。
	中級游泳	五・六 18：00～20：00	國中以上	五、六可擇一參加。
	自由游泳	一～六 10：00～17：00 之間兩小時	高中以上	左列時段皆可任意使用。

チャレンジ編　STEP 1　STEP 2　STEP 3　応用編

這一題要注意題目設定的限制，再從表格中找出符合所有條件的項目。題目當中的限制有「土曜日」（星期六）和「中学生」（國中生），所以要找出星期六有開課，國中生又能參加的課程。

從「時間」這欄可知星期六有上課的課程是「バスケットボール」（籃球）、「バドミントン」（羽球）、「中級水泳」（中級游泳）、「自由水泳」（自由游泳）這四種。

Answer 2

38 田中太太禮拜六想和就讀國中的女兒一起去運動教室。田中母女倆能一起參加的項目是什麼呢？

1　籃球、羽球、初級游泳
2　籃球、羽球、中級游泳
3　排球、羽球、中級游泳
4　籃球、中級游泳、自由游泳

只要是「小学生以上の方」（國小以上）和「中学生以上の方」（國中以上），國中生就能參加。由於「自由水泳」的對象是「高校生以上の方」（高中以上），所以不合條件。正確答案應該是「バスケットボール」、「バドミントン」、「中級水泳」這三種。正確答案是2。

・自由水泳以外は、どの種目も専門の指導員がついてご指導いたします。

・料金：体育館　大人（大学生以上）　　　　350円（400円）
　　　　　　　　中学・高校生　　　　　　　150円（200円）
　　　　　　　　小学生　　　　　　　　　　100円（150円）

　　　　プール　大人（大学生以上）　　　　500円（550円）
　　　　　　　　中学・高校生　　　　　　　300円（350円）
　　　　　　　　小学生　　　　　　　　　　150円（200円）

＊（　　）内は、さくら市民以外の方の料金です。

關鍵句

・プールでは必ず水着と水泳帽を着用してください。

□ 水泳　游泳
□ 種目　種類
□ 専門　専門，專業
□ 指導　教導，指導
□ 料金　費用
□ 水着　泳衣
□ 着用　穿戴

39 田中さんは、さくら市のとなりのみなみ市に住んでいる。田中さん親子が、水泳教室に参加した場合、二人でいくら払わなければならないか。

1　500円

2　600円

3　800円

4　900円

・除了自由游泳以外，每個種類都有專門指導員教導。

・費用：

體育館	大人（大學生以上）	350圓（400圓）
	國、高中生	150圓（200圓）
	小學生	100圓（150圓）
游泳池	大人（大學生以上）	500圓（550圓）
	國、高中生	300圓（350圓）
	小學生	150圓（200圓）

＊（　　）內是非櫻花市市民的費用。

・游泳池內請務必穿著泳裝、戴泳帽。

> 「いくら」用來詢問金額，可以從簡章下半部的「料金」（費用）部分找答案。

> 要看的是括號內的價錢，因為田中母女是南市市民（＝不住在櫻花市）。

------- Answer **4**

39 田中太太住在櫻花市隔壁的南市。田中母女倆如果參加游泳課，兩人總共要付多少錢呢？

1　500 圓
2　600 圓
3　800 圓
4　900 圓

> 所以田中太太的費用是550圓，田中太太的女兒的費用是350圓，「550＋350＝900」，兩人共要付900圓。

> 兩人要參加的項目是游泳課程，從表格可以得知游泳課的上課地點全都在「プール」（游泳池），所以要看「プール」的使用費用。又上一題的題目說明田中太太的女兒是國中生，所以田中太太的應付金額要看「大人（大学生以上）」（成人〈大學生以上〉），女兒要看「中学・高校生」（國、高中生）。

重要文法

> 【名詞】＋によると。表示消息、信息的來源，或推測的依據。後面經常跟著表示傳聞的「～そうだ」、「～ということだ」之類詞。

❶ によると　據…、據…説、根據…報導…

例句 アメリカの文献によると、この薬は心臓病に効くそうだ。

根據美國的文獻，這種藥物對心臟病有效。

小知識大補帖

▶ 數字的起源

我們的生活與「数字」（數字）息息相關，像是「電話番号」（電話號碼）、「パスワード」（密碼）、「点数」（分數）、「料金」（費用）…等，其中各種費用又細分為「水道料金」（自來水費）、「電気料金」（電費）、「電車代」（電車費）、「衣料費」（服裝費）、「医療費」（醫療費）、「交際費」（應酬費用）…等，不可勝數，「足し算」（加法）、「引き算」（減法）、「掛け算」（乘法）、「割り算」（除法）這些運算都成了我們生活中不可缺少的一部分。不過，您知道數字的由來嗎？

我們現在所使用的阿拉伯數字其實是由印度人發明的，後因「戦争」（戰爭）的緣故傳入阿拉伯，後來大食帝國（阿拉伯帝國舊稱）興起，該數字系統傳到了西班牙，歐洲人誤以為這是阿拉伯人的「発明」（發明），所以將之稱作阿拉伯數字。後來，一位波斯的「数学者」（數學家）在著作中使用了這套數字系統，在這本書有了拉丁文的「翻訳」（譯本）後，阿拉伯數字立即廣為流行，取代了歐洲原本使用的羅馬數字。

▶ 來場小旅行吧！

你有多久沒有出門旅行了呢？平常沒日沒夜地忙碌，好不容易捱到了寒暑假，「スケジュール」（日程表）卻又都被學校的事務排得滿滿滿。更不用說已經出社會的「社会人」（社會人士）了，除了過年之外，要取得一個長假非常不容易，而「お正月」（年節）又都被打掃及傳統習俗等等纏身，然後一年就這樣過去了…想要出門旅行難道真的只能等「定年退職」（退休）了嗎？！

　　身為忙碌的現代人，除了「海外旅行^{かいがいりょこう}」（國外旅遊）之外，還可以選擇「日帰^{ひがえ}り」（一日遊）！一日遊可以參加類似前面題目中「旅行会社^{りょこうがいしゃ}」（旅行社）的「パックツアー」（旅行團），不必費心安排行程就能享受旅行的樂趣。或是搭上火車，來一場優雅的「列車^{れっしゃ}の旅^{たび}」（鐵道之旅）。時下最流行的「サイクリング」（單車旅行）也是不錯的選擇，一邊騎車一邊欣賞「周^{まわ}り」（周圍）的景色，無論是走訪交通不便的「秘境^{ひきょう}スポット」（秘境景點），或是在平時搭車經過的街道上發掘小店或咖啡廳，都能產生全新的「発見^{はっけん}」（發現）與「感動^{かんどう}」（感動），想法也會變得更加開闊哦！

▶ 呼吸豆知識

　　大家多多少少都有上醫院看病的經驗吧？可能是因為「下痢^{げり}」（拉肚子）、「吐^はき気^け」（想吐）、「鼻^{はな}がつまっています」（鼻塞）、「くしゃみが止^とまりません」（不停打噴嚏）、「鼻水^{はなみず}が止^とまらない」（不停流鼻水）…等各種症狀。根據「インターネット」（網路）的「記事^{きじ}」（報導），比起用嘴巴「呼吸^{こきゅう}」（呼吸），用鼻子呼吸比較不會將空氣中的「ごみ」（灰塵）與「ウイルス」（病毒）吸入體內。此外，用鼻子呼吸的人，可以比用嘴巴呼吸的人吸入更多氧氣。不過，即使平常都用鼻子呼吸，也有不少人在「ぐっすりねむる」（熟睡）時變成用嘴巴呼吸。

　　當用鼻子深呼吸時，可以讓體內充滿氧氣，促進身體活化，有助於快速釋放「ストレス」（壓力）。因此，只要養成從鼻子深緩呼吸的習慣，不僅對身體有好處，也能夠「心^{こころ}を落^おち着^つかせる」（穩定情緒）。

▶不老秘方

　　你有做運動的習慣嗎？「学生のときはいろいろしましたが、今は何もしていません」（念書時做過各式各樣的運動，但是現在完全沒做運動了）、「社会人になってから、全然運動しなくなりました」（自從出社會後，就完全沒做過運動了）這應該是許多人的心聲吧！可能是因為工作太忙、「接待が多い」（應酬太多），或是純粹覺得「面倒くさい」（麻煩）。

　　但要活就要動，何況運動的好處多得驚人！除了「体脂肪を減らす」（降低體脂肪）、「筋肉をつける」（結實肌肉）之外，你知道運動還能提升「知能」（智力）嗎？研究顯示運動能「脳を発達させる」（促進大腦發育），提升大腦機能。並且在刺激大腦的同時能讓人心情愉悅，削減「マイナスの感情」（負面情緒）。另外，運動還能減緩身體各機能的衰退速度、提升睡眠品質。

　　想要青春永駐延年益壽嗎？快從沙發上站起來，從「柔軟体操」（柔軟體操）開始做起吧！

▶ 旅遊

よく一人で旅行に出かけます。
經常一個人單獨旅行。

明日アメリカに出発します。
我明天要出發去美國。

夏休みは沖縄を旅行するつもるです。
我打算在暑假時去沖繩旅行。

今度、ハワイに行くんですよ。
我下次要去夏威夷唷！

世界中の国を回りたいです。
我想要環遊世界各國。

仕事に疲れるとどこか遠くへ旅行に行きたくなる。
當被工作壓得喘不過氣時，就會想要去遠方旅行。

旅行の計画を立てるのが楽しい。
我很享受規劃旅行的過程。

日本航空のカウンターはどこですか。
日本航空的櫃台在哪裡？

５万円両替してください。
請換成五萬日圓。

小銭も混ぜてください。
也請給我一些零錢。

ＪＲの改札口で待っています。
在 JR 的剪票口等你。

渋谷へ行きたいですが、乗り場は何番ですか。
我想去澀谷，應該在幾號乘車處搭車？

ホテルを紹介してください。
請推薦一下飯店。

こちらのホテルに空いている部屋はありませんか。
請問貴旅館還有空房嗎？

１泊いくらですか。
一晚多少錢？

もっと安い部屋はありませんか。
有沒有更便宜的房間？

食事はつきますか。
有附餐嗎？

レストランの予約をしたいです。
想預約餐廳。

国際電話をかけたいです。
想打國際電話。

チェックインは何時ですか。
幾點開始住宿登記？

チェックアウトします。
我要退房。

どこかお薦めの場所があれば教えてください。
如果您有推薦的景點，請告訴我。

中国語のガイドはいますか。
有中文導遊嗎？

なにか面白いところはありますか。
有沒有什麼好玩的地方呢？

ここから日帰りで行ける温泉って、どこかありますか。
這附近有沒有可以當天來回的溫泉？

ホテルを出て町を散歩しました。
我們走出飯店，到鎮上散步。

池でボートに乗りましょう。
我們在池塘裡划小船吧！

僕もああいうところに行ってみたいですね。
我也很想到這種地方走一走呢。

博物館は今開いていますか。
博物館現在有開嗎?

ここでチケットは買えますか。
這裡可以買票嗎?

日本に4000メートル以上の山はない。
日本沒有四千公尺以上的高山。

北海道は日本で一番北にある。
北海道位於日本的最北方。

山の中で道が分からなくなった。
我在山裡迷路了。

四国の山はどれも登ったことがありません。
我沒有爬過位於四國的任何一座山。

モスクワに7日いて、それからワルシャワに行きました。
我七號抵達莫斯科,接著去了華沙。

横浜から大阪に着くまでの間ずっと寝ていました。
從橫濱到大阪的路上,我一直在睡覺。

MEMO

超高命中率　新制對應

絕對合格！
日檢 [文法、閱讀]

（ 25K+ 僅文法附 QR Code 線上音檔＆實戰 MP3 ）

【捷進日檢 08 】

- 發行人／**林德勝**

- 著者／**吉松由美、田中陽子、西村惠子、山田社日檢題庫小組**

- 出版發行／**山田社文化事業有限公司**
  地址　臺北市大安區安和路一段112巷17號7樓
  電話　02-2755-7622　02-2755-7628
  傳真　02-2700-1887

- 郵政劃撥／**19867160號　大原文化事業有限公司**

- 總經銷／**聯合發行股份有限公司**
  地址　新北市新店區寶橋路235巷6弄6號2樓
  電話　02-2917-8022
  傳真　02-2915-6275

- 印刷／**上鎰數位科技印刷有限公司**

- 法律顧問／**林長振法律事務所　林長振律師**

- 書 + QR Code + MP3／**定價　新台幣 499 元**

- 初版／**2022年4月**

註：本書只有文法附 QR Code & MP3
　　閱讀沒有附 QR Code & MP3

© ISBN :978-986-246-674-2
2022, Shan Tian She Culture Co. , Ltd.